ACTES NOIRS
série dirigée par Manuel Tricoteaux

DU MÊME AUTEUR

Max Glick, Flammarion, 1995.

Ouvrage publié sous la direction
de Marc de Gouvenain

Titre original :
Murder in A-Major
Editeur original :
RendezVous Crime, Toronto
© Morley Torgov, 2008

© ACTES SUD, 2010
pour la traduction française
ISBN 978-2-7427-8789-0

MORLEY TORGOV

Meurtre en *la* majeur

roman traduit de l'anglais (Canada)
par Laurent Bury

ACTES SUD

*Pour Anna Pearl, Sarah Jane et Douglas,
Carrie et Alexander, et pour Benjamin,
Sydney Allison, Rebecca et Marshall.*

PROLOGUE

Poliment mais fermement, Mme Vronsky, mon professeur de piano, retire mes mains du clavier. Elle ferme avec douceur la vieille partition et la pose sur le couvercle de l'instrument. Elle se tourne vers moi et me regarde fixement dans les yeux, d'un air interrogateur. Elle me dévisage pendant une minute entière, intriguée, assise près de moi sur une mince chaise en bois plié, si près que mes narines hument l'odeur pas si désagréable de son haleine chargée d'ail. Elle est russe, elle a le sang chaud mais c'est une femme d'humeur égale, dotée d'une patience infinie. Finalement, d'une voix ruisselante de sympathie, elle me demande :

— Dites-moi, inspecteur Preiss, pourquoi faites-vous cela ?

— Pourquoi je joue du Beethoven ?

— Non, pourquoi jouez-vous du piano ? Pourquoi ?

Elle me sourit tristement et répète à voix basse :

— Pourquoi ?

— Parce que j'aime le piano. Parce que j'aime la musique. Parce que j'aimerais jouer ces sonates de Beethoven correctement, dans un avenir pas trop lointain. Tout le recueil.

Et bien que je ne sois pas très croyant, j'ajoute pour une raison qui m'échappe :

— Si Dieu le veut.

Mme Vronsky secoue la tête.

— Si le grand Franz Liszt n'est pas capable de bien jouer les sonates de Beethoven… si la grande Clara Schumann les trouve intimidantes…

Elle ne termine pas sa phrase, mais ce n'est pas nécessaire. J'ai compris.

Je proteste avec modération :

— Mais je ne cherche pas à briller, madame Vronsky. Je veux seulement parvenir à une certaine satisfaction personnelle, voilà tout.

— Mon cher inspecteur, écoutez les conseils d'une vieille femme. La déception et la contrariété vont vous consumer. Vos limites finiront par transformer votre amour du piano en amertume, voire en haine. Alors aimez la musique, assistez à des concerts, jouez pour votre propre amusement… c'est-à-dire pour votre amusement privé… mais soyons réalistes, toute "satisfaction" est hors de question, je le crains.

Comme pour rendre ce conseil moins douloureux, elle place sur ma main une main consolatrice.

Bien qu'elle se qualifie de vieille femme, Mme Vronsky n'est réellement pas assez âgée pour adopter envers moi une attitude maternelle. Je lui donne la cinquantaine (elle n'est donc mon aînée que de dix ans). Un accident de cheval à Saint-Pétersbourg, qui a réduit la largeur de sa main gauche, a mis fin à sa carrière de concertiste. C'est ainsi que, devenue l'une des meilleures pédagogues de Russie, elle a abandonné son pays natal lorsque le conservatoire de Düsseldorf lui a proposé le poste de directrice. Si j'ai réussi il y a quelques mois à obtenir qu'elle me donne des cours particuliers, ce n'est pas grâce à mon talent de pianiste, mais parce que j'ai du culot et les moyens de lui payer son tarif.

Du ton d'un galant éconduit, je demande :

— Dois-je comprendre que vous ne voulez plus me donner de leçons ?

Une fois de plus, elle me sourit tristement :

— Comment ne pas être honnête avec un élève qui se trouve être l'un des principaux membres de la police de Düsseldorf ? Au fond de mon cœur, j'ai l'impression de vous voler votre argent, inspecteur.

C'est maintenant mon tour de poser la main sur la sienne.

— Merci pour votre franchise, mais je souhaite vraiment continuer.

Elle pousse un profond soupir, reprend la partition des sonates, la rouvre là où nous en étions et la replace sur le pupitre, devant moi.

— Recommençons, alors, dit-elle calmement. Rappelez-vous, l'*Opus* 7 porte l'indication *allegro molto e con brio*. Pour le moment, essayons beaucoup moins vite. Surveillez vos croches à la main gauche, et mettez très peu de pédale. Une attaque nette, voilà ce que je veux entendre.

Nous sommes interrompus au bout d'une dizaine de mesures du premier mouvement, lorsqu'une main ferme frappe à la porte de mon appartement.

— Excusez-moi, madame Vronsky, dis-je en me levant.

J'ouvre et je trouve sur le palier mes voisins, deux vieux célibataires à la mine sévère. Ces deux fonctionnaires retraités ont une solide réputation de grincheux.

— Toutes mes excuses. Je suppose que vous venez vous plaindre du bruit...

— Pas du tout, répond le plus bougon des deux. Nous venons nous plaindre du tempo.

C'est comme ça, à Düsseldorf. Vous êtes en train d'interpréter une sonate de Beethoven et, tout à coup, deux vieux ronchons, de quasi-inconnus, viennent vous signaler que, selon eux, vous la jouez mal. Dans une ville comme Hambourg, où ma carrière de policier a démarré il y a vingt ans, pareil incident ne se produirait jamais. Si j'y avais mal joué l'*Opus 7*, mes voisins auraient souffert en silence. Peut-être devrais-je expliquer que Hambourg est situé au nord-ouest de Düsseldorf ; quiconque connaît l'Allemagne sait que, plus on s'y déplace vers le nord et vers l'ouest, plus la population est réservée. En fait, lorsqu'on arrive à l'extrême nord-ouest, dans une ville comme Wilhelmshaven, par exemple, on est frappé de voir que les autochtones ne se parlent pratiquement pas entre eux !

Düsseldorf est très différent du reste du pays. On ne trouve pas ici la raideur prussienne typique de Berlin, ni le côté laborieux du noir Stuttgart, ni – grâce à Dieu ! – la froideur de Francfort, où les hommes, enfermés dans des banques en forme de temples grecs, passent leur vie à ne rien faire d'autre qu'inscrire des chiffres à la plume d'oie dans leurs livres de comptes.

Düsseldorf est vivant. Et je vis à Düsseldorf. Et si je ne vis pas assez vieux pour jouer un jour le premier mouvement de l'*Opus* 7 de Beethoven à la bonne vitesse, du moins puis-je légitimement prétendre vivre ma vie *allegro molto e con brio*.

Après chaque leçon avec Mme Vronsky – exercice qui me laisse à mi-chemin entre l'euphorie et l'épuisement –, j'ai l'habitude de rechercher l'apaisement que procure un grand verre de cognac. Comme les deux critiques musicaux autoproclamés que j'ai pour voisins, je suis célibataire et je n'ai personne avec qui partager ces rares moments de sérénité (sauf lorsqu'une violoncelliste nommée Helena Becker me rend visite, j'y reviendrai). Et donc, dans ma solitude, je m'étais installé dans mon fauteuil préféré, je sirotais mon cognac et je sentais mes membres se détendre et mes pensées dériver vers le néant, lorsqu'on frappa de nouveau à ma porte, une série de petits coups secs qui trahissaient incontestablement un sentiment d'urgence. J'avais passé une longue journée au commissariat, puis une heure éprouvante avec Mme Vronsky, et je fus tenté de m'exclamer : "Allez-vous-en, qui que vous soyez !" Je me levai en grognant pour aller répondre.

A ma porte se tenait une femme d'âge mûr, à bout de souffle, visiblement sur le point de s'effondrer. Sa poitrine se soulevait mais elle parvint à articuler : "Inspecteur Preiss ?" Sans attendre confirmation, elle me glissa dans la main une petite enveloppe, se retourna brusquement et repartit vers l'escalier.

— Attendez. Puis-je vous proposer un peu d'eau ?

Je m'attendais à voir la pauvre femme expirer avant qu'elle ait pu redescendre les trois volées de marches la ramenant au rez-de-chaussée.

— Non, non, je dois m'en aller tout de suite, lança-t-elle sans s'arrêter.
— Mais qui vous envoie ?
Il n'y eut pas de réponse. Comme il semblait inutile de lui courir après, je refermai ma porte et j'ouvris l'enveloppe…

1

C'est peu après neuf heures, un soir de la fin janvier, que je reçus ce billet, livré chez moi par cette femme dont j'apprendrais plus tard qu'elle tenait le ménage de Robert et Clara Schumann. La lettre était signée "Clara Schumann". L'écriture était gracieuse et maîtrisée ; le message, en revanche, était pressant, m'intimant l'ordre de venir sans retard tout en me demandant de pardonner ce caractère impérieux. A cette heure tardive, il était toujours difficile de trouver un fiacre dans les rues obscures et désertes de Düsseldorf, mais la chance était avec moi et je pus me présenter à la porte du 15, Bilkerstrasse alors que, chez les Schumann, l'horloge du vestibule sonnait dix heures et quart.

Robert Schumann m'attendait seul. Il portait une énorme robe de chambre en lainage et des pantoufles de cuir qui avaient déjà beaucoup vécu. Je trouvai son costume étrange, dans la mesure où c'était ma première visite ; nous ne pouvions guère nous considérer comme des amis intimes. De plus, il était décoiffé et je remarquai qu'il ne s'était pas rasé depuis un jour ou deux. Il m'offrit une poignée de main molle, les doigts froids et moites.

Schumann ne chercha pas à excuser son apparence négligée. Conscient de sa réputation de génie, j'en conclus que les règles élémentaires de la politesse s'accordaient mal avec la créativité. Les artistes sont les artistes, voilà tout, me dis-je.

Nous nous tenions, ou plutôt je me tenais devant la cheminée du petit salon. Schumann arpentait la pièce, se frottant les mains comme s'il essayait d'extraire de ses os le froid humide qui pénétrait tout à cette époque de l'année. J'aurais voulu ranimer la flamme qui vacillait faiblement dans l'âtre mais le visage pâle de mon hôte me fit deviner que le confort matériel ne figurait pas alors parmi ses priorités.

— La lettre de votre épouse, dis-je pour en finir avec ce silence gênant, me laissait entendre que vous aviez grand besoin de moi.

— Il ne s'agit pas de ma femme, dit sèchement Schumann.

A son ton tranchant, je supposai que le couple venait d'avoir un désaccord, peut-être véhément, une de ces composantes de la vie conjugale que je connais mal, étant célibataire.

— Quelqu'un essaie délibérément de me faire basculer dans la démence, Preiss.

— Je suis désolé, je ne comprends pas, maestro...

Il cessa subitement ses allées et venues et pencha la tête sur le côté. Dans un murmure rauque, il me prit à témoin :

— Ça y est, Preiss... ça y est, ça recommence. Mes oreilles... ça me brise les tympans. Vous n'entendez pas ?

— Je n'entends pas quoi, maestro ?
— Ce *la*... ce maudit *la* qui n'arrête jamais.

Je ne sais pas ce qui l'agaçait alors le plus, le bruit qu'il prétendait entendre ou mon air complètement éberlué.

— Je parle de la note musicale... le *la* au-dessus du *do* central... comme s'il sortait d'un diapason infernal... comme la note d'un hautbois. Non, attendez... Maintenant, ça vient d'un clavier ! Ne me dites pas que vous ne l'entendez pas, Preiss !

J'ai l'ouïe très fine, tout comme la vision. Pourtant, je n'entendais rien. En inspectant rapidement la pièce, je n'aperçus rien qui pût tourmenter cet homme au point de le rendre fou. Il y avait dans le petit salon deux pianos à queue placés dos à dos, mais leur clavier était fermé, de sorte que seul un fantôme aurait pu faire retentir le son qui poussait maintenant ce pauvre homme à s'arracher les cheveux.

— Etes-vous bien certain, monsieur, risquai-je avec prudence, que quelqu'un produit délibérément ce *la* qui vous torture à ce point les oreilles ? Après tout, au cours d'une journée normale, certains bruits se produisent de façon tout à fait innocente, même si on les trouve extrêmement désagréables.

Schumann rejeta cette possibilité d'un seul mot :
— Ridicule !

Cette rebuffade me parut grossière et je décidai que, génie ou pas, cet homme me devait au moins un minimum de courtoisie.

— J'essaie simplement de vous être utile, maestro Schumann, dis-je fermement. Peut-être préféreriez-vous remettre cette conversation au moment où...

L'aigreur de ma voix dut avoir un effet.

— Pardonnez-moi, inspecteur, mais vous me prenez, semble-t-il, pour une sorte d'imbécile. Je connais parfaitement le quartier où je réside.

Grâce à mes nombreuses années dans la police, j'avais exploré tous les recoins, toutes les ruelles, et même les égouts de Düsseldorf. Je connaissais tous les bâtiments d'un bout à l'autre de la ville.

— Il y a une église luthérienne dans le voisinage. Quand l'organiste répète, les sons de son instrument traversent souvent les portes et les fenêtres de la chapelle. A cinquante mètres, vers le fleuve, se trouve une fonderie. Il arrive qu'on entende les ouvriers frapper sur leurs enclumes. Les coups de marteau qu'on donne dans une forge ont parfois leur propre musicalité, maestro.

Cette fois, Schumann secoua violemment la tête.

— Les carillons, maestro. Y a-t-il un carillon dans cette maison ? celui d'une horloge, par exemple, ou bien un de ces carillons que l'on suspend dehors, que déclenchent les courants d'air ou les déplacements ordinaires des personnes ?

Schumann réfléchit un instant.

— Le seul carillon est celui de l'horloge du vestibule, que vous avez entendu en entrant. J'ai l'oreille absolue. L'horloge fait un *mi* bémol. Je vous le dis, inspecteur, vous perdez votre temps en cherchant une cause mécanique à ce qui m'arrive, une explication "innocente", comme vous l'avez dit vous-même.

— Peut-être demain, après une bonne nuit de sommeil…

— Une bonne nuit de sommeil ! Figurez-vous, mon brave, que je ne sais plus à quoi ressemble une bonne nuit de sommeil. Regardez-moi, Preiss. Ai-je l'air d'un homme qui n'a qu'à poser sa tête sur son oreiller pour partir au pays des rêves ? Pour trouver un instant de paix, un instant de repos, je suis obligé soir après soir de m'abrutir à force d'alcool. Et même alors, ce bruit... ce bruit...

La voix de Schumann s'éteignit. Il resta muet, épuisé, une épave humaine en robe de chambre froissée et en pantoufles usées.

— Demain matin, à la première heure, j'entreprendrai mon enquête. Faites-moi confiance, monsieur, je ne ménagerai pas mes efforts pour découvrir la vérité.

— Non, non, protesta Schumann en me saisissant le bras, demain matin, il sera trop tard, Preiss. Je souffre le martyre, ne voyez-vous pas ? Il faut vous y mettre tout de suite, aujourd'hui même.

— Maestro, je vois que vous êtes profondément troublé, et avec raison, mais...

L'emprise de Schumann sur mon bras se resserra.

— Alors vous aussi, vous me traitez comme un enfant, c'est ça ? Vous êtes comme tous les autres... Ma femme, mes docteurs, mes soi-disant amis. Vous croyez que je suis devenu fou, vous espérez que demain on aura emmené ce pauvre vieux Schumann à l'asile et que vous serez bien débarrassé de cette absurdité. Avouez-le, Preiss, c'est ce que vous pensez.

Il avait raison. Pourtant, si Robert Schumann était assez intelligent pour voir clair dans *mon* esprit, comment pouvais-je imaginer qu'il avait lui-même perdu le sien ?

2

Après avoir remis mon manteau sur mes épaules, en traversant le vestibule plongé dans la pénombre, je jetai un coup d'œil en haut de l'escalier qui montait à l'étage. A ma grande stupeur, Clara Schumann se trouvait sur le palier. Elle portait une longue robe jaune pâle, nouée à la taille par une simple écharpe de satin assortie. Elle avait des pantoufles aux pieds.

— Bonsoir, inspecteur.

Je compris le message transmis par sa voix : elle avait écrit le billet me convoquant, mais ma présence était indésirable.

Elle commença à descendre l'escalier, effleurant la rampe du bout des doigts de sa main droite tout en remettant en place, de l'autre main, une mèche folâtre tombée sur son front. La tête haute, elle avançait lentement le pied droit pour faire chaque pas. J'avais l'impression d'assister à l'entrée en scène d'une actrice.

Parvenue à la dernière marche, elle marqua une pause et je pus voir ses traits plus nettement. Son visage avait une pâleur exquise, comme éclairé par une douce lumière intérieure. Ses yeux me fixaient avec une telle assurance que je faillis détourner le regard. Je songeai alors qu'elle avait choisi de rester sur la marche pour une raison bien précise : nous avions ainsi presque la même taille, ce qui lui convenait bien mieux.

Puis, seconde surprise. Elle changea d'humeur tout à coup. Plus aimable, mais avec un sourire prudent, elle s'exclama :

— Maintenant que nous sommes face à face, monsieur, je pense que nous nous sommes déjà rencontrés.

Je lui souris en retour, sentant que je m'empourprais :

— En effet, madame, c'est aussi mon avis.

— Bien sûr, je me rappelle, à présent. C'était lors du concert de charité. Vous êtes ce monsieur qui a si généreusement enchéri pour l'un des programmes que j'avais signés.

— Et je suis heureux de dire que j'ai pu acquérir votre autographe mais, je dois l'avouer – Dieu sait que je ne m'en plains pas –, j'y ai laissé presque un mois de salaire. Hélas, la police ne nous rémunère pas comme on pourrait le souhaiter. En tout cas, je ne regrette pas un seul des thalers que cela m'a coûté.

— Vous êtes trop bon, inspecteur. Et vous m'étonnez.

— Comment cela ?

— Pour deux raisons. D'abord, j'ignorais que le charme était l'une des qualités requises dans la police. Ensuite, je n'aurais jamais soupçonné qu'un homme spécialisé dans les enquêtes criminelles pût s'intéresser à la musique. Dites-moi donc, en toute franchise, par quel hasard vous trouviez-vous à cette soirée ? Laissez-moi deviner, inspecteur, ajouta-t-elle sur un ton moqueur. Vous aviez entendu dire que Richard Wagner et Eduard Hanslick devaient venir et que l'un des deux allait assassiner l'autre.

Clara Schumann ponctua sa petite plaisanterie d'un léger gloussement qui me parut tout à fait enchanteur.

— Madame, l'hostilité entre Wagner et son principal critique est un fait qui maintient en alerte constante toutes les forces de police d'Allemagne. Vous avez bien de la chance, vous et maestro Schumann, de ne susciter que les éloges de M. Hanslick.

Je ne m'attendais pas à la réponse de Mme Schumann, qui m'amusa beaucoup :

— En vérité, Eduard Hanslick est aussi pompeux qu'un archevêque célébrant une messe. Chaque fois qu'il administre l'extrême-onction à Wagner dans les journaux, nous nous mettons à genoux, mon mari et moi, et nous prononçons une petite prière d'action de grâce.

Elle baissa la voix, comme si nous étions sur le point d'échanger des confidences.

— Maintenant, inspecteur, dites-moi pourquoi vous avez assisté à ce gala.

— Vous ne le croirez peut-être pas, madame Schumann, mais j'aime la musique, même si mes tentatives pour jouer du piano se situent dans le meilleur des cas juste au-dessus du résultat qu'obtiendrait un orang-outang. Par chance, j'ai fait la connaissance de Helena Becker...

— Ah oui.

Le visage de Clara Schumann s'illumina. Le simple nom de Helena Becker me fit soudain monter dans son estime.

— C'est la violoncelliste du Quatuor de Düsseldorf. Et elle est très jolie.

— A ce propos, madame, c'est par le Quatuor de Düsseldorf que j'ai entendu pour la première fois interpréter les quatuors *Opus 41* du maestro Schumann, les trois qu'il a dédiés à Felix Mendelssohn, et c'est lors d'une réception après ce concert que j'ai été présenté à Mlle Becker.

Tandis que je parlais à son épouse, Schumann apparut dans le vestibule. Haussant les sourcils, l'air tout à coup intéressé, il demanda :

— Alors, inspecteur Preiss, comment les avez-vous trouvés, mes quatuors ? D'après le critique du *Berliner Zeitung*, c'est ma meilleure œuvre pour cordes. Il les a même comparés à ceux de Beethoven.

Je trouvais ces pièces merveilleuses et je le lui déclarai sans hésiter. Je n'aurais pas pu me tromper davantage.

— Tu entends, Clara, dit Schumann en tendant les bras comme pour implorer justice, partout on me tresse des louanges. Tout le monde me traite comme une plante de serre, comme un être fragile qui ne supporterait pas la vérité.

— Mais je suis absolument sincère, maestro, insistai-je. Croyez-moi, je vous en prie.

Clara Schumann descendit enfin la dernière marche. Elle était beaucoup plus petite que son mari mais, curieusement, elle semblait plus grande et elle lui parlait d'une voix ferme, presque dure.

— Tu vois, Robert, c'est exactement ce que je te répète depuis plusieurs mois. Il y a une part de toi qui refuse les compliments. Dans le ciel le plus bleu, tu arrives toujours à dénicher un nuage noir.

Elle se tourna vers moi.

— Inspecteur Preiss, c'est un docteur qu'il faut à mon mari, pas un détective. Malgré ce qu'il vous a raconté, il s'agit d'un cas médical et non criminel.

Cela fit bondir le maestro :

— Nom de Dieu, comment peux-tu savoir ce que j'ai raconté à l'inspecteur Preiss ?

— Si tu tiens à le savoir, Robert, j'ai pu tout entendre même du haut de l'escalier.

— En d'autres termes, tu as écouté une conversation confidentielle.

— Mais, enfin, je suis ta femme ! Une épouse ne commet pas d'indiscrétion en écoutant les conversations prétendument confidentielles de son mari malade.

Elle se tourna de nouveau vers moi.

— Et vous croyez, monsieur, que l'état de mon mari… cette histoire de *la*… vous croyez vraiment que quelqu'un cherche à nuire à Robert ?

Elle me posa cette question sans le moindre sarcasme, mais il ne faisait aucun doute qu'elle considérait toute cette affaire comme ridicule.

— Madame, vous me demandez si je "crois" ceci ou cela. J'évite de transformer mes hypothèses en convictions tant qu'elles ne s'appuient pas sur des faits solides. Mais j'en ai vu et entendu assez au cours de l'heure passée ici pour qu'il me soit impossible de vous quitter sans promettre d'étudier de près les soupçons du professeur Schumann. Et le plus tôt sera le mieux.

Mme Schumann semblait à présent indignée :

— Alors, inspecteur, il est évident que rien de ce que je dirai ne vous fera renoncer.

Elle dévisagea son mari avec un mélange de pitié et de mépris. Sans me regarder, elle ajouta :

— Mais je vous préviens, monsieur, ce que vous allez découvrir ne vous plaira guère.

— Ce que je découvre ne me plaît jamais.

Une fois dans la rue, je remarquai que le froid y était à peine plus pénétrant que celui de la maison dont je venais de sortir.

3

De retour chez moi, je me servis un bon verre de schnaps, que je bus d'un trait. Cette liqueur forte me traversa tout le corps ainsi qu'une coulée de lave mais, loin de me calmer comme je l'avais espéré, elle me laissa tout aussi agité. Il était à présent une heure du matin et je n'avais pas du tout sommeil. Je m'approchai de la grande fenêtre du salon, dont j'écartai les lourds rideaux pour contempler le petit parc situé de l'autre côté de la rue. Malgré le temps morose, la grille de fer forgé marquant l'entrée du parc, encadrée de réverbères dont la flamme jaune vacillait vaillamment, offrait un tableau chaleureux et réconfortant. Mon logis n'avait rien de somptueux mais était meublé confortablement et constituait pour moi une source de plaisir.

Plus satisfaisante encore était l'idée que je venais d'être admis dans l'intimité de l'un des plus célèbres couples d'Allemagne et même de l'Europe entière, un monde situé à des années-lumière de mes origines.

La ville de Zwicken, où je suis né en 1820, se trouvait au cœur d'une région agricole très pauvre. Dire que cette ville en était "le cœur" n'est pas très judicieux car c'est un cœur qui pompait fort peu de sang. Il s'agissait plutôt d'un ramassis de maisons et de boutiques modestes, adossées les unes aux autres pour se soutenir dans leur vieillesse. Des arrière-cours montait le caquetage des poules et des oies, ces cris dénués de sens comme ceux de l'idiot du village. On entendait parfois une truie grogner lorsqu'elle roulait sur le flanc pour inviter ses petits à téter. Chevaux et vaches laissaient leur carte de visite sur les routes de terre battue, obligeant les piétons à poser le pied avec précaution, comme des enfants apprenant à marcher.

Peu avant ma naissance, l'infanterie et l'artillerie de Napoléon Bonaparte avaient défilé dans notre ville, car ils avaient confondu Zwicken avec un autre centre bien plus important, Zwickau. Mécontents de leur erreur, les Français s'en étaient pris à la population locale. Tandis que leurs officiers fermaient les yeux, les soldats pillèrent les boutiques jusqu'à ce qu'il ne reste plus rien sur les rayonnages. Pire encore, avec ce désespoir brutal propre aux envahisseurs loin de leur pays natal, ils harcelèrent ou violèrent toutes les jeunes femmes qui ne couraient pas assez vite pour se soustraire à leurs assiduités.

Le jour de leur départ pour Zwickau, les héros de Napoléon laissèrent derrière eux une ville dépouillée de son énergie, de ses ressources et surtout de sa dignité. Les habitants pansèrent leurs plaies de leur mieux. Mais Zwicken avait perdu sa raison d'être en même temps que s'étaient effacées les dernières traces du passage des Français.

Mon père, Wolfgang Preiss, tenait une petite échoppe de tailleur dans la grand-rue de Zwicken, profession qui, vu l'état des affaires, lui laissait beaucoup de loisir. Cela lui permettait de s'adonner chaque jour et presque toutes les nuits à l'activité qui était la plus chère à son cœur : écrire des romans. Malgré son manque d'instruction, il avait lu les œuvres de Goethe, de Schiller et de plusieurs autres éminents auteurs et poètes allemands, et il rêvait de rejoindre un jour leurs rangs grâce à ses récits, quand le monde littéraire s'éveillerait enfin et reconnaîtrait l'originalité de son génie.

Il était peu à peu devenu un créateur de ce que, bien des années après sa mort, on appellerait des contes fantastiques. Il était persuadé que le seul moyen de tirer parti de sa nature rêveuse était de transcrire ses visions en mots. Toutes ses extravagances, il les incorporait à des romans dont le héros, inventeur et vaguement prophète, vivait incompris dans son pays et ne serait reconnu pour ses dons de visionnaire que bien après son trépas. Pour mon père, ce thème constituait la tragédie suprême de la vie.

Hélas, les romans de mon père étaient systématiquement refusés par les éditeurs. Entre la boutique de tailleur et la carrière d'auteur à laquelle il aspirait, les maigres finances de notre famille fondaient à vue d'œil.

Pendant des années, ma mère connut des jours d'angoisse et des nuits d'insomnie, attendant que le ciel nous tombe sur la tête et mette un terme à nos misères apparemment sans fin. Nous vivions dans un tel dénuement que notre maison était devenue un sujet de plaisanteries : on racontait que, en hiver, nos voisins nous suppliaient de bien fermer portes et fenêtres pour éviter que le froid qui régnait chez nous ne se répande à l'extérieur.

C'est après une journée de janvier particulièrement glaciale que la patience de ma mère finit par s'épuiser. Elle ne pouvait plus contenir sa fureur.

— Regardez-moi cette maison ! C'est un lieu de désolation, balayé par le vent du désespoir et de l'incurie !

Papa médita un moment sur ces paroles, puis hocha la tête d'un air approbateur.

— J'aime beaucoup, Emma... Oui, vraiment, ça me paraît merveilleux.

Maman dévisagea son mari, incrédule.

— Tu *aimes* cette maison ?

— Non, non, s'empressa de répondre papa. Je veux parler de cette phrase, de la façon dont tu viens de t'exprimer.

Il s'interrompit pour contempler le plafond qui menaçait ruine.

— Ah oui, "un lieu de désolation... balayé par le vent du désespoir et de l'incurie"...

Il s'excusa et courut à sa table de travail pour noter dans son petit carnet déchiré les mots que venait de prononcer ma mère.

Bondissant à sa poursuite, celle-ci continua à crier de toutes ses forces :

— Wolfgang, écoute-moi, notre famille ne peut pas rester suspendue au-dessus du gouffre, en s'agrippant du bout des doigts à tes ambitions ! Tu entends ce que je te dis ?

— Je t'en prie, Emma, je t'en supplie, parle moins vite. Je n'arrive pas à tout écrire. Peux-tu répéter, à partir de "en s'agrippant" ?

Et voilà comment notre vie se passait : ma mère glapissait des phrases dignes d'un livre, qui semblaient lui venir naturellement ; mon père se berçait de l'illusion qu'il était le seul lettré de la famille, alors qu'il était de moins en moins capable de distinguer entre fiction et réalité.

Quant à ma petite sœur Ilse et moi, nous jouions à faire semblant, nous nous imaginions les rejetons de la noblesse allemande, envoyés dans cette maisonnée sordide par la vengeance d'une sorcière dont notre père, ce prince charmant, avait jadis commis l'erreur de repousser les avances. Bientôt, très bientôt, nous disions-nous, un carrosse tiré par huit chevaux au galop s'arrêterait devant notre porte et notre père – c'est-à-dire le prince – nous emporterait au palais, dans les superbes appartements qui nous revenaient de droit.

C'est donc ainsi que nos jours s'écoulèrent pendant une bonne partie de mon enfance et de mon adolescence. Mon père entretenait l'idée fantasque qu'un jour le nom de Wolfgang Preiss supplanterait celui de Goethe dans la bouche des intellectuels de toute l'Europe. Ma mère entretenait l'idée fantasque qu'un jour prochain elle deviendrait veuve et que, grâce à sa beauté miraculeusement intacte, elle attirerait comme second époux un solide soutien de famille. Ma sœur et moi, nous partagions le même rêve : rendus à notre milieu aristocratique, nous serions élevés comme il sied à des enfants bien nés, par des domestiques aimants.

Le seul aspect heureux de mon enfance était mon excellence à l'école, surtout dans les sciences. Au *Gymnasium*, mes professeurs de chimie et de physique remarquèrent que je possédais une aptitude extraordinaire à l'enquête scientifique. Lors de ma dernière année, ils m'encouragèrent à demander la seule bourse accessible pour un jeune homme dans ma position. C'est ainsi que, peu avant mes dix-huit ans, je me retrouvai dans la minuscule gare de Zwicken, sur le point de quitter le foyer pour la première fois. Je partais étudier à l'Académie nationale de police, à Hambourg. Enfin libre !

Ecrasées par un chagrin irrépressible, ma mère et ma sœur n'eurent pas la force de m'accompagner (aux heures où je me sens le moins charitable, je ne peux m'empêcher de penser que leur chagrin irrépressible se composait de un pour cent de tristesse et de quatre-vingt-dix-neuf pour cent de jalousie).

Alors que j'attendais sur le quai, mon père m'entraîna à l'écart, me prit par les épaules et, en me regardant au fond des yeux, déclara :

— Mon fils, ceci surtout...

Il s'arrêta au milieu de sa phrase. La pensée qu'il avait en tête parut momentanément suspendue au-dessus de nous comme un énorme glissement de terrain.

— Oui, papa ?

— Ceci surtout, répéta-t-il.

Il marqua de nouveau une pause, en regardant autour de lui pour s'assurer que personne ne nous écoutait, alors que nous étions les seuls dans cette gare. A voix basse, il poursuivit :

— Si tu dois tout oublier, Hermann, souviens-toi au moins d'une chose : évite les surprises !

Nos rapports étaient tels que je n'avais jamais mis en doute ou contesté les conseils de mon père ou sa perception du monde qui nous entoure. D'abord à cause des règles strictes qui prévalaient alors dans les foyers pieux, en matière de respect filial et d'obéissance. Ensuite, parce que cet homme était si évidemment un imbécile qu'il ne servait à rien de discuter avec lui sur quoi que ce soit. Malgré tout, alors que nous attendions mon train, la gravité de son visage négligemment rasé indiquait qu'il y avait une chance, une chance infime, pour qu'il sût des choses que j'ignorais. Lui accordant le bénéfice du doute, je répétai comme un bon fils :

— J'éviterai les surprises.

— Brave garçon ! approuva mon père en agitant la tête. Vois-tu, Hermann, il n'existe pas de *bonnes* surprises. Elles sont toutes mauvaises, sans exception. La mort, l'infidélité, l'insolvabilité… on frappe à la porte et hop ! tu n'es plus qu'un cadavre, un cocu, ou bien un effronté venu te faire payer tes dettes repart en emportant ta culotte. Et puis il y a les émeutes dans les rues. Et, bien sûr, les maladies. Un verre d'eau innocent avant la nuit, et le lendemain matin ton corps est en feu, couvert de boutons violets !

En écoutant ces mises en garde de dernière minute, j'étais prêt à parier les quelques modestes billets cousus dans la doublure de ma veste que le pauvre vieux avait pris une pincée de trop de son cher tabac à priser et qu'il avait éternué sa cervelle dans son chapeau. Alors que je n'étais jamais allé à plus de dix kilomètres de Zwicken, je savais bien que, des innombrables maux à fuir dans une ville portuaire comme Hambourg, les verres d'eau innocents n'étaient sûrement pas les plus redoutables. Ce n'était pas un secret en Allemagne, la mer à Hambourg était un immense égout à ciel ouvert, où se mêlaient librement déchets humains et humains réduits à l'état de déchets, au point qu'on ne pouvait souvent plus distinguer entre eux aucune différence. Les ruelles obscures et les portes cochères de la ville offraient vingt-quatre heures sur vingt-quatre les ressources du bordel, proposant d'une main quelques minutes de plaisir et garantissant de l'autre une vie entière de problèmes de peau fort embarrassants. Alors, en comparaison, les innocents verres d'eau…

J'avais néanmoins décidé que mes derniers instants à Zwicken se passeraient agréablement.

— Merci, papa, je m'efforcerai de me rappeler ces sages conseils. Je me juge bienheureux d'être le fils d'un vrai philosophe.

Les yeux de mon père se fixèrent encore plus aux miens.

— Ah oui, Hermann, voici l'autre chose que je voulais te dire.

— L'autre chose ?

— Oui. Tu n'es pas mon fils. Ta mère était enceinte d'un autre homme… peut-être d'un adjudant français à l'époque de l'invasion, mais il y avait aussi ce voyageur de commerce venu de Potsdam… quand j'ai accepté de l'épouser. Puisque tu n'es pas la chair de ma chair, je ne te laisserai rien dans mon testament. Tu le comprendras, j'en suis sûr, ce n'est que justice, ta chère petite sœur Ilse est ma légataire universelle, puisqu'elle est vraiment, autant que je sache, la chair de ma chair. A présent, mon garçon, tâche de garder en tout temps ta bonne humeur. Au revoir et bonne chance.

En vérité, je ne ressentis qu'un choc très passager en apprenant soudain que j'étais déshérité. Après tout, lorsque l'on n'a rien à gagner, on n'a rien à perdre. Mais la révélation que l'ovule de ma mère avait été fertilisé par le sperme passager d'un individu étranger à notre ville me perturba bien davantage, non seulement pendant le trajet jusqu'à Hambourg ce soir-là, mais pendant les nombreuses années qui suivirent. Aujourd'hui encore, je suis harcelé par des doutes quant à mes origines et par ma condition d'enfant illégitime.

Si j'ai choisi de rester célibataire, malgré quelques idylles occasionnelles, cela tient à cette conversation dans la gare de Zwicken. Etant donné les querelles incessantes de mes parents, était-il étonnant que j'en vienne à considérer le temple de l'hymen comme guère plus fiable qu'une tente lors d'un ouragan ?

Le célibat avait dans mon cas son côté positif. Il me laissait libre de m'immerger dans mon travail dans le domaine du crime, et de l'homicide en particulier. Je ne voulais pas d'une vie bien réglée, souper à six heures, lecture d'histoires pour les enfants à sept heures, pipe et pantoufles à huit heures, extinction des feux à neuf heures. Alors que la plupart des hommes se mettaient à table, écoutaient gazouiller leurs bambins revenus de l'école ou se blottissaient douillettement contre la chemise de nuit en flanelle de leur épouse, je me penchais avec une curiosité sans bornes au-dessus d'un cadavre molesté, j'examinais un couteau planté comme un drapeau dans la poitrine d'un inconnu, j'imaginais la trajectoire d'une balle logée dans un crâne.

Il y a là une certaine ironie, bien sûr. Pour quelqu'un qui voulait éviter les surprises, j'avais décidé d'en faire mon métier. Les surprises auxquelles j'avais affaire se produisaient cependant dans la vie des autres, et non dans la mienne. Cela faisait toute la différence. Si horribles que fussent les crimes auxquels j'étais confronté, je pouvais les envisager d'un œil froid. L'objectivité est la clef de l'enquête criminelle professionnelle et je n'avais jamais pris la mienne en défaut.

Bref, mon travail était ma vie.

Pourtant, il venait chaque jour un moment où je pouvais déposer mes outils et dire "Assez". C'est à ces moments que je réussissais en fait à restituer le crime à la société, comme on rend à sa mère le jeune enfant qui s'est oublié dans ses langes. Une fois détaché, même pour quelques heures, des énigmes de ma profession, j'étais libre de me plonger dans un genre de vie tout autre, une vie de bonne chère, de bons vins, d'excellente musique, sans oublier la compagnie d'une femme charmante, mon amie violoncelliste Helena Becker.

C'est cette même Helena qui, à ma grande stupeur, interrompit mes réflexions sur les Schumann et sur ma carrière en frappant discrètement à ma porte.

— Pardonnez-moi cette intrusion, Hermann, dit-elle en pénétrant dans mon logis.

Une rougeur colorait son visage et elle semblait s'être laissée aller à l'enthousiasme. Avant que j'aie pu lui retirer sa cape, elle passa ses bras autour de ma taille et m'attira contre elle. Ma première réaction fut de rire de plaisir. Nous nous connaissions depuis plusieurs années mais je l'avais rarement vue dans un tel état d'euphorie.

— Ne me dites rien, Helena, laissez-moi deviner, dis-je en humant son parfum et la fraîche odeur qu'avaient naturellement ses cheveux. Vous êtes retournée à l'opéra voir le *Lohengrin* de Wagner. Je sais que l'opéra vous exalte toujours, surtout les scènes d'amour.

Telle une coquette, elle battit des paupières.

— Pas du tout, répondit-elle sans me lâcher. Essayez encore, Hermann.

— Vous avez assisté à un concert où l'on donnait la *Symphonie italienne* de Mendelssohn. Voilà. Le dernier mouvement suffit à donner l'envie de faire des choses folles et défendues.

— Pas davantage.

Je dois avouer que, à cette heure de la nuit, mon goût pour les devinettes commençait à s'épuiser.

— Je formulerai une dernière hypothèse, déclarai-je en tâchant de paraître sévère, et, si je me trompe une fois de plus, je vous jette dans la rue. Ecoutez, j'ai entendu dire que Liszt, ce brillant Hongrois, est à Düsseldorf et que le baron von Hoffman et sa grosse et grasse *Frau* organisaient une réception en son honneur... à laquelle je n'ai d'ailleurs pas été invité. Vous y étiez, j'imagine ?

Helena me posa sur la joue un généreux baiser.

— Je vous adore, mon détective. Oui, Franz Liszt était chez les von Hoffman, et il a joué sa transcription pour piano d'une des ouvertures de Wagner. Mon Dieu, Hermann, quelle fougue... Je ne saurais la décrire... c'est si... si excitant !

Les minutes qui suivirent furent grisantes. Je me retrouvai à la place qu'occupait ordinairement le violoncelle de Helena Becker. Je sentais son bras droit me glisser d'avant en arrière dans le bas du dos, comme si elle maniait son archet. De la main gauche, elle jouait les notes, pour ainsi dire, sur mes omoplates, enfonçant les doigts en profondeur.

Mais quand je fermais les yeux, ce n'était pas le visage de Helena Becker que je me représentais.

C'était le visage de Clara Schumann.

4

Le lendemain matin, désireux d'être seul avec mes pensées, je pris soin d'éviter la réunion rituelle présidée par le commissaire Schilling, mon supérieur direct, et je montai les quatre volées de marches menant à mon bureau en passant par un escalier de service. La journée s'annonçait exceptionnellement peu chargée. Pour une raison étrange, le taux de criminalité de la ville de Düsseldorf chutait toujours à cette période de l'année : une sévère baisse des températures gelait d'ordinaire l'activité des malfaiteurs. Cela me laissait le temps de méditer sur le problème de Robert Schumann.

Comment m'y attaquer ?

Plus précisément, un inspecteur de police devait-il même s'en mêler ?

Dans l'espoir de répondre à ces questions, je prévoyais de retrouver Helena pour déjeuner dans son restaurant préféré, près du marché central de Düsseldorf, le *Café Schimmel*, sur Linkstrasse. Je choisis une table dans un coin tranquille où nous pourrions parler sans être entendus.

— Helena, j'ai une faveur à vous demander.

En me penchant vers elle, j'ajoutai tout bas :

— Ce que je vais vous révéler doit rester absolument confidentiel. Il s'agit peut-être d'un crime. A strictement parler, c'est l'affaire de la police. Mais le défi est si extraordinaire que je dois chercher de l'aide hors de la communauté policière. Voyez-vous, Helena, la victime – si l'on peut l'appeler victime au point où nous en sommes – n'est autre que Robert Schumann.

Je décrivis ensuite en détail la conversation que j'avais eue avec Schumann et avec son épouse Clara.

Indifférente à la nourriture déposée devant elle, Helena m'écouta attentivement, prit quelques instants pour réfléchir, puis dit :

— Je suis désolée, Hermann, mais j'ai beaucoup de mal à prendre cette histoire au sérieux.

Je détectai un léger plissement aux commissures de ses lèvres, comme si elle tentait de maîtriser une envie de rire.

— Laissez-moi vous expliquer quelque chose, dit-elle avant d'observer rapidement les alentours pour être sûre de ne pas être entendue. Dans le monde musical, et même au-delà – bien qu'apparemment la nouvelle n'ait pas encore atteint le commissariat de Düsseldorf –, Robert Schumann est depuis longtemps considéré comme à moitié fou. Je trouve stupéfiant que vous, justement, qui savez ce qui se cache sous chaque pavé de la ville, vous ignoriez toutes les rumeurs qui circulent depuis des lustres à propos du maestro. Je trouve encore plus stupéfiant que vous preniez la peine d'accorder à ce délire ne serait-ce qu'une heure de votre temps.

Je pris le temps de préparer ma réponse avec soin.

— C'est parce que, pour la première fois de ma carrière, Helena, j'ai affaire à des gens… à des personnalités… qui ne cadrent pas avec le monde souterrain des petits malfrats et des victimes auquel je suis habitué. Quatre-vingt-dix-neuf fois sur cent, je côtoie des voleurs, des prostituées, des assassins, des escrocs… des hommes et des femmes que j'hésite à toucher même quand je porte des gants ! Et voici qu'arrive Robert Schumann, le cas sur cent, pour ainsi dire, qui ne concerne pas quelque dégoûtante ordure humaine…

Elle m'interrompit.

— Sans oublier Clara Schumann, bien sûr ?

Elle eut un sourire avisé, le genre de sourire que provoque l'intuition féminine.

Je fis mine de ne pas comprendre.

— Ce qui signifie ?

Helena poussa un soupir et roula les yeux au plafond. Comme pour elle-même, elle déclara :

— Les hommes sont affreusement ennuyeux lorsqu'ils font semblant d'être bêtes. Cela signifie, Hermann, poursuivit-elle en me regardant à nouveau, que les hommes sont aussitôt fascinés par Clara Schumann avant même que ses doigts se posent sur le clavier. Allez-vous prétendre faire exception à la règle ?

— Cette affaire m'inspire un intérêt purement professionnel. Alors, puis-je compter sur vous pour m'aider ?

— Vous aider comment ?
— Dites oui d'abord, ensuite je m'expliquerai.

Après avoir jeté un regard inquiet par-dessus son épaule, elle répondit :

— Mon Dieu, mon goulache doit être glacé à présent. Demandez au serveur de le remporter en cuisine pour le réchauffer, Hermann.

Connaissant Helena, je compris que c'était sa manière de dire oui.

5

C'est d'un pas très ferme que je me dirigeais vers mon bureau, au commissariat central de Düsseldorf. Je me sentais porté par le sentiment d'un objectif neuf, différent. Pourtant, dans l'un de ces rares moments d'introspection qui assaillent le détective le plus concentré sur sa tâche, je m'interrogeais : Helena avait-elle raison ? Un autre motif me poussait-il à mener cette enquête ?

Bien sûr, j'étais réellement troublé par la situation de Robert Schumann. Qui ne se serait ému de le voir dans un tel état ?

Mais Clara Schumann ? Eh bien oui, j'étais bel et bien intrigué. Plus qu'intrigué. Captivé !

Même si mes horaires de travail étaient lourds et variables, je passais mon peu de temps disponible dans les salles de concert, les musées et les bibliothèques. Mes collègues de la police me considéraient comme un drôle d'oiseau, sans doute parce que je préférais une heure solitaire dans une librairie à la camaraderie des tavernes en fin de journée.

Ces intérêts extra-professionnels me mettaient en contact avec quantité d'éminents personnages liés à la vie culturelle de Düsseldorf. J'avais notamment fait la connaissance de Georg Adelmann, journaliste de renom et critique musical régulièrement publié dans la presse ordinaire comme dans les revues universitaires ; il travaillait à une monographie sur la vie et l'œuvre de Schumann. Bien qu'il voyageât beaucoup pour rassembler les informations nécessaires à ses articles et à ses ouvrages, Adelmann revenait les écrire dans son appartement de Düsseldorf et je savais qu'il se trouvait alors en ville. Avant de revoir Schumann, j'étais résolu à obtenir le maximum de détails à son sujet. Quelle meilleure source que Georg Adelmann ?

Je lui adressai aussitôt cette lettre :

Cher docteur Adelmann,
Je crois savoir que vous rédigez une monographie sur la vie et l'œuvre de Robert Schumann.

Mon amie la violoncelliste Helena Becker est sur le point de faire ses débuts de soliste. Elle a choisi d'interpréter le concerto en la *mineur du maestro et, pour rendre justice à une œuvre aussi passionnée, elle croit devoir acquérir la meilleure compréhension non seulement de cette musique mais aussi de l'homme qui l'a créée.*

Sachant que je vous connais, et étant affreusement intimidée à l'idée de vous contacter elle-même, Mlle Becker a insisté pour que je vous fisse part de sa demande. Je serais votre éternel obligé si nous pouvions bavarder ensemble, peut-être lors d'un déjeuner, afin que je puisse à mon tour transmettre à

Mlle Becker tout ce que vous m'aurez appris sur Schumann, l'homme aussi bien que le compositeur.

Bien respectueusement,

HERMANN PREISS

6

Les journaux locaux annonçaient un concert de gala, l'un des grands moments de la saison musicale de Düsseldorf. Robert et Clara Schumann présenteraient un programme exclusivement dédié à Schumann : il dirigerait sa *Quatrième Symphonie*, elle interpréterait son concerto pour piano. La Société de musique organisait ensuite une réception où l'on ne lésinerait ni sur le champagne ni sur les potins mondains, après quoi l'élite de la ville se retirerait dans ses riches demeures et formulerait maintes hypothèses délicieuses pour déterminer combien de temps un couple aussi mal assorti que celui de Robert et Clara Schumann pourrait rester uni. Après tout, il était de neuf ans plus âgé qu'elle, il avait quarante-quatre ans mais en paraissait soixante-quatre, grâce (comme j'allais bientôt le découvrir) à son ivrognerie et à la consommation assidue de pilules censées guérir toutes sortes de maux, pour la plupart jugés imaginaires. Quant à elle, c'était une tout autre histoire. Dans sa trente-cinquième année, Clara Schumann semblait naturellement radieuse.

Le concert affichait complet et je ne pus acheter une place à la dernière minute. Outre mon désir d'écouter la musique, j'avais envie de voir les Schumann "en action", pour ainsi dire, avant mon prochain entretien avec le compositeur. Devant la salle, une longue file de mécontents venait d'être refoulée : il n'y avait même plus de places debout. L'un des privilèges de mes fonctions était cependant de pouvoir entrer sur simple présentation de ma carte au responsable du guichet. On me fournit Dieu sait comment un strapontin au sixième rang. Je m'installai en me préparant à deux heures de musique exceptionnelle.

L'ouverture, également composée par Schumann, fut très bien jouée et il parut ravi par les applaudissements enthousiastes.

Le concerto pour piano se déroula encore mieux. Mais je songeai que le maestro aurait dû avoir la galanterie de laisser son épouse saluer seule après une interprétation dont le succès lui était largement dû. Au lieu de quoi ils vinrent recevoir côte à côte l'ovation debout qui, selon moi, n'était destinée qu'à elle. Lorsqu'une ouvreuse émergea des coulisses pour apporter à la pianiste un énorme bouquet d'œillets, je détectai une légère ombre sur le visage de Schumann, comme si c'était lui qui aurait dû recevoir cet hommage floral.

Pendant l'entracte, je me mêlai à cette partie du public qui, occupant les sièges d'orchestre et les baignoires, avait accès au foyer luxueusement décoré. L'arôme réconfortant de l'aisance parfumait l'air, épais et tangible comme la cuillerée de crème fouettée qui couronnait ma part de forêt-noire. Dans l'air flottaient également diverses remarques chuchotées : "Pour quelqu'un qui a l'air d'un mort vivant, il sait encore produire de bonnes mélodies…" "Vous imaginez cette jeune femme obligée de passer toutes les nuits dans le lit d'un homme qui paraît assez vieux pour être son père !"

C'est à l'instant où les ouvreurs se mirent à signaler la fin de l'entracte que j'aperçus Georg Adelmann près du buffet, en train d'avaler en hâte une demi-tasse de café.

— Quel heureux hasard, Preiss ! s'exclama Adelmann en me donnant une tape amicale sur l'épaule. Voilà qui va nous épargner un échange de lettres. Etes-vous libre à déjeuner demain, disons vers midi à mon club ?

— Midi me convient tout à fait, mais de quel club parlez-vous ?

— Voyons, du Club des arts et lettres de Düsseldorf, bien sûr.

— Mais docteur Adelmann, vous m'accordez une faveur, et c'est donc moi qui devrais vous inviter.

Je l'avoue, je ne protestai que par politesse. En vérité, je n'avais jamais mis les pieds dans ce lieu de culture exclusif et prestigieux, où des hommes riches et distingués dégustaient les mets les plus délicats et les vins les plus rares. Je ne pouvais laisser passer l'occasion d'y être convié.

A mon grand désarroi, Adelmann eut un sourire jovial :

— Fort bien, alors, j'accepte d'être votre invité, puisque vous insistez.

Je n'avais guère insisté mais j'étais désormais obligé d'offrir au célèbre journaliste un repas onéreux dans l'un des meilleurs cafés de la ville, qui allait sérieusement peser sur mon budget. Ma mère m'avait mis en garde contre ce genre d'incident. "Hermann, les riches s'enrichissent en épargnant, les pauvres s'appauvrissent en dépensant." Et elle citait mon père comme parfaite illustration de cet adage.

La deuxième partie du concert serait consacrée à la *Quatrième Symphonie en ré mineur* de Schumann. Avant que le maestro ne prenne la baguette, j'eus une minute ou deux pour consulter le programme, dont le texte me parut un peu confus. Cette *Quatrième Symphonie* était apparemment la seconde, puisqu'elle avait été composée en 1841, peu après la première. Le compositeur ayant néanmoins estimé la version originale peu satisfaisante, il l'avait révisée dix ans plus tard. La version que nous allions donc entendre avait reçu le numéro quatre puisqu'elle voyait le jour en 1851, après sa *Troisième Symphonie*.

Le processus créateur a quelque chose de bien hésitant, surtout dans le domaine de la musique. Tout semble dépendre d'impulsions soudaines, de moments d'inspiration qui surgissent puis disparaissent, comme passent les lucioles dans la nuit. Comme ce monde est différent du mien ! Dans mon métier, on empile nécessairement les faits les uns sur les autres, comme on construit un mur de briques. Mon monde est constitué de suites logiques : après deux vient trois, puis quatre. Toute autre possibilité est inconcevable.

La *Symphonie en ré mineur* s'ouvrait avec les soupirs des cordes, l'orchestre exprimait un vague désir, évoquant l'automne, la fin d'une année de plus dans la vie du compositeur. Le second mouvement, enchaîné sans interruption, commençait par une mélodie plaintive du hautbois, au rythme mélancolique. Toujours sans interruption, un scherzo plein d'entrain promettait de dissiper l'humeur sombre des deux premiers mouvements. Pendant les premières mesures, l'orchestre ne faisait qu'un avec le chef, qui agitait sa baguette d'un air si décidé qu'il semblait y prendre un plaisir immense.

Tout à coup, sans raison apparente, Schumann laissa retomber le bras le long de son corps, position qu'il conserva pendant plusieurs mesures. L'orchestre de Düsseldorf poursuivit vaillamment, et les musiciens s'attendaient sans doute que le maestro reprît la direction avec la même vigueur. Mais quand Schumann releva le bras, sa battue parut décalée et la baguette s'agitait de façon incohérente. Quelques instants après, le maestro recouvra ses esprits, puis sa battue se perdit de nouveau. Les interprètes échangeaient à présent des regards inquiets. Dans la salle, les spectateurs murmuraient. Même l'oreille la moins exercée aurait compris que le scherzo se désintégrait en un lamentable méli-mélo de sons. Sans aucune aide de son chef, l'orchestre parvint à venir à bout du troisième mouvement.

Le scherzo débouchait directement sur un finale rapide et brillant. Comment les musiciens réussirent-ils à négocier eux-mêmes la transition ? C'est un mystère, mais l'attention de Schumann était revenue aussi subitement qu'elle avait disparu auparavant et ne les quitta plus guère de tout ce dernier mouvement.

Puis le phénomène se reproduisit. La baguette qui se baisse à l'improviste, le bras droit qui tombe, inerte. Les ultimes minutes de la symphonie furent données au milieu d'une débâcle complète, les musiciens accomplissant leur mission comme des soldats en pleine déroute. Au lieu de l'ovation attendue, il y eut un moment de silence ébahi. Sans même un regard vers le public, Schumann quitta la scène, laissant derrière lui quelques applaudissements polis et une mer de visages perplexes.

A contre-courant de la marée humaine qui se dirigeait vers les portes du fond de la salle, je m'avançai vers la scène et me frayai un chemin jusqu'à la loge réservée au chef. Tandis que je m'approchais, j'entendis une discussion animée et je reconnus plusieurs voix, les plus sonores étant celles de Robert et de Clara.

— Je suis un homme fini... fini ! gémissait Schumann.

— Calme-toi, Robert... Je t'en prie, essaie de te calmer... Tout ira bien... Le Dr Hellman est là, répondait Clara.

En entrant dans la loge, je trouvai Schumann vautré sur un canapé, sans son habit, le col déboutonné, la cravate défaite, les jambes et les bras mous comme ceux d'une marionnette détachée de ses fils. Un homme barbu en tenue de soirée s'affairait autour du compositeur désespéré, l'incitant à boire un liquide laiteux qu'il lui tendait dans un petit verre. Ce devait être le Dr Hellman et la substance devait être une sorte de sédatif.

— S'il vous plaît, implora le barbu, buvez simplement ceci, maestro, et je vous promets...

Mais les lèvres de Schumann étaient serrées comme par un étau ; il refusait d'ouvrir la bouche.

Près du médecin se tenait un individu qui m'était entièrement inconnu mais qui semblait aussi inquiet que les autres et qui s'adressait à Schumann avec insistance, le priant d'écouter les conseils du docteur et de boire le remède. C'était un homme jeune, d'une vingtaine d'années, en tenue de ville plutôt qu'en habit de soirée, et remarquablement beau. Son épaisse chevelure blonde, coiffée en arrière, dévoilait un front haut et touchait presque ses larges épaules. Ses grands yeux étaient d'un bleu qui rappelait celui des lacs clairs et purs des montagnes de Bavière. Si je l'avais vu en plein air, je l'aurais pris pour un athlète, avec sa voix juvénile et son corps élancé mais musclé. Il y eut entre nous un échange de regards mais ni lui ni moi ne souhaitions procéder à des présentations, vu les circonstances, et je me contentai de supposer qu'il faisait partie du personnel de la salle de concert, à moins que ce ne fût un élève du conservatoire, un ami des Schumann.

Regardant par-dessus sa femme, le Dr Hellman et un autre que je reconnus pour être Julius Tausch, le chef adjoint de l'orchestre, Schumann m'aperçut.

— Preiss, vous êtes ici, Dieu merci !

D'une main faible, il me fit signe de m'approcher et de me placer à côté de lui. Ignorant tous les autres, il me parla comme si j'étais son unique source de réconfort.

— Vous voyez, Preiss, vous voyez, n'est-ce pas ? Le *la* ? Même sur scène, quand je dirige, il se déverse en moi comme du métal en fusion. Ils vont me tuer, Preiss. Il faut que vous m'aidiez, que vous me sauviez !

Alors qu'il prononçait ces mots, je jetai un coup d'œil en direction de Clara Schumann. Elle me dévisageait froidement, comme si elle me mettait au défi de répondre à la prière de son mari. J'avoue avoir hésité un bref instant. Il n'était pas facile de passer outre l'hostilité affichée sur ses traits, et je n'avais aucune envie de faire d'elle mon ennemie. J'espérais que nous pourrions unir nos forces, elle et moi, pour préserver son mari du danger qui menaçait sa vie, quel qu'il fût.

A Schumann je répondis :

— Je vous assure, maestro, que je ferai tout ce qui est en mon pouvoir pour vous aider. Vous avez ma parole.

Sur ce, je pris le chemin de la sortie.

— Inspecteur... Un moment, s'il vous plaît.

C'était Clara Schumann. Elle m'avait suivi dans le couloir menant vers l'extérieur.

— Oui, madame Schumann ?

— Vous voyez bien ce qui se passe ? Votre présence ne sert qu'à confirmer et même à aggraver les illusions de mon pauvre mari. Si vous souhaitez vraiment nous apporter un secours, retirez-vous de toute cette histoire. Ce soir même. A la minute. Je vous en supplie.

— Et si cela me paraît impossible ?

Elle se pétrifia. Sans un mot, elle se retourna et repartit vers la loge du chef d'orchestre.

Sur un point, du moins, il n'y avait aucun mystère : nous étions destinés à être non pas alliés, mais adversaires.

Comme on pouvait s'y attendre, dans les journaux du lendemain matin, tous les critiques musicaux tombèrent d'accord.

"Une fois de plus, écrivait l'un d'eux, tout contribue à indiquer le déclin des dons du maestro Schumann pour le lyrisme… Sa musique témoigne dans le meilleur des cas d'un certain sens de l'organisation…"

Un autre estimait que le compositeur "a fort peu de talent pour le beau son orchestral et, de toute façon, ne saurait apparemment qu'en faire"…

Un troisième était plus pervers encore. "Manquaient ici ces brillants dialogues entre les différentes parties de l'orchestre qu'on trouve dans les œuvres de Beethoven et de Schubert ; au lieu de quoi, la musique émerge comme une masse de son grise et visqueuse, d'où suintent parfois des mélodies…"

Le pire était que la critique de Düsseldorf – aussi généreuse qu'à l'ordinaire pour vanter la virtuosité de Clara Schumann – se montrait à présent unanime pour exiger de Robert Schumann ce qui semblait s'imposer : qu'il démissionne de son poste de chef principal de l'orchestre symphonique de la ville. Comme le soulignait Gustav Jansen, l'avocat le plus éloquent de cette mesure, ce qui avait été l'un des meilleurs ensembles musicaux du pays était en train de devenir, sous la direction de Schumann, un orchestre aux capacités des plus modestes. "J'en appelle au professeur Julius Illing, en tant que président de la Société musicale de Düsseldorf, pour agir avant que la situation ne se dégrade davantage. Le maestro Schumann pourrait peut-être occuper désormais la position honoraire de chef émérite…"

Combien redoutable est la vie des créateurs ! Se voir ainsi dépouillé sans pitié, cloué au pilori de l'opinion publique ! Et, avec cette pensée, je compris que j'étais piégé, désespérément piégé. Piégé par lui. Et piégé par elle.

7

A midi, le lendemain du concert, j'étais attablé avec Georg Adelmann au *Restaurant des Artistes*. Comme je le craignais, Adelmann avait des goûts onéreux en matière de nourriture et de boisson. Il lut à haute voix la liste des vins, avec respect pour les grands crus, et s'arrêta à un millésime particulièrement coûteux.

— Ah oui, un bourgogne de 1829 ! Une des meilleures années. Magnifique ! Vous savez, Preiss, les bons bourgognes ne peuvent pas se passer d'oie rôtie, pas vrai ?

C'est ce qu'il commanda, en expliquant qu'il avait l'habitude de ne faire qu'un repas par jour et qu'il préférait donc que celui-ci fût copieux. Cet aveu fut rendu plus sinistre encore par un maître d'hôtel flagorneur qui ne cessait de complimenter Adelmann sur ses choix admirables tout en lui suggérant de garder de la place pour le plateau de fromages et pour le dessert.

— En un sens, je ne suis pas du tout surpris par le tour affreux que prend la carrière de Schumann.

Lorsque Adelmann prononça cette phrase, ses lèvres projetèrent sur l'étendue blanche de la nappe de minuscules fragments de la betterave au vinaigre qu'il avait commandée en hors-d'œuvre, criblant comme de marques de vérole l'espace situé entre nous. Je pris note mentalement de garder mes distances pendant tout le déjeuner.

— Voyez-vous, poursuivit-il, depuis l'instant de sa conception en 1809, et même depuis avant cette époque, la famille Schumann se trouve sous une mauvaise étoile. Bizarrement, certaines lignées ont une sorte de don pour la malchance. C'est un genre de magnétisme, comme un aimant, mais qui attire généralement les malheurs.

— Vous voulez dire que Schumann est né dans la pauvreté ?

— Au contraire, son père et son oncle avaient établi une maison d'édition assez rentable à Zwickau…

Je laissai tomber ma fourchette.

— Vous avez bien dit Zwickau, monsieur Adelmann ?

— Oui. En Saxe. Vous connaissez cette ville ?

— Bien sûr. En fait, je suis né tout près. Dans un village nommé Zwicken.

Adelmann renifla.

— Zwicken ? Zwicken ? Jamais entendu parler. J'imagine, mon cher, que vous avez eu la chance de passer votre enfance dans une région plus civilisée. En tout cas, le père de Schumann était un homme de santé très fragile, mais un grand lettré. Il a écrit une bonne dizaine de livres, surtout sur la mythologie. Quand le petit Schumann eut l'âge d'aller à l'école, la famille était encore dans l'aisance.

— Et la mère ?

— C'était la fille d'un médecin. Quand le père de Schumann, August, voulut épouser Johanna Schnabel, le beau-père se montra intraitable. Il exigea que son gendre se lançât d'abord dans les affaires. Il le mit véritablement sous pression, et le pauvre garçon ne s'en est jamais remis. Il eut toute sa vie des aigreurs d'estomac, des douleurs musculaires, des maux de tête, et j'en passe. Ce qui n'est pas si éloigné de la situation présente avec Robert et Clara. C'est curieux, comme l'histoire se répète, hein, Preiss ?

— Comment ça ?

— Vous avez sans doute entendu parler du fameux professeur Friedrich Wieck, le père de Clara Schumann ?

— Je sais simplement que c'est un professeur de piano d'une certaine réputation. On prétend même que cette réputation n'est guère enviable.

— Permettez-moi de vous corriger, Preiss. C'est un épouvantable bonhomme, voilà le mieux qu'on puisse dire de Wieck. Avec Schumann, il a fait des pieds et des mains pour lui rendre la vie impossible. C'était un de ses élèves mais son jeu était limité par la petitesse de sa main droite. Alors Wieck a inventé une sorte de machine pour étirer la main du jeune Schumann. La torture à l'état pur, sans aucun résultat. Il a détruit chez Schumann tout espoir de devenir concertiste. Et comme si ça ne suffisait pas, papa Wieck s'est farouchement opposé au mariage prévu entre sa fille et celui qu'il considérait comme un bon à rien. Il a même traîné l'affaire devant les tribunaux. Il a perdu le procès, bien sûr, et, depuis, il faudrait un couteau de boucher pour couper à travers la haine qui oppose ces deux hommes.

— Vous me parliez de la mère de Schumann…

— Ah oui. Là encore, l'histoire se répète. Elle a donné naissance à cinq… ou bien six ?… enfants en très peu de temps. Robert était le benjamin. Même quand il y avait de l'argent à la maison, la pauvre femme vivait la plupart du temps en proie à une mélancolie chronique. Le petit Robert est celui dont elle se sentait le plus proche, d'autant qu'il avait manifesté très tôt des dons exceptionnels pour la musique. A sept ans, il commença à prendre des leçons avec l'organiste de l'église de Zwickau. Incontestablement, l'homme que nous avons vu se décomposer sous nos yeux, l'autre soir au concert, était autrefois un enfant très doué.

— Alors quand sa vie a-t-elle basculé ? Ecoutez, monsieur Adelmann, beaucoup d'hommes et de femmes comblés de dons foncent tête baissée dans l'adversité, mais ils arrivent à la surmonter, et même à triompher. Prenez Beethoven, par exemple. C'est devenu un personnage de légende malgré sa surdité totale. Mon Dieu, il a écrit la grande *Neuvième Symphonie* alors qu'il ne pouvait en entendre une seule note.

— Ah oui, inspecteur…

Adelmann brandit son couteau en l'air pour donner plus de poids à ses paroles.

Mais il y a des gens, dont je suis, qui jureront sur leur lit de mort que la *Neuvième* de Beethoven, du moins le mouvement avec chœur, était une erreur tragique.

J'ouvris de grands yeux comme si Adelmann venait de proférer une hérésie.

— Vous voyez, Preiss, ce morceau est pratiquement inchantable. Il a été écrit au moins un ton trop haut. La prochaine fois que vous aurez l'occasion de l'entendre, écoutez attentivement. Si vous pouvez me prouver que j'ai tort, Georg Adelmann viendra en personne déposer sur le pas de votre porte toute une caisse du meilleur vin de Moselle. Le problème, avec Beethoven, c'est qu'il n'a jamais su quand s'arrêter.

— Et vous pensez qu'on peut dire la même chose de Robert Schumann ?

— Oui, tout à fait. Cet homme est une épave.

— Et vous attribuez cela principalement à son enfance ?

Adelmann posa brusquement ses couverts.

— Si vous me pardonnez, inspecteur, je ne vois pas bien à quoi vous voulez en venir en me posant autant de questions sur l'enfance de Robert Schumann. Il me semblait que vous vouliez en savoir plus sur l'homme en tant que *compositeur*, afin que votre amie Mlle Becker puisse, selon vous, mieux comprendre le concerto pour violoncelle.

Il y avait dans son regard un léger soupçon, chose dont je n'avais pas l'habitude (en tant que détective, c'est moi qui porte sur les autres des regards suspicieux, et non l'inverse).

— Veuillez pardonner l'insatiable curiosité d'un policier, monsieur Adelmann. Je ne peux pas m'empêcher de questionner les gens. Ma vie est ponctuée de points d'interrogation.

Sans se départir du scepticisme avec lequel il m'observait, Adelmann dit :

— Je ne sais pas pourquoi, inspecteur, mais j'ai l'étrange sentiment que votre mission… comment le dire sans vous offenser ?… est moins liée à l'intérêt de votre amie pour le concerto de Schumann qu'à…

Mon invité hésita un instant, puis reprit en baissant la voix :

— Qu'à tous ces bruits qui courent sur les Schumann eux-mêmes.

Espérant arborer un air innocent, je m'étonnai :
— Des bruits ? Quels bruits ?

Adelmann se colla au dossier de sa chaise, comme s'il reculait au moment d'aborder le sujet qu'il avait évoqué.

— Je n'ai aucune envie de colporter des ragots, déclara-t-il d'un ton pompeux.

Absurde ! Les journalistes se nourrissent de ragots. Les scandales sont les épices qui donnent du piment au métier de journaliste et je n'étais pas prêt à le laisser se draper dans une dignité illusoire.

— Vous avez bien raison, et je respecte votre volonté de discrétion sur ce point. Rien ne serait plus injuste que d'exposer à la calomnie publique un couple aussi renommé.

J'avais délibérément employé le mot "calomnie", pour voir si Adelmann s'empresserait de démentir que des calomnies circulaient à propos des Schumann. Son silence me parut éloquent. Dans un avenir très proche, je devrais m'infliger un second repas coûteux avec Georg Adelmann pour sonder "ces bruits qui couraient sur les Schumann eux-mêmes".

Pour l'heure, je devrais me contenter d'en apprendre davantage sur le passé du compositeur, plutôt que sur son présent.

— L'enfance et l'adolescence de Schumann furent bénies par ses talents, mais aussi obscurcies par les ambitions et les attentes de ses parents à son égard. On retrouve ce dédoublement pendant toutes ses années de formation. Il était proche de son père et de ses trois frères aînés, qui formaient le côté masculin de sa vie, mais il était aussi très attaché à sa mère et à ses intérêts plus féminins. C'était tantôt un enfant très sociable, très ouvert, tantôt un être inquiet et réservé. Alors qu'il avait quinze ans, sa sœur aînée Emilie se suicida en se jetant à l'eau. Peu après, son père mourut subitement. Schumann fut dévasté par ces deuils. Tant de bonheur à certains moments, tant de tragédies à d'autres. Presque du jour au lendemain, il perdit sa gaieté d'enfant. Il devint taciturne, rêveur et, de son propre aveu, mal à l'aise en société.

Adelmann se tut. Il avait réussi à consommer tout le contenu de son assiette alors qu'il parlait (la nappe portait de plus en plus de traces de cet exploit). Il hocha la tête d'un air approbateur lorsque je remplis son verre pour la troisième fois. Il se mit à chercher des yeux notre serveur. Le signe était des plus clairs : il était prêt pour l'un des desserts tentants, disposés sur un chariot non loin de nous. A mon grand désarroi, il en choisit non pas un mais deux : un grand bol de crème et une énorme part de strudel aux pommes.

Tout en regardant Georg Adelmann s'attaquer avec énergie à ses desserts (il ne s'interrompait de temps en temps que pour siroter bruyamment son café), je commençais à trouver excessif le prix à payer en échange de toutes ces informations. N'en allait-il pas toujours ainsi ? Amis et parents allaient et venaient, prospéraient puis échouaient, vivaient puis mouraient. Je craignais que la biographie de Schumann ne s'avérât à peu près aussi fascinante que l'indicateur des chemins de fer, en beaucoup moins utile.

Mais alors que je m'apprêtais à déclarer sans intérêt ce déjeuner, Adelmann se racheta.

Considérant le gros morceau de strudel piqué au bout de sa fourchette, il dit sur un ton détaché :

— Vous n'êtes pas sans savoir, Preiss, qu'il y a de cela quelques années, à l'âge de vingt et un ans, très exactement, Schumann conçut l'idée qu'il avait créé des compagnons jumeaux, des compagnons spirituels, pour ainsi dire ? L'un s'appelait Florestan, l'autre Eusebius. Florestan représentait le côté extraverti, masculin, de Schumann, l'être social, l'homme d'action.

— Il s'agit de Florestan, le héros de *Fidelio*, l'opéra de Beethoven ?

— Tout à fait. Eusebius, en revanche, avait reçu le nom d'un saint et représentait le martyre, la souffrance, la soumission. Ces deux personnages "parlaient" à Schumann, d'après ce qu'il révéla à ses intimes. Ils apportaient un équilibre à sa vie et à ses entreprises artistiques, ils lui donnaient une sorte d'orientation, à ce qu'il prétendait. A ce qu'il prétend toujours, d'ailleurs.

Comme s'il avait failli oublier, Adelmann ajouta ensuite :

— Et, par-dessus le marché, le pauvre homme était bien trop préoccupé par le sexe. "Obsédé", même, pourrait-on dire.

Je n'étais pas sûr d'avoir envie que mon invité poursuivît sur ce sujet précis, en tout cas au *Restaurant des Artistes*. Dieu sait que je ne suis pas pudibond. En tant qu'enquêteur, j'avais eu affaire à pratiquement tous les types d'activité sexuelle connus de l'humanité. Cependant, il y avait des limites à ce dont on pouvait discuter ouvertement.

— En toute honnêteté, monsieur Adelmann, dis-je aussi poliment que possible, je préférerais aborder les problèmes sexuels de Schumann dans un lieu plus privé.

— Allons, allons, Preiss ! Vous êtes un homme du monde, pas un campagnard naïf. Il paraît qu'à la suite de pratiques sexuelles trop intenses avec toutes sortes de jeunes femmes, et sans doute à cause d'un excès de plaisirs solitaires, le membre le plus privé de Schumann, son pénis, pour ne pas le nommer, est dans un état lamentable. Vous savez, Preiss, il ne faut pas envoyer son soldat au casse-pipe. Les tranchées sont périlleuses et l'on reçoit souvent des blessures graves lorsqu'on recherche la satisfaction immédiate.

Quel imbécile prétentieux ! En outre, vu le soin qu'il prenait de son estomac, j'imagine que son "soldat" ne devait pas souvent se montrer très offensif dans "les tranchées".

— Plusieurs médecins très estimés, reprit-il, ont émis l'hypothèse (en stricte confidence, vous comprenez) qu'il avait probablement contracté une forme de maladie vénérienne dans sa jeunesse. Comment cela a-t-il affecté son couple ? Eh bien, voilà un fameux sujet d'enquête, non ? me lança Adelmann avec un clin d'œil complice.

Alors que nous nous levions pour quitter le restaurant, il me tira le bras.

— Je suppose que vous êtes au courant, pour le "visiteur" des Schumann ? Un jeune homme très intéressant. Compositeur et pianiste. Il vient de Hambourg. Une tournée de concerts. Apparemment, il s'est arrêté à Düsseldorf. Il semble que les Schumann en soient fous. Vous savez, la communion des âmes, tous adeptes du romantisme en musique. Inséparables, à ce qu'on dit. J'ai été récemment présenté à lui. Très bel homme, un séducteur. Grand, blond, des yeux comme des saphirs.

Cette description me rappela aussitôt l'inconnu que j'avais vu la veille dans la loge du chef d'orchestre.

— Je pense avoir rencontré ce jeune homme hier soir, après le concert. Vous vous souvenez de son nom ?

— Bien sûr. Johannes Brahms. Croyez-moi, c'est un nom à ne pas oublier !

8

Quand j'arrivai à mon bureau, de bonne heure, le lendemain matin – un mardi –, je n'avais qu'une envie : fermer la porte, m'asseoir dans mon fauteuil, les pieds en l'air, et m'offrir une heure de sommeil sans être dérangé. J'avais passé la nuit dans une chambre semblable à une cellule, dont les murs et le plafond semblaient avoir été peints en écarlate par un décorateur scandaleusement incapable. Ce "peintre" était visiblement celui-là même qui avait laissé de semblables souvenirs de son art dans deux autres chambres de ce quartier ouvrier de Düsseldorf, ces derniers temps. Ses victimes, toutes de jeunes prostituées, avaient eu la gorge tranchée après avoir reçu de nombreux coups de poignard. En tant que responsable de l'enquête, j'avais reçu du commissaire l'ordre de ne pas ménager mes efforts pour retrouver le meurtrier.

Pourtant, l'ardeur et l'énergie dont j'avais jusque-là été animé sans trêve semblaient s'être échappées par mes pores, comme à travers un tamis. En quittant cette chambre pour regagner le commissariat, je ressentis une lassitude bien au-delà de la simple sensation physique. Je me sermonnai : *Sois réaliste, Preiss, c'est ainsi que tu gagnes ta vie (et tu ne la gagnes d'ailleurs pas si mal), alors mets-y tout ton cœur et toute ton âme !*

Ce sermon tomba dans l'oreille d'un sourd. Sur la route qui me ramenait à mon bureau (j'avais préféré marcher, afin d'avoir un peu de temps pour réfléchir), je songeai aux raisons de cette léthargie soudaine et si inhabituelle.

Au fond de moi, tandis que je cheminais, j'avais le sentiment, d'abord faible mais de plus en plus affirmé, que tout crime avait quelque chose de lassant qui rendait inévitablement lassante l'enquête même sur le crime.

De plus, j'étais désormais écœuré par les scènes de crime. Il s'agissait en général de lieux sordides : chambres à deux sous, à peine meublées, dans des hôtels borgnes ; bordels aux matelas crasseux et chargés de l'odeur de tous les détritus humains imaginables ; tavernes dont la bière avait un goût d'eau de vaisselle recyclée et dont la mangeaille répugnait même aux rongeurs qui l'exploraient ; ruelles et impasses où l'on était sûr de finir violée ou assassiné dès qu'on y faisait plus de trois pas dans le noir. C'est seulement au théâtre que ces délits ont pour cadre le couloir d'un château ou un boudoir plein de fanfreluches, terrain d'élection des gens riches et célèbres. Dans la vraie vie, le domaine préféré du mal, c'est le ruisseau.

Cette dernière enquête m'avait passablement déprimé. Je retrouvai néanmoins ma bonne humeur en apercevant sur mon bureau une enveloppe apportée juste avant mon retour. L'écriture, le sceau imprimé sur le cachet de cire (une clef de sol), le parfum fleuri du papier, tout indiquait que la lettre venait de Helena Becker.

Je brisai le cachet pour extraire le billet. Et je lus :

Cher Hermann,

Robert et Clara Schumann ont généreusement invité le Quatuor de Düsseldorf à participer à une soirée musicale chez eux, ce samedi à huit heures. L'invité d'honneur sera Franz Liszt qui, en route pour Weimar, passe à nouveau par Düsseldorf. L'assistance réunira bon nombre de célébrités. Nous interpréterons le Quintette pour piano et cordes *de Schumann, avec Clara Schumann au clavier. L'invitation stipule que chacun de nous peut amener un invité.*

Je ne vois personne qui profiterait plus que vous de cette soirée. Je ne vous donnerai donc qu'une autre bonne raison de m'accompagner : avant la musique, une légère collation sera offerte par nos hôtes (et, si vous savez vous y prendre, je vous offrirai peut-être d'autres rafraîchissements en fin de soirée, Hermann).

HELENA

9

Le Robert Schumann que j'avais devant moi, radieux et euphorique, me serrant vigoureusement la main pour m'accueillir à la soirée musicale qu'il donnait avec son épouse, n'était pas celui qui, quelques jours auparavant, s'était effondré après le concert, vaincu par la panique. L'accueil de Clara Schumann fut plus extraordinaire encore. Débordant d'amabilité, elle dit :

— Ah, Helena, ma chère, quelle charmante idée, venir sous la protection du meilleur policier de Düsseldorf.

Se tournant vers moi avec un sourire narquois, elle ajouta :

— Et vous, inspecteur, êtes-vous ici pour surveiller l'inestimable violoncelle de *Fräulein* Becker ou pour veiller sur *Fräulein* Becker elle-même ?

— Comme chacun peut le constater, *Fräulein* Becker est bien plus inestimable que son violoncelle.

Je savais que c'était la réponse attendue. Mais mon regard, qui aurait dû glisser vers Helena, s'attarda sur

Clara Schumann. Pendant quelques instants, je me demandai si je ne devrais pas revoir mes positions quant à l'hypnose, phénomène que j'avais longtemps jugé invraisemblable. Vêtue d'une robe émeraude sans prétention, le cou encerclé par un simple rang de perles, cette femme était la preuve que l'élégance n'est pas une affaire de colifichets.

Mme Schumann dit à son mari :

— Robert, mon ami, débarrassez donc *Fräulein* Becker de son manteau et aidez-la à ranger son violoncelle contre le piano. Pendant ce temps, je guiderai vers le buffet notre cher inspecteur qui m'a l'air affamé.

Schumann parut ravi d'obéir, et plus ravi encore lorsque, Helena ayant ôté son manteau et dénoué le châle de soie qu'elle avait autour des épaules, il aperçut sa poitrine ferme et haute.

Clara me prit le bras et me conduisit vers la salle à manger illuminée. Son visage arborait un large sourire, que je trouvai tout à coup figé. Sous son hospitalité apparente je devinais une méfiance glaciale. Je ne me trompais pas.

— Eh bien, inspecteur, dit-elle tout bas pour que je sois le seul à l'entendre, pourquoi êtes-vous réellement venu ? Vous voulez nous espionner ?

Je compris que le meilleur moyen de la désarmer était de traiter ce sujet comme une plaisanterie. Je pris un air mystérieux et je chuchotai :

— Si vous devez tout savoir, la véritable raison de ma présence se trouve là-bas.

Je hochai la tête en direction de l'autre bout de la table. Derrière un plat rempli de volailles et de viandes rôties, Georg Adelmann brandissait sa fourchette comme une lance. En équilibre sur la paume de sa main gauche se trouvait une grande assiette déjà chargée d'une montagne de fromage, de pommes de terre, de salade et de tartines.

Mon hôtesse sembla intriguée.

— Georg Adelmann ? Vous prétendez que c'est lui qui est sous surveillance ?

Je mis un doigt devant mes lèvres. Dans un murmure, je répondis :

— Je vous en prie, n'en dites rien à quiconque, madame Schumann. Ce que je viens de vous révéler doit rester entre nous.

— Le seul crime dont Georg Adelmann soit coupable, si l'on peut appeler cela un crime, c'est celui de suralimentation.

Je m'étais rabattu sur Adelmann pour faire diversion, un peu en dernière minute, je l'admets, mais c'était pour une bonne cause. Sur le visage de Clara Schumann, je ne lisais plus maintenant qu'une curiosité si intense que je fus bien obligé de continuer.

— Remarquez, madame, la coupe excessivement généreuse de la redingote d'Adelmann. Même pour un homme de son embonpoint, elle est au moins de deux tailles trop large. Mon père était tailleur, et je m'intéresse de très près aux vêtements. Faites-moi confiance, il y a une raison à cela… une raison sinistre.

— Laquelle ?

— Je suis prêt à parier mon insigne de policier que son manteau recèle d'amples poches intérieures susceptibles de contenir certains objets qu'il a l'habitude, pour le dire poliment, de s'approprier pour son usage personnel, de petites babioles précieuses, des bibelots décoratifs, un bijou rare ou une assiette ancienne.

Il n'y avait rien de très glorieux, je suppose, à faire porter les soupçons sur un éminent journaliste, l'une des personnalités invitées par les Schumann, mais ce que j'avais divulgué n'était pas une pure fiction improvisée. En réalité, lors de notre déjeuner au restaurant, j'avais regardé Adelmann avec un mélange d'étonnement et de fascination lorsque, avec la maladresse d'un vulgaire amateur, il avait replié sa serviette par-dessus un petit plateau en argent ; croyant ne pas être remarqué, il avait glissé son larcin dans une cachette secrète au fond de sa redingote. Les médecins qui se mêlaient de cette nouvelle discipline appelée psychologie avaient un mot pour désigner son cas : kleptomanie. J'avais pour ce genre d'activité une formule beaucoup plus adéquate : vol à la tire. Quoi qu'il en fût, c'était l'un de ces incidents qu'un policier range dans un recoin de son cerveau en attendant l'occasion de s'en servir, une information qui pourrait s'avérer utile un jour. L'occasion se présentait à présent.

— Surtout, ne vous mettez pas en peine, dis-je à Clara. Je vous garantis que je garderai un œil sur notre ami pendant toute la soirée.

Sentant qu'il fallait changer de sujet, j'ajoutai :

— J'ai grande hâte de rencontrer l'illustre Franz Liszt. Croyez-vous qu'il nous fera le plaisir d'interpréter quelques morceaux ?

— "L'illustre" Franz Liszt est ici comme invité, non comme musicien. Mais écoutez-moi bien, inspecteur : il ne se fait jamais prier lorsqu'il s'agit d'illuminer le ciel par un de ses feux d'artifice pianistiques.

Même s'il ne figure pas au programme ce soir, ne soyez pas surpris si c'est lui qui accorde des bis.

Elle souriait mais je sentis dans sa voix une pointe d'acidité.

— Je détecterais aisément votre manque de sympathie pour cet homme, même si je n'étais pas détective.

— Vous devez comprendre une chose : Liszt et son ami Wagner se sont donné beaucoup de mal pour discréditer tout ce que mon mari représente. Ils se sont pompeusement baptisés membres de l'école de Weimar et se croient à la pointe de l'avant-garde. Dans un de ses derniers articles, Wagner a dénigré de manière insultante ce qu'il appelle avec ironie l'école de Leipzig.

— Alors pourquoi tant de cérémonie pour un artiste que vous méprisez ?

— Les Italiens disent : "Si vous voulez qu'on vous regarde, provoquez une bagarre." Ici, en Allemagne, on dit : "Si vous voulez qu'on vous écoute, prononcez le nom de Franz Liszt." La vérité, poursuivit-elle plus bas, c'est que la moitié des gens présents ici ce soir ne sont venus que par curiosité, pour voir Liszt en chair et en os, pour pouvoir raconter demain à leurs amis qu'ils étaient dans la même pièce que lui.

— Pardonnez-moi une question abrupte, mais n'êtes-vous pas un peu...

— Hypocrite ? termina-t-elle avec un sourire rusé. Bien sûr. Nous ne vivons pas parmi les purs esprits, inspecteur, nous vivons dans le monde réel. Enfin, moi, je vis dans la réalité. Quant à Robert, je n'en suis pas toujours très sûre.

Les salons commençaient à se remplir d'invités. Je reconnus plusieurs personnalités éminentes de la haute société de Düsseldorf. Il y avait bien sûr le baron et la baronne von Hoffman, ce que la région avait de plus proche d'une famille royale, couple qui, contrairement à leurs hôtes, se parait de médailles et de rubans (pour lui), de colliers, de broches, de bracelets et de boucles d'oreilles (pour elle). Lorsqu'ils entrèrent dans le vestibule et se dirigèrent vers la salle à manger, ils formaient à eux deux comme un gigantesque lustre humain. Derrière eux s'avançaient, d'un pas lent et respectueux, une procession de notables moins glorieux, de fonctionnaires qui n'entendaient rien à la musique mais qui appréciaient cette occasion de paraître cultivés. Venait ensuite Julius Illing, président de la société locale de musique. Enfin, une poignée d'écrivains et de journalistes en habit râpé ; malgré leur influence, tous semblaient avoir bien besoin d'un bon repas et de bons vins.

Dans la salle à manger, les invités des Schumann se jetaient sur la nourriture et les boissons, comme pour prendre des forces avant une traversée du désert plutôt qu'en préambule à une paisible soirée musicale. Je félicitai mentalement Georg Adelmann d'avoir eu la prévoyance d'arriver de bonne heure pour profiter du buffet avant tout le monde.

Mais où était l'invité d'honneur ? L'heure où Liszt aurait dû faire son apparition était passée depuis longtemps. Se présenter en retard à ce genre de soirée était une habitude du grand monde et une entrée remarquée était impossible pour ceux qui se montraient ponctuels. Cependant, une demi-heure s'était écoulée, et toujours pas de Franz Liszt. Du coin de l'œil, j'aperçus les Schumann consultant l'horloge de la cheminée d'un air inquiet. Si Liszt voulait sentir le goût du buffet, il aurait intérêt à arriver très vite ou à se contenter de restes.

Ayant fini par se remplir la panse, Georg Adelmann s'était attaché à Helena Becker dans un coin tranquille du salon et se repaissait maintenant de la silhouette de la jeune femme. La forme particulière du violoncelle obligeait Helena à porter une robe très ample. D'ordinaire, ce genre de vêtement ne révélait rien des contours naturels de l'interprète mais, porté par Helena, ce costume prenait un caractère tentant qui n'avait pas échappé à Adelmann. *Excellent !* pensai-je. Je voulais que ce vieux glouton fût fasciné par mon amie violoncelliste, enchanté au point de lui dévoiler sur le compte des Schumann des informations qu'il aurait hésité à divulguer à un policier comme moi. En me voyant à l'autre bout du salon, Helena hocha la tête et m'adressa un sourire charmant. Je lui souris en retour, lui envoyant ce que j'espérais être un signe d'encouragement.

Une heure entière s'était écoulée sans que l'invité d'honneur pointe le bout du nez. Les Schumann avaient les yeux rivés sur l'horloge. Quelques messieurs tiraient leur montre de leur gousset. Les gens commençaient à chuchoter discrètement : Liszt avait oublié, mais cela semblait ridicule, le célèbre virtuose était connu pour fuir les banquets afin de conserver la silhouette élancée qu'il montrait sur scène.

— Il finira forcément par arriver, dit Adelmann, il présentera de copieuses excuses, il envoûtera tout le monde avec son humilité feinte et il brillera plus encore que les bijoux incrustés dans le corset de la baronne von Hoffman.

A neuf heures, après avoir échangé des regards soucieux, Robert et Clara Schumann convièrent tout le monde à prendre place au salon. Visiblement exaspéré, Schumann annonça :

— Mesdames et messieurs, les musiciens sont prêts et nous allons entamer notre programme malgré l'absence de notre invité d'honneur, qui a sans doute été retardé en chemin. Il devrait dans très peu de temps nous honorer de sa présence. Avant de vous présenter le *Trio en ré majeur* de Beethoven et mon propre *Quintette avec piano*, nous avons une délicieuse petite surprise pour vous. Vous allez entendre pour la première fois un jeune compositeur qui, à mon avis, est déjà un aigle planant dans les cieux musicaux et qui va vous interpréter deux de ses récentes pièces pour piano. Comme notre jeune génie est un peu timide, je vous dirai qu'il qualifie le premier morceau de rapsodie et le second d'intermezzo…

Schumann tourna la tête et, par-dessus son épaule, ajouta :

— Clara, si vous voulez bien…

Derrière Schumann, une porte s'ouvrit et Clara Schumann sortit d'une antichambre, tenant par la main ce même grand et bel homme que j'avais vu le soir du concert. Pour un individu d'aspect aussi athlétique, il semblait marcher à petits pas hésitants, comme un écolier introduit dans une pièce pleine d'adultes pour qu'il récite un poème. Lui lâchant la main, Clara fit signe au jeune compositeur d'aller s'installer devant l'un des deux pianos à queue, d'un geste gracieux que je trouvai un peu trop théâtral.

Puis elle eut un autre geste qui ne put échapper à mon attention.

— Chers invités, dit Clara, je vous prie de bien vouloir accueillir un garçon qui nous vient de Hambourg... Johannes Brahms.

Alors qu'elle passait derrière Brahms pour aller s'asseoir, elle laissa sa main effleurer la nuque du jeune homme. Ce fut un contact si léger, si subtil que personne ne dut le remarquer dans l'assistance, personne à part moi. Cela tenait peut-être à la position que j'occupais dans la pièce, ou au fait qu'un policier tend à rester l'œil aux aguets, même en dehors du service. Mais la chose était indéniable : ce n'était pas par hasard que la main de Clara Schumann avait effleuré la nuque de Johannes Brahms.

Bien que je ne fusse pas critique musical, je sentis presque dès les premières mesures de la *Rapsodie* que nous étions en présence d'un compositeur immensément doué, doté d'une puissante invention mélodique et à qui sa technique permettait d'exprimer ses idées. Plus doux, plus poétique, l'*Intermezzo* me fit l'effet d'un long soupir. C'était moins un élan de passion qu'un profond soupir d'aspiration, de désir pour un être inaccessible.

La dernière note, très longue, de l'*Intermezzo*, fut suivie d'applaudissements enthousiastes et de quelques "Bravo !". Schumann s'avança vers le piano et souleva Brahms par les épaules en le retournant face au public, puis recula pour que le jeune homme, embarrassé et penaud, pût jouir seul de l'admiration et de l'approbation de toutes les personnes réunies dans le salon.

Mon attention se perdit un moment à l'arrière de la pièce. Clara Schumann s'y tenait seule, comme coupée du reste de l'auditoire. Elle ne se joignit pas aux applaudissements. Je ne discernai chez elle aucune manifestation visible d'enthousiasme pour l'interprétation à laquelle nous venions d'assister, mais je pus lire sur son visage une expression qui allait bien au-delà de l'admiration et de l'approbation. Cette expression semblait s'accorder au second morceau qu'avait joué Brahms : la même aspiration, le même désir pour un être inaccessible.

L'horloge du salon indiquait maintenant neuf heures et demie et notre hôte se trouva bien obligé de présenter ses plus plates excuses pour l'absence de l'invité d'honneur. Pour tirer son mari d'une situation aussi évidemment gênante, Clara Schumann prit la parole. D'une voix posée et assurée, elle dit :

— Vous connaissez tous la légende qui entoure Franz Liszt, j'en suis sûre. Lorsqu'il entre quelque part, c'est d'abord en esprit. Son corps n'arrive que bien après.

L'auditoire éclata de rire. Schumann était radieux, plein de reconnaissance envers sa femme. Et Johannes Brahms, qui avait été conduit jusqu'à une chaise du premier rang, leva vers elle des yeux où je ne voyais que pure adoration non dissimulée.

Avec son calme coutumier, Mme Schumann prit la situation en mains.

— Pendant que les cieux s'entrouvrent et que le maestro Liszt se prépare à descendre, nous allons poursuivre avec Beethoven.

Les musiciens s'installèrent pour jouer le *Trio* de Beethoven. J'observai alors Clara Schumann qui regagnait sa place au fond de la pièce. Même là, dans un coin relativement sombre, elle restait mon centre d'intérêt. Malgré la pureté et la beauté du *Trio*, malgré la contribution intense de Helena Becker à cette interprétation, mon attention se partageait entre Clara à l'arrière, et Robert et Johannes au premier rang, pour revenir constamment à Clara.

Pourquoi, me demandais-je, avait-elle choisi de s'éloigner de son mari et de son protégé timide mais séduisant ? Manque d'assurance de sa part ? Pas du tout. Clara Schumann était habituée à occuper le centre de la scène. Bien que mère de six enfants, elle n'adhérait pas à la conception traditionnelle de la femme allemande comme une créature domestique dont les activités publiques devaient se limiter à la messe le dimanche.

Etait-elle jalouse de la réputation de son mari ? Tandis que toute l'Europe saluait la virtuosité de la pianiste, son talent de compositrice avait été éclipsé par celui de son époux, à en juger d'après ce que j'avais lu dans les journaux. Nul ne doutait du sérieux de ses efforts, mais le sérieux et l'inspiration ne vont pas toujours de pair. Les critiques avaient reconnu la compétence de son concerto pour piano, compliment qui équivalait à dire que, en matière de cuisine, cette dame était capable de préparer un pot-au-feu.

Oubliant provisoirement ce qui me semblait être une toquade pour ce Brahms, se pouvait-il qu'elle vît en lui un redoutable concurrent à la fois pour Robert dans le domaine de la composition et pour elle en tant que pianiste ? Derrière la fierté manifeste qu'elle avait de promouvoir le jeune Hambourgeois, cachait-elle la crainte qu'il connût bientôt un succès trop grand ? Vu les incertitudes financières du monde musical, toute commande de composition reçue par Brahms serait une commande de moins pour Robert

Schumann ; tout engagement de Brahms comme concertiste serait un engagement de moins pour Clara Schumann. Avec six enfants à nourrir et à habiller, chaque thaler comptait, à cette époque.

J'avais une autre hypothèse. Je me rappelais la question qu'elle m'avait posée en début de soirée : *Vous voulez nous espionner ?* Ma réponse impromptue aurait pu convaincre une personne crédule, mais Clara Schumann n'était pas du genre à se laisser berner. En choisissant de s'asseoir aussi loin que possible de Brahms, espérait-elle masquer le fait que la proximité de Johannes Brahms lui était vitale ? Depuis que Robert Schumann s'était effondré, le soir du concert, une idée s'était enracinée dans mon esprit : il y avait des zones d'ombre dans le couple Schumann. Le jeune et vigoureux Brahms y était-il tapi ? Voyez-y l'instinct d'un policier pour tout ce qui est suspect, voyez-y du cynisme si vous voulez, mais j'étais sûr que la relation unissant Clara Schumann à Johannes Brahms offrait tous les ingrédients d'une idylle secrète et passionnée, qui allait forcément se concrétiser si elle ne l'avait déjà fait.

L'air résonnait encore d'applaudissements et de demandes de bis après le morceau de Beethoven, lorsque s'ouvrirent tout à coup et assez bruyamment les larges portes du vestibule.

Tous les yeux se tournèrent vers le fond du salon.

Semblable à une statue, superbe sous son haut-de-forme de soie et sa longue cape noire, Franz Liszt était finalement arrivé.

10

Veillant à ne pas déranger une seule mèche de ses longs cheveux parfaitement coiffés, Liszt ôta son haut-de-forme qu'il confia à un domestique, puis attendit calmement que celui-ci lui détachât des épaules sa cape de serge de laine. Ses manières étaient celles d'un prince habitué à être servi de la sorte.

— Mille pardons pour cette intrusion grossière, s'exclama Franz Liszt. J'ai été retenu contre ma volonté. Hélas, quand il s'agit de respecter le tempo, les chemins de fer allemands ne sont pas aussi doués que les musiciens allemands. Le dernier train qui part de Weimar... ajouta-t-il simplement avec un haussement d'épaules.

Tout le monde parut comprendre. Il y eut des hochements de tête compatissants et quelques gloussements pleins de sagesse.

Arborant un large sourire, Schumann se dirigea vers l'invité qui venait d'arriver. Il lui tendit la main et dit (un peu trop fort, à mon avis) :

— Mon cher Franz, nous sommes honorés, Clara et moi, de vous recevoir dans notre humble demeure !

Les deux hommes se donnèrent l'accolade, avec de grandes claques dans le dos. Se dégageant, Liszt répondit :

— Je suis glacé jusqu'aux os, Schumann. Une tasse de thé brûlant ou, mieux encore, de café...

— Mais bien sûr, acquiesça Schumann avant de héler sa femme à travers la pièce. Clara, mon amie, voudriez-vous bien apporter à notre cher Franz une tasse de café et une part de gâteau ? Le pauvre homme a l'air affamé.

— J'en serais ravie, cher Robert, répliqua Clara en lançant à son époux si hospitalier un regard qui aurait pu le transformer en statue de sel s'il s'était retourné vers elle.

Tandis que Schumann conduisait Liszt vers un siège qui lui avait été réservé au premier rang, j'eus pour la première fois l'occasion d'examiner l'homme de près, dans un cadre autre que celui d'une salle de concert.

Tout en lui, son charme engageant et sa beauté extrême, sa distinction naturelle, la douceur de sa voix, la coupe impeccable de son habit de soirée, tout révélait l'homme du monde, plein d'élégance et de civilité.

Sur l'insistance de Liszt, le programme musical reprit sans plus attendre. Avec Clara Schumann au piano, le *Quintette* de Robert devait occuper la seconde partie. Dans sa brève présentation avant que les interprètes ne commencent, Schumann, debout près de sa femme au clavier, une main tendrement posée sur son épaule, répéta ce que tous savaient déjà : il avait écrit ce morceau pour Clara et le lui avait dédié quelque dix ans auparavant, comme une sorte de petit concerto pour piano, susceptible d'être joué sans s'encombrer d'un grand orchestre ou du rituel guindé d'une salle de concert.

— Ce *Quintette* déborde d'amour, dit Schumann d'une voix rauque, mais je ne chercherai pas à m'en excuser.

Là-dessus, je m'attendais que Clara fît une déclaration aimante sur le même ton, histoire de lui rendre la pareille, même de façon moins sentimentale. Au lieu de quoi elle resta tête baissée, les mains croisées sur les genoux, sa mine figée trahissant un profond embarras. A cet instant précis, elle semblait éprouver un seul désir : que son mari se tût.

Un rapide coup d'œil vers la partie de la salle où était assis Brahms révéla qu'il arborait une expression remarquablement semblable à celle de Clara.

Je fus aussi frappé par un autre détail curieux : après avoir présenté Johannes Brahms à grand fracas, Schumann allait sûrement se donner du mal pour que ce jeune homme prometteur rencontrât le titan qui venait de s'installer non loin de lui. Pourquoi ne le faisait-il pas ? Etait-ce un oubli ? Etait-ce délibéré ? Brahms semblait plutôt timide mais pourquoi ne prenait-il pas sur lui pour se présenter lui-même à Liszt ? Après un tel événement, on avait de quoi dîner en ville pendant des mois : *Oui, je le jure devant Dieu, Liszt a dit qu'il avait entendu parler de moi et il a exigé que je passe le voir la prochaine fois que j'irais à Weimar...*

J'avais déjà entendu jouer ce *Quintette* à plusieurs reprises, mais jamais avec autant d'énergie, de passion et d'éclat que lors de cette soirée musicale de février chez les Schumann.

Une fois de plus, mon attention fut attirée, comme par un aimant, vers Clara Schumann au clavier. Quand elle déployait sa virtuosité technique dans les passages en solo ou quand elle se fondait avec les autres musiciens dans les parties moins brillantes, c'était elle qui donnait le rythme, qui donnait le ton. C'était elle qui conférait son âme à cette exécution.

Et ce fut son nom, crié avec admiration, qui remplit la pièce lorsque retentit le dernier accord. *"Clara !... Clara !... Bravo, Clara !... Magnifique, Clara !..."*

Les gens se mirent soudain debout, réclamant un bis, en une ovation qui se concentrait sur la silhouette gracile en robe vert émeraude. Derrière elle, dans l'ombre, se tenait son mari, l'œil mouillé, se joignant aux applaudissements, comme s'il n'était pas pour beaucoup dans ce succès.

Au premier rang, Johannes Brahms affichait un léger sourire sur son visage lisse. J'ai une certaine expérience de ce genre de sourire et j'en connaissais la cause. Si Brahms n'était pas éperdument amoureux, c'en était à désespérer de mes facultés de détection.

Je tournai mes regards vers une autre partie de ce premier rang, où Franz Liszt s'était lui aussi levé. Et ses applaudissements ? "Polis" aurait été le bon mot pour les qualifier. En fait, après quelques instants, Liszt s'interrompit, regarda à droite et à gauche, effaré par le déversement d'enthousiasme qui l'entourait, puis se remit à applaudir de manière mécanique, le coin des lèvres baissé en un sourire condescendant, comme s'il venait d'apprendre que la musique était faite pour être tolérée plutôt qu'appréciée.

Quand il devint enfin évident que les musiciens étaient trop épuisés pour gratifier l'auditoire d'un bis,

Robert Schumann s'avança de nouveau. Regardant Liszt dans les yeux, il déclara :

— Maintenant, chers amis, oserons-nous espérer que notre invité d'honneur, le maestro Franz Liszt, rendra notre bonheur complet… ou peut-être devrais-je dire *plus* complet… en nous jouant quelque chose ? Ces claviers, poursuivit-il en désignant les deux pianos, n'ont encore jamais senti le toucher magique du maestro Liszt, et…

Schumann se mit alors à glousser à l'idée du mot d'esprit qu'il allait prononcer.

— Et l'on peut dire, mesdames et messieurs, qu'un grand piano de concert n'atteint la vraie grandeur que s'il a été touché par le maître en personne, Franz Liszt.

Liszt se leva à moitié pour accueillir les applaudissements qui saluèrent l'annonce de Schumann, puis s'empressa de se rasseoir. Son hôte y vit sans doute un signe de modestie. Je ne m'attendais pas à cette apparente réticence de la part de Liszt. Compte tenu de sa réputation, et de ce que Clara Schumann avait dit de lui en début de soirée, j'imaginais que Liszt ne ferait pas le difficile. Pourtant, il restait collé à sa chaise et secouait la tête de droite à gauche, refusant catégoriquement.

Ouvrant les bras tout grands, Schumann s'exclama :

— Vous êtes trop modeste, mon cher Liszt. Le piano vous attend. Je vous en prie !

— Merci, mon cher Schumann, répondit le virtuose sans quitter son siège. Je ne suis vraiment pas en état de jouer. En fait, ma musique serait totalement déplacée après ce que nous venons d'écouter… après une musique tellement… tellement *Leipzig*.

L'expression "tellement *Leipzig*", clairement entendue d'un bout à l'autre de la pièce, eut un effet immédiat et curieux, comme si elle avait vidé les lieux de tout l'oxygène qu'ils contenaient, laissant tous les invités momentanément muets et immobiles. La manière dont Liszt l'avait prononcée sentait le mépris à cent mètres.

Ce qui s'ensuivit après une demi-seconde de silence hébété fut affreux. Pris d'une rage aussi subite que violente, Schumann se jeta sur Liszt, l'attrapa par les épaules et le souleva de sa chaise avec force, comme pour l'agresser.

— Comment osez-vous parler de notre travail de façon aussi dédaigneuse ? hurla-t-il.

En tant que simple témoin, je trouvai effrayante l'intervention de Schumann. Liszt dut la trouver terrifiante.

Sans un mot de plus, Schumann relâcha son malheureux invité d'honneur, pivota vivement sur les talons et sortit du salon à grands pas, en claquant les portes derrière lui.

Vu l'affront insigne qu'il venait de subir, Liszt réussit à recouvrer ses esprits avec un aplomb incroyable, en apparence du moins. Avec calme, avec soin, il redressa les revers de son habit et remit son col en place. Son énorme cravate noire, dérangée par la brutalité de Schumann, retrouva l'emplacement adéquat, le nœud resserré juste autant qu'il le fallait. Avec des gestes énergiques, Liszt épousseta les plis de son pantalon étroit. Il redevint Franz Liszt sous toutes les coutures : le parfait pianiste, le parfait homme du monde.

Mais il était aussi Franz Liszt l'invité imparfait, l'homme qui était parvenu – en toute innocence, peut-être (mais j'en doutais) – à transformer une brillante soirée en lamentable désastre. Tout le monde dévisageait le pauvre Liszt comme s'il venait de déverser dans la pièce un tombereau de fumier. Pour sa décharge, précisons qu'il comprit l'ampleur de sa bévue. Il présenta aussitôt ses excuses à son hôtesse.

— Je vous demande bien sincèrement pardon, Clara. Tout est ma faute. Disons que ma langue a fourché.

Cette excuse ne fit que mettre de l'huile sur le feu. Clara rétorqua :

— Je préférerais que votre langue ne fourche qu'à Weimar, et plus jamais dans cette maison.

Face à cette colère, Liszt n'avait guère le choix.

— Je ne vous importunerai pas davantage par ma présence, madame.

Dans la mesure où il avait été clairement sommé de quitter les lieux, son ton était respectueux et même aimable.

— Puis-je simplement ajouter, madame, que votre mari et vous êtes les seules personnes au monde de qui j'accepterais aussi calmement l'insulte que je viens d'essuyer.

Dans un silence de mort, nous regardâmes Liszt tourner les talons et s'apprêter à sortir du salon. Mais alors qu'il passait devant Johannes Brahms, il s'arrêta.

— Jeune homme, je regrette d'être arrivé trop tard pour vous entendre. Une autre fois, peut-être. A propos, ce piano..., dit Liszt en désignant l'instrument sur lequel Clara Schumann avait joué. Ce piano a grand besoin d'être accordé. J'ai l'oreille absolue, et le *la* est au moins un bon quart de ton trop haut. Quel dommage ! ajouta-t-il en secouant la tête.

11

— Je ne veux plus jamais avoir affaire à lui !
Lui, c'était bien sûr Franz Liszt. Et la personne qui faisait ce serment devant tout le monde, c'était bien sûr Clara Schumann.
Je n'avais aucun mal à comprendre sa colère. Pour un homme qui a la réputation d'être particulièrement affable en société, Liszt avait agi avec un incroyable manque de tact, presque avec grossièreté.
Le plus difficile à comprendre, du moins pour moi, c'était l'indifférence dont Clara semblait faire preuve quant aux faits et gestes de son mari. Après tout, peut-être se trouvait-il à présent dans le grenier pour tenter de se pendre à une poutre. Ou bien à la cave, en train de se saouler, ce dont il n'avait que trop l'habitude chaque fois que les choses allaient mal. Il pouvait aussi être parti en pleine nuit sans chapeau ni manteau, afin d'aller rugir de rage avec le vent de février pour tout interlocuteur.
Plantée au milieu du vestibule, la tête haute, de nouveau sereine malgré l'incident, elle gratifiait poliment

ses invités d'un "Au revoir, merci beaucoup d'être venus" tandis qu'ils s'emmitouflaient avant de sortir en marmonnant quelques paroles exprimant une sympathie maladroite.

Il ne restait plus que quatre personnes : Clara Schumann, Brahms, Helena Becker et moi.

Je m'étais bien sûr engagé à raccompagner Helena chez elle mais une sensation d'inachèvement flottait dans l'air et, même si j'avais la nette impression que mon hôtesse et son protégé avaient hâte de nous voir partir tous les deux, je ne fis rien pour aider Helena à ranger son violoncelle dans son étui, pas plus que je ne revêtis mon manteau que la bonne des Schumann m'avait remis. Je me tournai vers Brahms :

— Dites-moi, monsieur, y avait-il quoi que ce soit de vrai dans ce que Liszt vous a déclaré avant de sortir ?

— Quoi, le fait qu'il ait envie de m'entendre jouer mes propres compositions ? répliqua Brahms avec un sourire ironique. J'en doute, car un monde sépare ma musique de la sienne. Liszt écrit une musique d'escroc, un étalage de confiseries vides, de bonbons creux. Je suis fier d'être qualifié de "Leipzigois". Pour ma part, je vois là le compliment suprême.

Sur ces mots, Brahms et Clara échangèrent des regards d'affection non dissimulée.

Feignant la simple curiosité, je revins à la charge :

— Ma question portait sur la remarque de Liszt à propos du piano désaccordé. Etes-vous d'accord avec lui ?

— Foutaises !

— Il paraissait pourtant très sûr de lui.

— Ils sont toujours très sûrs d'eux, Liszt et Wagner. Ces deux messieurs de Weimar se considèrent comme des cadeaux de Dieu pour la race humaine.

Je ne souhaitais pas insister davantage, mais la question du piano me tracassait.

Brahms refusait de la prendre au sérieux.

— Je m'y connais en accord de piano. Voyez-vous, quand on joue dans les bordels, comme j'étais jadis obligé de le faire à Hambourg pour gagner ma vie, on se trouve face à des instruments qui seraient plus à leur place à la décharge publique. Quand je partais travailler, c'était toujours avec mon propre diapason et mes outils. Plus tard, lorsque ma carrière de concertiste a démarré, j'ai gardé tout cet équipement, parce qu'on ne sait jamais quel genre d'instrument on risque de rencontrer en tournée au fin fond des campagnes. Faites-moi confiance, monsieur : je sais quand un piano est accordé et quand il ne l'est pas.

— Donc, si le *la* central était un peu faux… trop haut ou trop bas… votre oreille aurait aussitôt détecté le problème ?

— Nous l'aurions tous aussitôt remarqué, s'interposa Clara Schumann. De plus, en prévision de cette soirée, Robert et moi avions naturellement fait accorder les deux pianos cet après-midi.

— Par qui ? demandai-je.

— Par notre accordeur habituel, bien sûr.

— Qui est-ce ?

— Wilhelm Hupfer. Il entretient nos instruments depuis des années. Désormais, Willi fait presque partie de la famille Schumann. Personne, absolument personne ne comprend les complexités d'un piano aussi bien que Willi. Il nous a accompagnés durant plusieurs de nos principales tournées ; vous voyez à quel point nous sommes dépendants de lui, Robert et moi.

— A quelle heure Hupfer a-t-il terminé son travail aujourd'hui ?

Clara prit le temps de réfléchir.

— Je dirais en milieu d'après-midi... vers trois heures, peut-être trois heures et demie.

— Ah non, Clara, rectifia bien vite Brahms. Il était beaucoup plus tard. Cinq heures venaient de sonner lorsqu'il a remballé ses outils pour partir. Vous vous rappelez, n'est-ce pas ? Hupfer voulait que vous essayiez les deux pianos et vous lui avez répondu que vous n'aviez pas le temps parce que vous deviez régler certaines questions avec la cuisinière, puis vous habiller pour la soirée.

— Oui, Johannes, vous avez tout à fait raison. J'avais oublié.

Puis, comme pour montrer le peu d'intérêt qu'elle attribuait à ce détail, elle me dit en souriant :

— Quand je ne suis pas au clavier, mon sens du temps laisse souvent à désirer.

— Je suis surpris, madame Schumann. Pour quelle raison un homme de l'envergure de Liszt, un homme qui prétend avoir l'oreille absolue – prétention que personne ne semble contester, d'ailleurs –, pour quelle raison aurait-il déclaré que le piano sur lequel vous aviez joué était accordé trop haut ?

Brahms parut très pressé de répondre :

— Il ne faut pas prendre trop au sérieux tout ce que raconte Franz Liszt. Savez-vous, inspecteur, qu'en Amérique il existe un célèbre cirque dirigé par un certain Barnum, P. T. Barnum comme il se fait appeler.

Et ce Barnum, dit-on, a proposé à Liszt un demi-million de dollars pour partir en tournée avec lui ! Vous imaginez un peu, notre héros Franz Liszt jouant sous le chapiteau d'un cirque ? Des éléphants qui dansent sur sa musique, des clowns qui font des cabrioles, et le plus comique d'entre tous, l'acrobate musical en personne, qui frappe le clavier ! Dieu seul sait si Franz Liszt a ou non l'oreille absolue, mais moi je sais que ces pianos sont parfaitement accordés.

— Non, Brahms, je pense que Liszt avait raison et que vous vous trompez…

Nous nous tournâmes tous les quatre et nous vîmes Robert Schumann descendre l'escalier, lentement, une marche à la fois, s'accrochant fermement à la rampe comme s'il avait peur de dégringoler.

— J'ai horreur de vous contredire, Johannes, reprit-il en s'arrêtant un peu avant d'être arrivé à notre niveau, mais, à l'instant où Clara a joué le *la* central pour que les musiciens s'accordent, je me suis rendu compte que quelque chose n'allait pas du tout. En fait, pendant la deuxième partie du programme, ce *la* central n'a pratiquement pas arrêté de me résonner dans la cervelle. Comme si un charpentier donnait des coups de marteau dans mon crâne.

Sans bouger, Schumann héla sa femme.

— Clara, n'avez-vous pas essayé les pianos cet après-midi, quand Hupfer était encore là ? Vous savez qu'il exige toujours que vous le fassiez avant qu'il ne s'en aille.

Clara Schumann dévisagea son mari. Puis, lui tournant le dos, elle parla comme si peu lui importaient désormais sa vie privée, ses secrets de famille, sa discrétion ou son orgueil.

— Je suis lasse, Robert… Je suis lasse et j'en ai plus qu'assez. Je ne peux pas tout faire. Je ne peux pas être partout à la fois. Non, je n'ai pas essayé ces maudits pianos quand Willi était ici. Et vous, où étiez-vous, s'il vous plaît ? Vous ruminiez dans quelque taverne du voisinage, comme d'habitude ? Vous n'êtes arrivé qu'après six heures. Je devais tout préparer pour nos invités, nourrir nos enfants, mille et un détails de dernière minute à régler. Je n'avais pas le temps, tout simplement pas le temps !

Ce genre d'éclat ne pouvait produire qu'un seul effet sur ceux qui en étaient les témoins : une grande gêne. Après un pénible moment de silence, je m'éclaircis la gorge bruyamment et dis :

— Il commence vraiment à se faire tard, madame Schumann. Je suis sûr que vous devez être épuisée. Vous voudrez bien nous excuser, *Fräulein* Becker et moi-même…

Sans nous regarder, toujours dos à son mari, Clara Schumann lança :

— J'espère que vous avez pu constater une fois pour toutes, inspecteur Preiss, que mon mari est malade. Et comme si cela ne suffisait pas, au lieu de basculer seul dans la folie, il insiste pour m'y entraîner à sa suite.

Comment aurais-je pu répondre à cela ? Je décidai que la meilleure attitude serait de me taire.

Une fois installé dans un fiacre avec Helena, je dis :

— Je ne vois toujours pas ce qu'il y a de si insultant, de la part d'un compositeur, à qualifier la musique d'un autre compositeur de "Leipzig". Le policier en moi considère toutes ces différences artistiques comme dérisoires, voire stupides. Je me représente Schumann et Liszt s'affrontant en duel demain à l'aube, à vingt pas l'un de l'autre, prêts à se battre à coups de houppettes chargées de poudre de riz.

— Ne vous méprenez pas, Hermann. Ces gens sont des génies, et leurs convictions sont très profondes, tout comme leurs préjugés et leurs rivalités. L'affrontement auquel vous avez assisté ce soir est loin d'être terminé.

Après quelques minutes de silence, Helena s'exclama soudain :

— Il avait raison, vous savez.
— Qui avait raison ?
— Schumann. Il avait entièrement raison.
— Quoi, à propos de...
— Le *la* central était faux. A l'instant où elle a joué cette note pour que nous nous accordions, j'ai trouvé qu'il était un peu haut.

— Je ne comprends pas, Helena. Vous êtes des professionnels. Pourquoi n'avez-vous pas protesté tout de suite ?

— Parce que cela aurait obligé à rappeler Hupfer, et il aurait fallu attendre qu'il réaccordât l'instrument. Cela aurait pu durer une éternité, voyez-vous ! Je ne voulais pas causer d'incident.

— Les autres musiciens l'ont remarqué ?
— Je les ai interrogés du regard, et nous avions tous eu la même réaction. Mais comme vous dites, Hermann, nous sommes des professionnels. Alors nous avons continué. Hupfer n'était peut-être pas en forme cet après-midi. Le pauvre vieux a peut-être trop de cire dans les oreilles.

— Ou bien...

Je détournai les yeux, hésitant à compléter ma pensée.

— Ou bien quoi ? demanda Helena.

Je secouai la tête.

— Rien. Une idée m'a traversé l'esprit. Une idée vraiment tirée par les cheveux.

— Dites quand même, Hermann.

— Alors suivez-moi une seconde. Avant que Brahms ait bien pris le soin de la corriger, Mme Schumann a déclaré que Hupfer avait fini son travail vers trois heures ou trois heures et demie, n'est-ce pas ?

— Poursuivez.

— Si c'est elle qui a raison (et quelque chose me dit que oui), cela laissait amplement le temps à quelqu'un d'autre de trafiquer les pianos. Quelqu'un qui avait les bons outils et qui savait ce qu'il faisait. Surtout quelqu'un qui avait un mobile.

Je m'interrompis.

— Mon imagination s'emballe parfois, expliquai-je avant d'ajouter pour moi-même : Parfois, mais pas toujours.

Assis l'un près de l'autre, nous n'échangeâmes plus un mot pendant le reste du trajet. Pourtant, mes pensées n'avaient pas quitté le 15, Bilkerstrasse.

Quand nous fûmes arrivés devant chez Helena, je l'aidai à descendre de la voiture.

— Voudriez-vous que je monte avec vous, juste un instant ?

— Pas ce soir, Hermann.

C'était aussi bien comme ça. Ma proposition n'était qu'à demi sincère, car je ne cessais alors de me répéter mentalement le nom "Hupfer".

12

Le vieil homme qui examine ma montre de gousset en or est définitivement voûté après des années passées à se pencher au-dessus de sa table de travail. Ses yeux sont définitivement écarquillés à force de contempler les entrailles miniatures des horloges. Ses mains sont devenues de petites pinces de crabe après une vie consacrée à manipuler les outils délicats de son métier. Le sexagénaire qui entretient nos armes à feu empeste l'huile pour fusil et la poudre à canon. Même récurés vigoureusement, ses doigts conservent les taches professionnelles qui le suivront dans la tombe. Son établi est une oubliette et il ressemble plus à un prisonnier qu'à un homme libre. On peut en dire autant de tous les autres techniciens, commerçants et artisans dont nous dépendons au quotidien. Ces hommes ont quelque chose qui les réunit tous, un air de fierté mêlée de fatigue. Ils ont atteint un sommet dans leur carrière mais ils sont rompus par la répétition des mêmes gestes jour après jour et par les limites qui séparent l'artisanat de l'art.

Quand ils meurent, leurs outils meurent avec eux, et c'est la fin de leur histoire.

C'est du moins ce que je pensais jusqu'au matin où je fis la connaissance de Wilhelm Hupfer, "Willi" pour les Schumann. Son atelier était aussi impeccable et ordonné qu'une clinique. Il était plus petit que moi mais se tenait parfaitement droit, ce qui lui donnait l'air plus grand. Sa blouse de coton blanc, comme en portent les médecins et les scientifiques, était amidonnée et immaculée. Il avait le visage entièrement rasé, les yeux clairs. Ses mains, qui reposaient confortablement sur le couvercle d'un énorme Bösendorfer qu'il venait de réparer, étaient semblables à celles d'un chirurgien. Quand je lui en fis la remarque, il eut un léger sourire.

— Ah oui, inspecteur, habiles comme celles d'un chirurgien, sans doute… Mais beaucoup, beaucoup plus sensibles. Laissez-moi vous montrer ce que je veux dire.

Après avoir soulevé et calé le lourd couvercle d'acajou du piano à queue, il désigna l'intérieur qui évoquait une harpe couchée à plat. Avec l'articulation de son index droit, il frappa d'abord le cadre en fer forgé doré qui accueillait le sommier des chevilles et les cordes métalliques, puis les épaisses planches d'épicéa, assemblées par des traverses horizontales qui formaient la bordure interne du coffrage.

— Tout ça paraît solide, inspecteur. Assez solide pour résister à un tremblement de terre, hein ?

J'acquiesçai.

— Et c'est bien du solide, continua Hupfer en admirant avec amour l'instrument dénudé sous ses yeux. Le grand Liszt joue sur un piano comme celui-ci.

Depuis qu'il a atteint l'âge adulte. Sur les autres, il cassait les cordes. On dit qu'il pouvait déchirer les entrailles d'un piano à queue comme un lion déchire une gazelle. Mais avec un Bösendorfer, pas moyen.

— Je ne comprends pas. Si ces pianos sont si robustes, pourquoi faut-il la délicatesse d'un chirurgien pour les maintenir en bon état de marche ?

Hupfer m'adressa le sourire de l'expert qui jubile à chaque occasion d'éclairer les ignorants.

— J'adore qu'on me pose cette question, inspecteur. Regardez ici, si vous voulez bien…

Il me fit signe de me pencher plus près de l'intérieur de l'instrument.

— Je vais appuyer sur une touche… Disons le *do* central… comme ceci…

Je vis le marteau couvert de feutre frapper la double corde d'acier et de cuivre qui émettait le *do* central, puis retomber à sa place dans sa rangée.

— Cela paraît simple, pas vrai ? On tape sur la touche, qui tape sur les cordes, puis revient. Tout est pour le mieux dans le meilleur des mondes, hein ?

Même un imbécile aurait alors deviné que ce dont parlait cet homme n'avait rien de simple.

— Le médecin, c'est vous. Continuez, je vous en prie.

— Le déplacement du marteau doit être ajusté au millimètre près, voire plus précisément encore. Par exemple, l'attrape, la pièce qui récupère le marteau lorsqu'il retombe après avoir frappé la corde, l'attrape doit être réglée afin que le marteau soit repris à exactement douze millimètres de la corde, sans quoi l'instrument ne sera pas capable de répéter correctement les notes.

Fasciné, je regardai Hupfer tendre la main vers son établi pour y choisir une aiguille très fine. La brandissant comme un scalpel, il en piqua doucement mais fermement le bout feutré de l'un des marteaux, pour en desserrer les fibres denses.

— Voilà comment nous donnons sa "voix" au piano, un marteau à la fois, pour atteindre un son chaud et régulier, au volume idéal, qu'exige le virtuose. Cet instrument a été construit en 1839, inspecteur, environ dix ans après la création de la maison Bösendorfer. Il se trouve qu'il a été acheté par un membre de la famille Habsbourg lors de l'Exposition industrielle de Vienne, cette année-là, après avoir reçu le premier prix et une médaille d'or. Hélas, les Habsbourg s'intéressaient davantage aux écuries royales qu'à leurs pianos, et j'ai donc dû procéder à quelques "opérations" importantes pour eux. Mais quand j'aurai terminé…

Hupfer s'interrompit pour donner au clavier une petite tape affectueuse.

— Quand j'aurai terminé, il sera comme neuf. Non, mieux que neuf ! Voulez-vous que je vous raconte une histoire ? Vous pourriez transporter ce piano à l'autre bout du monde, à la minute où l'on joue dessus une simple gamme, n'importe quel expert entendra aussitôt une chose.

— Laquelle ?

— Que moi, Wilhelm Hupfer, j'ai donné sa voix à cet instrument. Je ne connais qu'un seul critère, monsieur : la perfection.

— Vous possédez en effet toutes les compétences d'un grand chirurgien, dis-je en hochant la tête avec admiration.

— Toutes sauf une : je suis incapable de devenir aussi riche qu'un grand chirurgien. Un expert comme moi ne reçoit jamais du public les hommages et les récompenses qu'il mérite. Qui est encensé ? L'interprète. Son imprésario. Son intendant. Même les laquais qui préparent ses habits, qui le rasent et qui vident ses pots de chambre.

Pour tenter de détendre l'atmosphère, je dis avec un sourire de compassion :

— Vous recevrez au ciel les éloges qui vous sont dus, j'en suis sûr.

Cela ne fit pas rire Hupfer. Son visage se ferma.

— Ah non, inspecteur, ils viendront beaucoup plus tôt, et sur terre. Voilà assez longtemps que je patiente comme un imbécile.

— Travaillez-vous sur d'autres marques ?

— Bien sûr, répliqua-t-il sur un ton qui marquait bien que ma question était stupide. Un chirurgien ne se limite pas à un seul type de malade. Non, inspecteur, je suis apte à intervenir sur n'importe quel piano connu de l'humanité. Naturellement, je ne m'occupe pas de ces instruments à trois sous, produits en quantité industrielle, qui commencent à arriver sur le marché. On n'a pas recours aux services d'un grand chef français pour cuisiner des saucisses et de la choucroute.

Hupfer retira la cale et baissa avec soin le couvercle du Bösendorfer.

— Dites-moi, inspecteur, envisageriez-vous d'acquérir un piano de qualité pour votre usage personnel ? Est-ce la raison de votre visite ?

— Non. Comme pianiste, je crains de me ranger dans la catégorie "saucisses et choucroute". Je plaide coupable : j'ai acheté un de ces pianos à trois sous car mon talent ne mérite pas davantage. A un expert de votre envergure, jamais je n'oserais demander ne serait-ce que de humer l'odeur de ce qui passe aujourd'hui pour un piano dans mes appartements.

J'espérais que Hupfer serait séduit par cet aveu contrit. Après tout, quoi de plus flatteur pour un homme orgueilleux que de voir un homme s'humilier devant lui ? Je voulais qu'il se sentît tout à fait supérieur à moi. Je voulais surtout le prendre entièrement au dépourvu avec ma question suivante, pour laquelle je pris un air dégagé.

— Comment expliquez-vous que Mme Schumann ait joué hier soir sur un piano désaccordé ?

Sous le choc, Hupfer écarquilla les yeux.

— Je vous demande pardon. Je ne comprends pas la question.

— Vous avez bien travaillé hier sur les pianos des Schumann ?

— En effet. Principalement sur celui dont elle devait jouer, moins sur l'autre. Il y a quelques mois, le maestro a offert à Mme Schumann un piano tout neuf pour son anniversaire... Un instrument sorti de l'usine Klems, à Düsseldorf. Pas vraiment un chef-d'œuvre, mais rien d'abject, compte tenu des quelques centaines de thalers qu'il a coûté. Les parois sont embellies d'une marqueterie de fleurs. Je regrette qu'ils n'aient pas passé plus de temps à embellir l'intérieur ! Mais, comme je l'ai dit, c'est un instrument correct pour un usage domestique. Chaque piano a ses propres problèmes, inspecteur, mais comme le Klems est pratiquement neuf, il n'avait besoin que d'être accordé à fond.

Hupfer étrécit les yeux et ajouta avec mépris :
— Puis-je savoir qui a cru bon de prétendre qu'il était désaccordé ?
— Franz Liszt.
— Vous voulez me faire croire que, selon Franz Liszt, elle a joué sur un piano désaccordé ?
— Oui.
— Il faut que ce soit une plaisanterie.
— Non, je l'ai moi-même entendu l'affirmer.
— Et il le lui a déclaré à elle, à Mme Schumann ?
— Non, au jeune Brahms, lors d'un bref échange alors que Liszt partait. Après son départ, je me suis entretenu à ce sujet avec les Schumann et avec Brahms.
Le visage de Hupfer s'illumina aussitôt. Il relâcha les épaules et poussa un soupir de soulagement.
— Bien. Je suis sûr qu'ils sont, eux, tombés d'accord pour dire que le Klems était parfaitement accordé. Je veux parler de Brahms et des Schumann.
Je fis mine d'être préoccupé par une minuscule éraflure sur le côté du Bösendorfer.
— Ce n'est pas tout à fait ce qui s'est passé, dis-je en me penchant pour examiner le coffrage, comme si ce petit éclat m'intéressait au plus haut point.
Je sentis Hupfer redevenir nerveux.
— Comment, "ce n'est pas tout à fait ce qui s'est passé" ?
— Eh bien…
Je pris mon temps, le nez touchant presque l'acajou poli.
— Mme Schumann et leur ami Brahms étaient catégoriques : le piano était parfaitement accordé et Liszt avait tort.
— Oui, oui, bien sûr. Je ne suis pas du tout surpris.

— Mais…

— Mais quoi ?

Je me redressai.

— Mais le maestro Schumann n'était pas du même avis. En fait, il était de l'avis de Liszt. Il partageait entièrement son point de vue. Lorsque le *la* central avait été joué pour que les instruments s'accordent, il avait senti qu'il était faux. Et une de mes amies, qui fait partie du quatuor, l'a confirmé. Cela me paraît suffisant, comme preuve, non ?

— Oui et non, inspecteur.

— C'est-à-dire ?

— C'est-à-dire qu'un piano à queue est un mécanisme complexe. Il faut près de douze mille pièces, depuis les plus minuscules écrous jusqu'aux plus grandes planches d'épicéa, pour fabriquer un instrument pareil. Ce qui se passe dans les entrailles d'un piano est parfois aussi mystérieux que ce qui se passe à l'intérieur du corps humain.

Pour la première fois, je détectai une nuance défensive dans la voix de Hupfer. Un instant auparavant, il avait encore l'air de se vanter de la perfection de son travail, et à présent il sollicitait mon indulgence. En matière de pianos, je n'avais rien d'un expert, mais je savais que beaucoup d'instruments, même parmi les meilleurs, souffraient parfois de fentes dans leur table d'harmonie. Je sentis que je venais de découvrir la faille dans la table d'harmonie personnelle de Willi Hupfer.

— Combien de temps passez-vous en général pour accorder un piano comme celui de Mme Schumann ?

— Comme je vous l'ai dit, son Klems est relativement neuf, donc je ne lui ai consacré qu'une heure, peut-être un peu plus, parce que les graves étaient un peu lourds. Sur un piano plus ancien, l'accord peut prendre jusqu'à deux heures, selon son état, bien sûr. Un climat trop humide ou trop sec peut déformer les tiges des marteaux. Et les mites peuvent aussi causer des dégâts. Elles rongent le feutre des marteaux, qui ne frappent alors plus les cordes avec la force nécessaire, selon l'angle optimal. Il faut tenir compte de tous ces paramètres, inspecteur.

— Vous l'avez fait ?

— Fait quoi ? Vous me demandez si j'ai tenu compte de tous les paramètres ? Vous doutez de mon sérieux professionnel ?

— Pas le moins du monde, *Herr* Hupfer, je vous assure.

— Alors pourquoi ces questions ?

Devais-je lui révéler le but réel de ma visite ? Après tout, s'il y avait une explication purement technique aux plaintes réitérées de Schumann concernant ce *la* qu'il entendait, qui pourrait mieux que Hupfer m'aider à y voir clair ? D'autre part, s'il y avait anguille sous roche, comme Schumann en était convaincu, Hupfer était-il impliqué dans le complot ? L'assurance qu'il avait manifestée au début de ma visite commençait à s'estomper à chacune de mes questions. Ses mains fébriles jouaient avec un petit tournevis en cuivre et un tiraillement s'empara soudain de sa paupière droite.

— *Herr* Hupfer, ce dont je vais vous parler maintenant, je vous le confie sous le sceau du secret le plus absolu. Je comprends que des liens très étroits vous unissent aux Schumann et je pense donc pouvoir me fier entièrement à votre discrétion.

— Bien entendu, répondit Hupfer avant d'ajouter avec un sourire rusé : C'est étrange, inspecteur, quelque chose me dit que vous n'êtes pas venu dans ma boutique uniquement pour apprendre à accorder un piano.

— Non, *Herr* Hupfer, je suis venu exactement pour le contraire. J'ai besoin de savoir comment désaccorder un piano. Pour être précis, je voudrais savoir si l'on peut intervenir sur un piano de manière qu'une corde en particulier résonne sans qu'on la frappe réellement. Autrement dit, peut-on faire en sorte, par une action indirecte, qu'une corde émette un son de manière cohérente ?

Hupfer prit le temps de réfléchir.

— Eh bien, on rencontre parfois un problème très ennuyeux sur certains pianos... un bourdonnement.

— Un bourdonnement ?

— Oui. Il suffit d'appuyer sur une touche pour provoquer un crépitement... Plutôt un bourdonnement... qui peut provenir de n'importe laquelle des pièces en mouvement ou des surfaces qui entrent en vibration. Trouver la source du bruit peut s'avérer très éprouvant, même pour un artisan émérite comme moi.

— Et vous y arrivez toujours ?

— Evidemment ! répondit Hupfer avec un petit gloussement. Voyez-vous, inspecteur, les pianos parlent à Wilhelm Hupfer. Oui, j'ai bien dit "parlent". Je leur donne une voix et, à leur façon, ils me parlent. Je n'ai qu'à effleurer une ou deux touches... Je les choisis au hasard et, aussitôt, l'instrument prend vie et me fait ses confidences. "Willi, je souffre d'une table d'harmonie tordue..." "Il y a du jeu dans mes étouffoirs..." "J'ai perdu le brillant de mes aigus." Chaque piano qui a la chance d'entrer dans mon petit domaine devient ma maîtresse et nous devenons très vite intimes. Du moins, c'est ce que *Frau* Hupfer, ma malheureuse épouse, raconte aux gens.

— C'est très rassurant. Mais avez-vous une idée de la manière dont un son persistant pourrait être produit même si personne n'appuie sur la touche concernée ?

Hupfer secoua la tête.

— Sauf votre respect, mon ami, j'avais déjà terminé mon apprentissage quand vous étiez encore dans vos langes. Au cours de mes nombreuses années de carrière, je n'ai jamais été confronté à la situation que vous évoquez, et je doute fort qu'elle puisse se produire. Cela serait hautement improbable.

— Mais est-ce possible ?

— Possible ?

Hupfer haussa les épaules.

— Eh bien, je suppose que tout est possible, si l'on songe aux milliers de composants qui forment un piano à queue. Mais je dois admettre que, si trafiquer un instrument était un crime en Allemagne, plus de la moitié des accordeurs de ce pays seraient sous les verrous. La grande majorité des hommes qui se disent techniciens du piano seraient plus à leur place dans un dépôt de chemins de fer, à huiler des moteurs.

— Insinuez-vous alors que, s'il était possible de dénaturer le mécanisme d'un piano afin qu'une note s'imposât durablement par-dessus toutes les autres, quoi qu'on joue, alors le responsable devrait être très compétent et très versé dans toutes les questions sonores ?

— Cet individu ne pourrait en aucun cas être un accordeur ordinaire. Il devrait être mi-génie...

mi-démon. Je doute qu'une telle personne existe, inspecteur.

— Ecoutez-moi un instant, *Herr* Hupfer. Supposons que cet homme mi-génie mi-démon existe. Pourrait-il manipuler la mécanique pour obtenir le résultat que j'ai décrit ?

— A votre tour de m'écouter un instant, inspecteur. Quel rapport avec les Schumann ? Vous m'interrogez sur de pures conjectures… Non, pire que des conjectures… C'est une extravagance, une aberration. Je ne puis accepter que l'on veuille commettre un tel forfait, surtout avec les Schumann pour victimes. Certes, chacun sait que les sautes d'humeur du maestro sont parfois extrêmement difficiles à supporter. Euphorique un jour, désespéré le lendemain, il est le plus souvent aussi imprévisible que la pluie ou le beau temps. Et la pauvre Mme Schumann n'a pas la vie facile, depuis tant d'années que je connais le couple. C'est un miracle qu'elle tienne bon. Ils n'inspirent tous deux que la sympathie. Personne ne chercherait délibérément à leur nuire ou à les mettre dans l'embarras. Aucun individu sain d'esprit n'oserait accomplir une telle action, même pour plaisanter.

— Je pense que vous ne m'avez pas compris. Pardonnez ma franchise, *Herr* Hupfer, mais je ne vous demande pas de me suggérer qui peut être le coupable et quel peut être son mobile. Je veux que vous vous concentriez sur une question et sur une seule : un piano peut-il être accordé ou désaccordé de sorte que, quoi qu'on y joue, une note se détache par-dessus les autres ?

Avec ce que j'espérais être un sourire amical, j'ajoutai :

— Je vous présente mes excuses. Vous voyez, *Herr* Hupfer, je n'ai pas l'habitude de me trouver dans une position aussi malaisée. En toute sincérité, je ne sais si je me suis lancé dans une véritable enquête criminelle ou si je cours après une illusion absurde.

— Alors vous me pardonnerez ma franchise, inspecteur Preiss, dit Hupfer en me regardant droit dans les yeux. A mon avis, vous courez après une illusion absurde.

13

La demeure du Dr Paul Möbius, au numéro 12, Dietrichstrasse, présentait les avantages d'une maison d'angle : contrairement à l'alignement de bâtisses dont elle faisait partie, elle offrait une entrée latérale pour les patients du docteur. Sans la plaque de cuivre discrète, fixée au-dessus de la sonnette, où était gravé "Paul Möbius, docteur en médecine, sonnez s'il vous plaît", il aurait pu s'agir de la résidence de n'importe laquelle des familles aisées qui habitaient Dietrichstrasse. L'extérieur de cette construction de quatre étages offrait un mélange de bois, de brique, de stuc et de pierre, le genre d'architecture bâtarde qui atteste non que les occupants ont du goût mais qu'ils ont de l'argent.

Je suivis l'ordre de la plaque. Trois minutes s'écoulèrent. Je sonnai de nouveau. La porte s'ouvrit et je fus accueilli par une femme d'un certain âge, rouge et essoufflée, un balai à la main.

— Je suis l'inspecteur Preiss. J'ai rendez-vous avec le Dr Möbius.

La femme laissa tomber son balai.

— Oh mon Dieu ! s'exclama-t-elle dans un murmure rauque, l'air inquiet. Le docteur n'est pas encore rentré de sa tournée du matin à l'hôpital.

Un regard suffit à m'instruire : c'était la gouvernante de Möbius, harassée, surchargée de travail, probablement sous-payée, une femme pour qui le monde s'arrêtait de tourner au moins une fois par heure durant ses journées de travail.

— Je ne comprends pas, dis-je avec agacement. J'étais censé rencontrer le docteur avant et non après sa tournée à l'hôpital. Y a-t-il eu un malentendu ?

— Oh mon Dieu ! répéta la gouvernante. C'est affreux. Je suis désolée, monsieur.

Elle semblait prête à tomber à genoux pour me supplier de lui pardonner une erreur, une bévue dont elle était entièrement innocente.

— Je vous en prie, le docteur change parfois de programme sans prévenir personne. Vous savez ce que c'est, avec ces hommes importants. Ce n'est pas à moi de m'étonner de ses allées et venues. Si Dieu le veut, il reviendra bientôt, voilà tout ce que je peux vous dire.

— Alors j'aimerais entrer. J'imagine que j'ai le droit d'attendre dans son cabinet ?

Elle parut hésiter.

— Comment vous appelez-vous, déjà ?

— Inspecteur Hermann Preiss. De la police de Düsseldorf.

— Mon Dieu, la police ! Oui, oui, il ne faut pas laisser un policier attendre à la porte comme ça. Veuillez me suivre.

Je pénétrai dans la maison, en enjambant précautionneusement le balai, et suivis la femme dans un couloir sombre qui menait à une pièce située au fond du rez-de-chaussée. A voix basse, comme si elle me guidait vers un lieu sacré, elle dit :

— Voici le cabinet du Dr Möbius. Vous pouvez attendre ici.

Puis elle se retira lentement, à reculons, baissant humblement la tête, avec la chorégraphie de ceux qui sont destinés dès la naissance à la servitude domestique.

S'il est vrai qu'un bureau reflète la personnalité de son propriétaire, que pouvais-je apprendre à propos de l'éminent médecin que j'étais sur le point de rencontrer pour la première fois ?

Le mobilier, d'abord : deux personnes pouvaient s'asseoir, pas davantage. Je suppose que c'était assez logique, dans une pièce où l'on dévoilait des pensées intimes. Mais observons la disposition des sièges : un gigantesque fauteuil à oreillettes, sévère, autoritaire, le coussin défiguré à jamais par un occupant au postérieur anormalement large ; à côté, une tablette dont la position et la saleté indiquaient que le docteur était gaucher et que peu lui importaient les cendres de cigare et les boissons répandues. L'autre siège, où je m'installai pour attendre son retour, devait avoir été récupéré dans une brocante. Trop bas, trop étroit, très inconfortable. Pas le genre de fauteuil où l'on se rencogne, où l'on prend son temps pour expliquer à loisir le genre de problème qu'on a. Le message était clair : allez à l'essentiel, le temps imparti est écoulé. Au suivant.

Un détail supplémentaire au sujet du Dr Möbius, sans rapport avec l'état de son bureau : pour un homme très économe de son précieux temps, il semblait ne guère se soucier de faire perdre celui des autres. Il avait maintenant plus d'une demi-heure de retard. C'est lui qui avait insisté pour fixer notre rendez-vous à neuf heures précises ce matin-là. Consultant ma montre pour la dixième fois, je commençai à fulminer. Je me levai de mon misérable siège, je pris mon manteau, mon chapeau et mes gants, et j'allais partir lorsque soudain une porte réservée s'ouvrit, laissant entrer le docteur.

Sans un mot d'excuse ou d'explication, il me fit signe de m'asseoir, désignant d'un geste impérieux le meuble lamentable dont je venais de me libérer. Quant à lui, il prit évidemment place dans le fauteuil à oreillettes. Il tira de sa poche un étui en cuir dont il sortit un gros cigare puis, le faisant rouler lentement entre ses lèvres arrondies, il l'alluma, inspirant et expirant la fumée. Son visage disparut momentanément derrière un nuage de fumée et de flamme. Ses premiers mots franchirent cet écran pour atteindre mes oreilles.

— Dans l'exercice de la médecine, inspecteur, la ponctualité est une qualité essentielle. Je vous serais donc très obligé, monsieur, si nous pouvions aller droit au but. La déontologie m'interdit de vous dévoiler la moindre confidence concernant mon patient, le maestro Schumann. Le secret professionnel est la pierre angulaire la plus sacrée de la médecine. Nous devrons donc nous borner à des généralités, c'est-à-dire à des questions théoriques auxquelles je me suis efforcé de répondre durant toute ma carrière, avec grande diligence et, si je puis me permettre, avec un non moins grand succès.

Cette déclaration liminaire, dans laquelle le docteur se rendait hommage à lui-même, m'inspira la sensation très nette que notre discussion allait être à sens unique.

— Me suis-je bien fait comprendre, inspecteur ?

Les épais sourcils de Möbius se réunirent pour former un épais trait noir au-dessus de ses lunettes. J'aurais aimé pouvoir alors lui conseiller d'aller au diable et lui dire que je n'avais pas l'habitude de me laisser sermonner de la sorte.

Une fois ces règles posées, je démarrai mon interrogatoire.

— Docteur Möbius, vous affirmez dans vos conférences et dans vos écrits que les activités créatrices, comme celles du maestro Schumann, par exemple, entraînent nécessairement une forme grave de dégénérescence.

— Absolument. Cela ne fait pas l'ombre d'un doute.

Möbius se renfonça dans son fauteuil et tapota une lourde chaîne d'or qui barrait la vaste étendue de sa panse, tel un pont suspendu.

— Des années de recherche ont produit des preuves incontestables, monsieur.

Il renifla très fort, à la fois pour ponctuer sa phrase et pour exprimer son assurance.

— Les exemples sont légion. Prenez Mozart. Mort à trente-cinq ans. Schubert ? Mort à trente et un ans. Mendelssohn n'a pas dépassé trente-huit ans. A trente-trois ans, le pauvre Beethoven était déjà sourd comme un pot. De plus, il souffrait de crises de rage. La dégénérescence, voilà la raison. Tout se brise… le corps, l'esprit. Les créateurs sont déchirés par des forces internes, voyez-vous ? Créativité et maladie vont de pair, chez les artistes. Peintres, compositeurs, écrivains… ils flirtent avec les maladies de toutes sortes.

Si c'était en mon pouvoir, je confisquerais tous les chevalets et toutes les palettes d'Europe... tous les instruments de musique, toutes les écritoires, toutes les plumes, tous les encriers... et je mettrais sous clef tous ces instruments du désastre jusqu'à ce que la médecine ait trouvé le moyen de guérir ces hommes et ces femmes de leurs manies. Croyez-moi, monsieur, la créativité est tout bonnement une forme de manie incurable !

— Mais Haydn et Haendel ? Ils ont vécu très vieux. Et Bach a mené une vie bien remplie, non seulement du point de vue musical, mais aussi domestique et spirituel.

Möbius agita la main pour repousser mon objection.

— Exceptions rares et négligeables.

— Vous n'accordez donc pas grande importance à ce *la* par lequel le maestro Schumann se dit harcelé ?

Möbius me toisa d'un air glacial.

— Ne vous ai-je pas clairement exposé que je ne suis pas libre d'évoquer l'état de mes patients ?

J'eus beaucoup de mal à rester poli.

— Très bien, alors, continuons à débattre en termes théoriques. Un homme peut-il légitimement prétendre qu'il entend un son musical particulier lorsque ce son n'est en réalité produit nulle part à proximité ?

— Les individus qui pratiquent les arts auditifs sont enclins à souffrir d'hallucinations auditives. Ils entendent de la musique à des moments où personne d'autre ne pourrait en entendre. Certaines études indiquent d'ailleurs que ceux qui pratiquent les arts visuels connaissent le même sort, sauf qu'ils sont constamment confrontés à des formes et à des couleurs que personne d'autre ne peut voir. Il y a là de quoi sombrer dans la démence, c'est bien certain, et il vaut mieux éviter ces activités prétendues créatives, vu les conséquences souvent effrayantes et le terrible prix à payer.

— Vous ne suggérez quand même pas que l'humanité tourne le dos à la musique, à la peinture et à la littérature, pour se consacrer exclusivement à la gestion de banques, de magasins et d'usines !

Möbius brandit en l'air son épais cigare, indifférent à la colonne de cendre qui s'écroula sur le tapis.

— La stabilité, mon cher inspecteur… la stabilité de caractère, voilà sur quoi repose la société. Les ingénieurs, les docteurs, les scientifiques, voilà la viande et les pommes de terre de la nation. Tout le reste n'est que dessert, éléments du menu public qui, en tant que frivoles, sont entièrement dispensables.

— Est-il possible, docteur, que ce que vous appelez hallucinations auditives puisse être stimulé par des moyens extérieurs ? Quelqu'un d'autre que l'artiste créatif pourrait-il provoquer une hallucination ?

Derrière les petites lunettes à verres ovales enchâssés dans une frêle monture d'argent, les yeux de Möbius semblaient se réduire à deux inexpressives taches grises. Il haussa les épaules.

— Je ne vois pas à quoi vous faites allusion, inspecteur, pas du tout.

— Très bien, alors. Je vais reposer ma question autrement. Le maestro Schumann affirme qu'une ou plusieurs personnes cherchent délibérément à le rendre fou en produisant, peut-être par un moyen mécanique direct, le son du *la* central de l'échelle harmonique. Ce son se produit quel que soit le morceau de musique interprété. Et même lorsque aucune musique n'est jouée, ce *la* central arrive parfois à s'insinuer dans les oreilles de Schumann. Est-ce possible ?

Nouveau regard vide de la part du docteur.

— Qu'est-ce qui est possible ?

Je lui reposai ma question.

— Est-il possible que cette "hallucination auditive" soit créée ou produite par une source extérieure à son esprit et ne soit donc pas à proprement parler une hallucination auditive ?

Le Dr Möbius garda le silence pendant quelques instants. Il semblait fasciné par son cigare, devenu froid. Sans lever les yeux vers moi, il dit :

— Je m'intéresse à la science, inspecteur, pas aux spéculations oiseuses.

— Est-ce votre façon de m'apprendre que les soupçons de Robert Schumann sont sans fondement ?

Toujours sans me regarder, Möbius répondit :

— Tirez-en les conclusions que vous voudrez, inspecteur. Je ne puis rien ajouter à ce sujet.

De la poche de son gilet il tira une lourde montre en or.

— Et maintenant, monsieur, si vous permettez…

Je me levai, ramassai mes affaires et fis ma sortie sans un mot de plus.

Une fois sorti par la porte latérale, je commençai à enfiler mon manteau et ne prêtai pas attention à un homme qui montait les marches que je descendais. Nous nous heurtâmes à mi-chemin. Je me tournai vers lui :

— Je vous demande bien pardon.

Ignorant mes excuses, l'homme gravit en hâte les dernières marches du perron et je ne pus qu'entrevoir son visage. En une fraction de seconde, j'eus le temps de le reconnaître.

L'homme qu'on fit alors entrer chez le Dr Möbius était Wilhelm Hupfer.

14

Je regagnai le commissariat à pied plutôt qu'en voiture. J'avais besoin de temps pour mettre de l'ordre dans mes pensées après cette heure totalement frustrante, passée ou même perdue en compagnie du spécialiste le plus réputé d'Allemagne dans ce nouveau domaine qu'était la psychiatrie, le Dr Paul Möbius. Un sentiment de défaite pesait lourdement sur mes épaules et mon humeur n'était en rien éclaircie par un ciel typique de février, chargé de nuages, vaste couvercle d'un gris sinistre qui s'étendait d'un bout à l'autre de la ville. Pour tout arranger, j'aperçus en arrivant dans mon bureau une lettre mise en évidence pour que je ne pusse pas la manquer. Sur le dessus, le cachet doré de la police de Düsseldorf ne signifiait qu'une chose : j'étais convoqué chez le commissaire.

— Fermez la porte, Preiss, se contenta de glapir le commissaire en guise de salutation lorsque je me présentai dans son cabinet.

Derrière son magnifique bureau, mon supérieur faisait semblant de lire le registre des enquêtes. Ses sourcils épais formaient comme une visière par-dessus ses lunettes, signe qu'une tempête menaçait.

— Schumann... Schumann... Je ne trouve ici aucune référence à une affaire Schumann. Aucune plainte officielle n'est répertoriée. Aucun rapport criminel. Rien n'indique que vous ayez été désigné pour enquêter sur quoi que ce soit en rapport avec cet individu.

— En effet, monsieur, vous ne m'avez pas désigné pour cela.

— Alors en vertu de quelle autorité vous êtes-vous lancé dans cette entreprise absurde ?

D'un signe de tête, je désignai une chaise voisine.

— C'est un peu compliqué. Puis-je m'asseoir ?

— Non, Preiss, vous ne pouvez pas. Je vous le redemande, qui vous a autorisé à gaspiller ainsi les ressources de la police et l'argent du contribuable ?

Mon esprit se mit à s'activer. Comment cette masse de pilosité faciale avait-elle appris que j'enquêtais sur l'affaire Schumann ? Je pensais avoir été discret ces derniers jours. J'avais oublié que, au sein de notre équipe, tout détective raisonnablement entraîné avait pu mettre le nez dans mon agenda et en déduire la vérité. Dieu sait qu'il y avait assez de jeunes agents jaloux de mon rang dans la hiérarchie et qui me jugeaient hautain envers eux.

Les bajoues tremblant d'indignation et d'impatience, le commissaire répéta sa question.

— Eh bien, Preiss, pour la troisième fois, qui vous a autorisé ?

Je fus obligé de réfléchir vite. A voix basse, comme si je trahissais une confidence sacrée, je dis :

— J'imagine, monsieur, que le baron et la baronne von Hoffman se sont confiés à vous, pour le problème Schumann ?

La simple mention de ces deux aristocrates locaux retint tout à coup l'attention du commissaire.

— Ils se sont confiés à moi ? Et à propos de quoi, précisément ?

— A propos de leur inquiétude extrême à la suite des menaces qui pèsent sur la vie de leur cher ami le maestro Schumann. Ils ont sûrement attiré votre attention sur ce point, monsieur. Peut-être, dans votre propre désir de vous montrer circonspect... après tout, il s'agit potentiellement d'une situation embarrassante pour de nombreuses personnalités éminentes qui sont impliquées en tant que suspects. Si aucune plainte n'a été enregistrée et si aucun dossier n'a été officiellement ouvert...

— Vous suggérez que je me suis montré laxiste à ce sujet ?

Une fissure dans sa voix me fit deviner qu'il cédait du terrain.

— Commissaire, je vous assure que je ne cherchais pas à critiquer vos collaborateurs directs. Il ne m'appartient en aucun cas de...

— Ce serait tout à fait déplacé, effectivement. La hiérarchie et la discipline existent toujours, vous savez.

— J'en suis bien conscient, monsieur.

Je m'interrompis, comme pour digérer son petit sermon, et je repris :

— Mais je me sens obligé de préciser que j'ai eu l'autre jour un bref entretien avec le baron et la baronne... chez les Schumann, d'ailleurs.

Je savais bien sûr que le baron von Hoffman présidait le comité régional chargé de déterminer le montant des pensions attribuées aux fonctionnaires méritants (et trop vieux pour être encore efficaces).

Proche de la retraite, le commissaire n'ignorait pas que le baron détenait la clef de son avenir. D'un simple trait de plume de von Hoffman, cet avenir pouvait s'avérer radieux ou lugubre.

— Vous dites que le baron et la baronne se soucient personnellement du résultat de cette enquête, Preiss ?

La voix du commissaire avait perdu son caractère tranchant.

— Sauf votre respect, monsieur, répondis-je toujours à voix basse, je dois souligner combien ils ont insisté auprès de moi… Je veux parler du baron et de son épouse, bien sûr… ils ont insisté pour que mon enquête restât aussi secrète que possible. Comme je l'ai dit, les suspects sont nombreux, et très haut placés.

— Restons-en là, Preiss. Je ne suis pas très content, sachez-le, que vous vous soyez chargé seul de ce dossier. Cependant, je suis prêt à être indulgent.

— Je vous remercie, monsieur. Vous êtes très compréhensif.

— Ecoutez, Preiss…

Le commissaire se leva et se dressa devant moi.

— Je ne vous donne pas carte blanche, vous comprenez. Je suis prêt à tolérer tout cela… mais pas pour l'éternité.

— Ce qui signifie, monsieur ?

— Ce qui signifie que vous devez conclure cette enquête d'une façon ou d'une autre. Si vous parvenez à résoudre le mystère, eh bien, j'imagine que ce sera un nouveau titre de gloire pour vous. Si vous n'y parvenez pas, je compte sur vous pour rattraper le temps perdu. Vous avez quinze jours, et pas une heure de plus. C'est tout, inspecteur. Vous pouvez disposer.

15

J'étais curieux de toute information qui pourrait m'aider et, désormais face à l'ultimatum du commissaire, je me dépêchai de fixer à Helena Becker un rendez-vous le soir même, au *Café Amadeus* de Prinz Mannheimstrasse, dans le quartier commerçant de Düsseldorf, où nous courions peu de risques à cette heure-là d'être reconnus ou dérangés. Avec ses tapis épais, ses fenêtres lourdement drapées, ses banquettes généreusement capitonnées, c'était l'endroit idéal pour une conversation intime. Dans le recoin que nous occupions, la lueur d'une bougie placée sous un photophore au centre de la table donnait à la peau de Helena une légère nuance dorée.

— Vous êtes plus ravissante que jamais, Helena.

Elle ne me retourna pas le compliment.

— Vous paraissez épuisé, Hermann.

Elle étudiait mon visage, envers lequel l'éclairage artificiel se montrait apparemment sans pitié.

— Cela fait maintenant plusieurs nuits que je dors mal, je l'avoue.

— Ah oui, l'affaire Schumann…
— L'affaire ? Je ne suis pas sûr qu'il s'agisse d'une affaire, Helena. J'ai l'impression de découvrir le néant partout où je regarde. Pas de pistolets fumants, pas de poignards sanglants, pas de lettres anonymes. Il n'y a rien qu'un possible dément qui affirme entendre une certaine note de musique dans des lieux étranges et à des moments étranges. Et, malgré tout, je suis incapable de m'en désintéresser !
— Peut-être puis-je contribuer à modérer votre contrariété…

Sans se presser, elle jeta un coup d'œil à droite et à gauche, puis derrière elle et par-dessus mon épaule. Enfin, sûre de pouvoir parler sans être entendue, elle se pencha vers moi.

— Eh bien, Hermann, j'ai une nouvelle à vous apprendre… une nouvelle importante que je tiens d'une source très fiable. Cela risque cependant de vous coûter cher. Je suis tentée par l'escalope de veau et par un très bon riesling pour l'accompagner.
— Marché conclu ! Quelle est donc cette nouvelle ?
— Johannes Brahms a couché avec Clara Schumann.
— Et comment le savez-vous, Helena ?
— Parce que j'ai couché avec Franz Liszt.
— Vous… vous… avez couché avec…

J'étais incapable de terminer ma phrase.

Sans la moindre hésitation, sans même une nuance de gêne, Helena hocha la tête.

— Mais je ne comprends pas pourquoi vous êtes si choqué, Hermann. Je pensais que les policiers apprenaient à prévoir l'imprévisible.

— L'imprévisible, c'est une chose ; l'invraisemblable en est une autre.

Helena s'empourpra soudain. Je me rendis compte aussitôt que j'avais gaffé.

— Vous trouvez donc invraisemblable que Franz Liszt ait pu avoir envie de coucher avec moi.

— Non, bien sûr que non ! protestai-je. Ce que je juge invraisemblable, c'est que vous ayez voulu coucher avec Liszt. Depuis Néron, aucun homme n'a eu pareille réputation de débaucheur de femmes !

— Je crois déceler une note de jalousie dans votre voix, Hermann. Me trompé-je ? Je devrais peut-être éclaircir un détail... ne serait-ce que pour alléger vos tourments. Nous n'avons pas exactement *couché* ensemble.

Je ne pus résister à l'envie de répondre par un sarcasme.

— Alors par une curieuse coïncidence, Helena Becker et Franz Liszt sont simplement un homme et une femme qui souffrent d'insomnie et qui se trouvent occuper la même chambre.

— Pas tout à fait. Ce qui s'est passé, c'est que nous avons partagé le même lit... dans sa suite à l'hôtel. Voyez-vous, il m'a remarquée l'autre soir, chez les Schumann, et Georg Adelmann lui a donné mon nom et mon adresse. Le lendemain, j'ai reçu une lettre magnifiquement écrite et un superbe bouquet. Et le soir même, nous avons soupé dans sa suite. Après quoi...

Son récit prit brusquement fin, ponctué par un haussement d'épaules, comme pour dire : *Voyons, à quoi pouvait-on bien s'attendre ensuite ?*

— Et vous vous êtes couchés tous les deux, dis-je en luttant de toutes mes forces pour tâcher d'adopter un ton insouciant. Continuez, Helena, je vous en prie.

Elle feignit le remords.

— Vous m'avez avoué que vous aviez horreur des surprises, mon cher Hermann, et je suis sincèrement désolée d'être aussi brutale. Mais la vérité finit toujours par éclater au grand jour.

— Dans votre intérêt, Helena, j'espère que Liszt a manifesté des compétences à la hauteur de la tâche. Ce n'est pas un débutant, vous savez.

— Les "compétences" de Liszt sont sans doute tout aussi impressionnantes que les vôtres. En vérité, pourtant, elles n'ont pas été mises à l'épreuve. Autrement dit, il n'a eu aucune tâche à accomplir.

— Ah vraiment ? Attendez, laissez-moi deviner pourquoi… Liszt devait donner le lendemain un récital au programme particulièrement éprouvant et il devait ménager ses forces. Comme c'est amusant, Helena : je pensais que cette excuse ne valait que pour les ténors d'opéra.

— Nous nous sommes couchés, c'est vrai. Mais Franz…

— Alors vous l'appelez Franz, désormais ? C'est charmant. Le grand homme vous autorise à l'appeler par son prénom !

D'un air dégagé, Helena répondit :

— Quand un homme pose la tête sur vos genoux, vous ne pouvez guère l'appeler maestro ou professeur. A présent, laissez-moi terminer et, s'il vous plaît, ne me coupez pas la parole. Nous étions couchés l'un à côté de l'autre, Franz et moi, et il parlait du vide que la gloire avait laissé dans son âme. Vous savez ce qu'il prévoit de faire, Hermann ? Il prévoit de faire retraite dans un monastère, pendant un certain temps. Il en parle comme d'un pèlerinage. Il a désespérément soif de renouveau spirituel.

J'aurais voulu résister à la tentation de ricaner, mais une trappe s'ouvrit quelque part près du bout de ma langue et les mots s'échappèrent malgré moi.

— Pendant un certain temps ? C'est-à-dire ? Vingt-quatre heures environ ? Soyons sérieux, Helena. Tout le monde sait bien que Liszt passe son temps dans les tribunaux pour se débattre au milieu des procès qu'on lui intente pour rupture de promesse de mariage, dettes impayées, calomnie et diffamation. Je pourrais continuer la liste. Sa carrière à la barre des accusés est presque aussi illustre que sa carrière dans les salles de concert. Et vous prétendez que cet homme a désespérément soif de renouveau spirituel ?

— Il affirme qu'il aspire à une nouvelle vie, et je le crois, Hermann. Il sait parfaitement que, dans certains cercles musicaux, il est fort peu respecté, surtout pour ses compositions. Laissez-moi vous raconter ce qui lui est arrivé l'an dernier à Weimar. Liszt avait généreusement ouvert les portes de sa résidence pour des dimanches après-midi musicaux… musique de chambre, récitals donnés par des élèves, présentations d'œuvres nouvelles, très stimulant, comme vous pouvez imaginer. Eh bien, l'un de ces dimanches, Liszt comptait parmi ses invités un certain Johannes Brahms…

— Pardon de vous interrompre, mais j'avais l'impression que Liszt et Brahms avaient fait connaissance l'autre soir chez les Schumann.

— On aurait pu le croire, en effet, mais les deux hommes ont très vraisemblablement préféré oublier leur précédente rencontre. Voici ce qui s'est passé à Weimar l'an dernier. Le jeune Brahms apporte la première version de son *Scherzo*, qu'il vient de terminer. Mais quand Liszt lui demande de le jouer pour le petit groupe d'amis présents, Brahms est trop timide ou trop nerveux. Alors Liszt se met au piano et déchiffre le morceau à vue, du début jusqu'à la fin. Une exécution impeccable, dont Brahms le remercie chaleureusement. L'auditoire est lui aussi enthousiaste. Puis c'est au tour de Liszt de jouer l'un de ses morceaux. Pendant l'un des passages les plus dramatiques, Franz jette un coup d'œil vers la salle. Et savez-vous ce que faisait Johannes Brahms ? Il était avachi sur sa chaise et il dormait !

— Et alors ? En quoi cela permet-il à Liszt de se montrer aussi catégorique quant aux relations sexuelles de Brahms avec Clara Schumann ?

— L'accordeur de pianos.

— Pardon ?

— L'accordeur de pianos. Wilhelm Hupfer. Vous vous rappelez, son nom a été prononcé lorsque...

— Oui, oui, dis-je avec impatience. Bien sûr que je me rappelle. Qu'a-t-il à voir dans toute cette histoire ? C'est un ouvrier. Il travaille avec des marteaux et des pinces.

— Oui, Hermann, mais comme il est le meilleur de la région, il a été engagé pour accorder le piano d'exercice de Liszt dans sa suite à l'hôtel. Naturellement, les deux hommes – Liszt et Hupfer – en sont venus à évoquer les Schumann et leur protégé. Eh bien, à ce qu'il semble, notre maître technicien a non seulement l'ouïe affûtée qui convient à son métier, mais il n'a pas non plus l'œil dans sa poche. Hupfer a travaillé chez les Schumann durant l'après-midi qui précédait la soirée musicale. Et le maestro n'était alors pas chez lui. Elle… je veux parler de sa femme… a dit qu'il s'était absenté, sans doute pour aller noyer son angoisse dans l'alcool, pendant qu'elle, la pauvre épouse méprisée, restait seule avec… comment a-t-elle formulé cela ?… "mille et un détails de dernière minute à régler".

— Je pense que ce sont ses mots exacts, en effet.
— Eh bien, Hermann, elle a mal compté. Il y avait mille et deux détails de dernière minute.

Je levai la main pour arrêter Helena.

— Ne me dites rien. Brahms figurait en tête de sa liste de choses à faire, je suppose. Qu'est-ce que Hupfer a raconté à Liszt, et qu'est-ce que Liszt vous a répété ?
— Il y a deux pianos à queue dans le salon des Schumann, vous vous souvenez ?
— Oui.

Puis je me rappelai ce que Hupfer m'avait expliqué lorsque je lui avais rendu visite dans sa boutique.

— Apparemment, l'un des deux est presque neuf… le Klems, fabriqué ici à Düsseldorf, pas un instrument extraordinaire, mais qui ne demandait pas beaucoup de travail, étant tout récent. L'autre piano exigeait beaucoup plus d'attention, bien sûr. Hupfer a passé deux heures dessus pour qu'il soit en parfait état.

— Mais, en réalité, Clara a joué sur le Klems, poursuivit Helena. Et auparavant, lorsque Brahms a été présenté au public, sur quel piano a-t-il joué ?

Je pris le temps de rassembler mes souvenirs.

— Il a joué sur le même, sur le Klems.

— Exact, répondit Helena. La question se pose donc.

— Quelle question ?

Elle prit un couteau à beurre, celui avec lequel j'avais joué un instant plus tôt, et le brandit comme s'il s'agissait d'une baguette de maître d'école.

— Hupfer arrive chez les Schumann, il est prêt à travailler dès qu'un domestique lui aura ouvert la porte. Mme Schumann est invisible, le domestique explique que le maestro est sorti et qu'on ne l'attend pas avant la fin de l'après-midi. Très bien. Alors Hupfer se dirige vers le salon, où il trouve bien sûr les deux pianos à queue...

— Oui, oui, Helena, pour l'amour du ciel, venons-en au fait...

— Et à l'instant où Hupfer ôte sa veste et s'apprête à remonter ses manches pour se mettre à l'ouvrage, il entend des chuchotements furtifs qui viennent de l'escalier situé dans le vestibule, juste à côté du salon. Il y a une voix d'homme et une voix de femme. Et ensuite, devinez ce qui se passe !

— Quoi ?

— Brahms déboule dans la pièce. Sans redingote. Sans cravate. La chemise en partie déboutonnée. Et ces cheveux... ces longs cheveux blonds...

— Peu importe. J'imagine que ses cheveux étaient en désordre, qu'il était hirsute. Eh bien ?

— "Pardonnez-moi de vous déranger, crie Brahms à Willi Hupfer, mais je pense avoir oublié quelque chose." Et Brahms s'empare d'un petit sac en cuir posé sur le Klems. Et dans sa hâte de le récupérer, il en répand le contenu à terre, puis commence à tout ramasser, en marmonnant des choses comme : "Quel imbécile, comme je suis maladroit !" Puis, comme Hupfer remarque que ce sac contient des outils très semblables aux siens, Brahms se sent obligé de se justifier.

— Helena, implorai-je, veuillez reposer ce couteau à beurre (elle le tenait vraiment trop près de mon visage). Répétez-moi simplement ce que Brahms a dit.

Sans écouter ma requête, mais serrant le couteau comme un javelot à lancer, Helena poursuivit.

— Brahms ferme son sac et dit à Hupfer : "Je suis très difficile, vous comprenez, et je souhaite que le piano sur lequel je joue soit accordé selon mes goûts précis, alors je préfère procéder moi-même à quelques ajustements au préalable. J'ai donc pris la peine de régler le Klems, parce que je vais m'en servir ce soir." Puis il ajoute : "Mais je ne veux surtout pas vous déranger ; je reviendrai tout à l'heure pour un ultime réglage sur le Klems." Pourquoi est-ce si important ? Parce que, selon Liszt, il n'existe aujourd'hui aucun autre pianiste en Europe qui accorde et règle lui-même son instrument. Ce travail est toujours confié à des techniciens expérimentés, à des experts comme Hupfer. L'une des raisons est que la plupart des pianos se trouvent dans des salles de concert dont les propriétaires voient d'un mauvais œil ces *prime donne* qui viennent trafiquer l'instrument local. Et même quand un concert doit avoir lieu dans un salon, chez des particuliers, on respecte cette loi tacite. Le travail technique est réservé aux techniciens, point final !

Helena recula sur son siège puis, d'un geste énergique et bruyant, posa le couteau à beurre sur la table.

— Eh bien, à présent, inspecteur Preiss, ai-je mérité mon escalope et mon riesling ?

J'étais trop perdu dans mes pensées pour lui répondre. C'étaient des questions, et non des réponses, qui s'empilaient les unes sur les autres.

Agacée, Helena s'exclama :

— Vraiment, Hermann, vous êtes l'ingratitude faite homme. Je remplis votre coupe à ras bord et que reçois-je en retour ? Un regard vide. Et une assiette vide aussi, d'ailleurs.

Je jetai un coup d'œil inquiet vers l'horloge du café, juste à temps pour entendre son carillon annoncer huit heures, ce qui signifiait que, derrière les portes battantes, le chef cuisinier ôtait sa toque et son tablier blanc pour la nuit.

Notre serveur, sans un mot, commença à nous reprendre nos couverts, nos verres, notre pain, notre salière et notre poivrière, laissant notre table nue.

Nous étions maintenant à l'extérieur du café, exilés par un serveur maussade.

— Hermann, je dois vous avouer que je n'ai absolument rien mangé depuis mon petit-déjeuner, très tôt ce matin. Le fait que je meurs de faim éveille-t-il le moindre intérêt en vous ?

Je crains d'avoir répondu tout à fait à côté.

— Hupfer raconte ces choses à Franz Liszt.

Mes yeux vagabondèrent le long de la rue, dont les boutiques et les bureaux étaient désormais plongés dans l'obscurité, et les trottoirs déserts.

— Hupfer raconte ces choses à Franz Liszt, répétai-je, une fois de plus perdu dans mes pensées. Mais, pour une raison mystérieuse, il décide de ne pas me les raconter à moi…

— Hermann, au cas où vous ne l'auriez pas remarqué, je suis encore là...

— Et puis... et puis il y a sa visite au Dr Möbius...

— Très bien, dit Helena d'une voix de martyre, oublions le fait que je suis affamée. Quel rapport le Dr Möbius et Hupfer ont-ils exactement avec cette histoire ?

Mes yeux revinrent vers Helena.

— Ma chère amie, je ne sais comment répondre à votre question, mais voici ce que j'ai l'intention de faire.

16

Je hélai un fiacre et déposai Helena devant chez elle. Nous nous quittâmes sur le pas de sa porte, après avoir échangé un baiser pudique sur la joue. L'heure écoulée m'avait épuisé, et mon appétit de nourriture était resté insatisfait. La seule chose dont j'avais envie était de me retirer entre les quatre murs de mon salon, de passer une robe de chambre confortable et de m'asseoir devant un bon feu, l'esprit libéré par une rasade de cognac.

Après m'être introduit dans le minuscule vestibule de mon immeuble, je dus affronter le concierge, un ancien combattant au visage balafré par les blessures de guerre et aux mains torturées par une arthrite sans pitié.

— Il y a un homme…

D'un index déformé, il pointa par-dessus son épaule en direction d'une petite antichambre donnant sur le vestibule.

— Ça fait un moment qu'il attend.

Sa voix se réduisit soudain à un murmure.

— Plus d'une heure ! Quelque chose qui le tracasse drôlement, on dirait. J'ai été tenté de lui proposer du thé, mais sa tête m'a fichu une peur bleue.

— Merci, Henckel.

Je traversai le vestibule et pénétrai dans l'antichambre.

— Preiss ! Dieu soit loué ! Je commençais à croire que vous n'arriveriez jamais.

— Bonsoir, monsieur.

Je tâchai de paraître cordial malgré le fait que, comme toutes les surprises, celle-ci était particulièrement malvenue, à une heure pareille, et en ce jour plus que tout autre.

— Qu'est-ce donc qui me vaut l'honneur ?

— Pardonnez-moi de vous imposer ma présence, inspecteur, dit Robert Schumann. Je dois vous parler en privé... Une affaire de la plus grande urgence.

Schumann me suivit et monta d'un pas traînant les trois volées de marches. Il donnait l'impression d'escalader une montagne à chaque pas. Sur le palier de mon appartement, il se mit à haleter, à bout de souffle.

— Cognac, maestro ?

Il leva la main pour refuser.

— Il faut que je garde les idées claires.

— Alors vous me pardonnerez ?

Sans attendre sa réponse, je me versai un grand verre dont j'avalai bien vite la moitié, en pensant : *Je me dois au moins ça, puisque je n'aurai évidemment pas droit à la soirée tranquille dont je rêvais.*

Un examen plus attentif de l'apparence de mon visiteur me fit deviner pourquoi Henckel n'avait pas souhaité rester avec lui une seconde de plus que nécessaire. Il avait les yeux humides, injectés de sang, le visage marbré, la peau des joues et du menton irritée par un rasage brutal. Des gouttes de transpiration entourant ses lèvres violacées donnaient à sa bouche l'aspect d'une grotte inexplorée. Ses vêtements dégageaient une forte odeur de cigare et son haleine empestait l'alcool, même s'il semblait parfaitement sobre. Je lui fis signe de s'asseoir.

— Merci, je préfère rester debout. Permettez-moi d'en arriver directement à la raison de cette intrusion. L'un de mes biens les plus précieux a disparu et a sans doute été volé, une première version de la *Sonate pour piano* de Beethoven opus 2, n° 2, celle qu'il a dédiée à Joseph Haydn. Mon cher ami Felix Mendelssohn me l'a léguée par testament. C'est évidemment un document inestimable.

— Quand avez-vous remarqué sa disparition ?

— Le matin qui a suivi notre soirée musicale. Je cherchais dans l'armoire de mon bureau où elle est rangée. Je voulais revoir comment Beethoven y conduisait le thème initial. On revient sans cesse à la musique de Bach et de Beethoven, tout comme on va à l'église de temps en temps... pour trouver Dieu. Mais la partition n'était pas là. Le manuscrit avait disparu !

Je voulus savoir si le manuscrit était exposé ou sous clef. Cette question fit apparaître une expression douloureuse sur le visage de Schumann.

— Quel imbécile orgueilleux je fais ! J'étais si fier que Felix – Dieu le protège – eût jugé bon de me le léguer que je le gardais présenté dans une vitrine pour que tout le monde le voie. Et maintenant...

La voix de Schumann se brisa.

— Vous êtes absolument certain de ne pas l'avoir égaré, maestro ?

— Pourrait-on égarer un coffre rempli de diamants ? Non, inspecteur, il m'a été volé.

— Pour en être aussi sûr, vous devez avoir un suspect en vue.

J'attendis que Schumann parlât, mais il parut tout à coup hésiter. Je repris aussi doucement que possible :

— Je ne puis vous aider si vous me cachez une information. Qui soupçonnez-vous ?

Il y eut un silence tendu. Puis Schumann bredouilla :

— Adelmann… Georg Adelmann… c'est forcément lui. Vous vous rendez compte ? Un homme en qui j'avais confiance… un homme à qui j'ai ouvert ma maison et mon cœur… qui est censé être mon ami, mon biographe !

— Qu'est-ce qui vous permet d'affirmer que c'est Adelmann ?

— C'est un voleur. Clara m'a dit qu'il est coupable de menus larcins, mais il est apparemment passé au cambriolage en grand. J'ai demandé à ma femme comment elle savait cela. Vous l'avez vous-même mise en garde lors de notre soirée. Il faut que vous l'accusiez officiellement, inspecteur, je vous en supplie, ajouta-t-il en me saisissant le bras. Ce crime ne doit pas rester impuni.

Malgré le désagrément que me causait l'étreinte de mon visiteur, je répondis avec calme :

— Maestro, essayez de comprendre. Ce que vous suggérez n'est pas toujours l'attitude la plus avisée. Accuser quelqu'un d'un crime aussi grave sur la base de simples soupçons…

Furieux, Schumann me coupa la parole.

— Autrement dit, Preiss, comme tous ceux qui m'entourent, vous êtes déjà persuadé que j'ai perdu la tête. Eh bien, tant pis, alors. J'irai trouver le commissaire en personne, si nécessaire.

— Si j'étais vous, je ne serais pas si pressé d'impliquer le commissaire dans cette affaire, professeur Schumann.

— Et pourquoi donc ?

— Parce que, en toute franchise, le commissaire n'aime guère les artistes en général, et parce qu'il ne prend guère au sérieux votre cas particulier. En fait, il ne me laisse que quelques jours pour régler la question de votre plainte initiale, sans quoi je ferai l'objet de certaines mesures disciplinaires assez déplaisantes pour avoir négligé des tâches plus urgentes. Ma carrière pourrait être en danger, voyez-vous ?

Tout le corps de Schumann sembla s'affaisser.

— Alors je finirai comme la statue du conte de fées... mes bijoux arrachés et emportés, un par un, non seulement par un moineau innocent, mais par une bande de corbeaux et de vautours... de conspirateurs, de voleurs. J'offre au monde une musique exceptionnelle. Et qu'est-ce que le monde m'offre en retour ? Son mépris. Son envie. Sa traîtrise.

— Pourtant, maestro, vous avez de nombreuses raisons d'être heureux. Vous avez de beaux enfants. Une épouse belle et talentueuse. L'admiration d'innombrables amateurs, le respect de quantité de vos pairs...

— J'ai ma vie en horreur, Preiss ! En horreur ! hurla-t-il à mon grand étonnement. Je ne supporte plus de me voir, continua-t-il d'une voix tremblante.

La mort plane désormais comme un orage menaçant au-dessus de chaque mesure de musique que je compose.

Sans attendre que je le lui propose, Schumann se dirigea d'un pas incertain vers la chaise la plus proche et s'y effondra, puis fondit en larmes, le visage caché dans les mains en signe de honte.

— Très bien, maestro, j'irai voir Adelmann demain dès que possible. Et je vous promets de venir ensuite vous faire mon rapport au plus vite.

C'était une promesse que je ne tarderais pas à regretter.

17

Comme le Dr Möbius (chez qui je m'étais rendu quelques jours auparavant), Georg Adelmann éprouvait visiblement le besoin de s'entourer de preuves de sa propre importance : les diplômes honorifiques, alignés par rangées entières, encadrés et accrochés avec le plus grand soin aux murs de son bureau, témoignaient non seulement de la haute estime dans laquelle les autres le tenaient, mais aussi de la haute estime en laquelle il se tenait lui-même. Par son luxe, le logis d'Adelmann différait néanmoins de celui de Möbius. Bien que leurs deux résidences fussent situées dans le même quartier prospère de Düsseldorf, celle du journaliste révélait un homme épris de meubles à la mode, d'œuvres d'art et de tapis persans dont un sultan aurait pu s'enorgueillir.

Je ressentis un intérêt particulier pour le contenu d'un énorme vaisselier en acajou qui trônait dans le salon comme le maître-autel d'une église. Derrière ses portes vitrées, une demi-douzaine d'étagères étaient chargées d'objets d'or et d'argent : plateaux, chandeliers, saucières, services à thé et à café, plats tarabiscotés.

D'une voix ruisselant de suffisance, Adelmann commenta cet étalage :

— Le meuble est anglais, bien sûr, des années 1760. Mais les pièces exposées sont autant d'exemples de nos meilleurs artisans allemands, de Hanau et de Pforzheim. Nous commençons enfin à surpasser les Français. Je vois, inspecteur, que vous admirez les belles choses.

Sans détacher mon regard du vaisselier, je répondis :

— Vous êtes trop modeste, monsieur. Il ne s'agit pas simplement de "belles choses" ; c'est la marque d'un homme au goût exquis, d'un brillant acquéreur, si je puis me permettre.

Adelmann gloussa.

— Un brillant acquéreur ? Eh bien, voilà une formule que l'on n'entend guère. Je suis extrêmement flatté.

— Je ne cherchais pas à vous flatter, mais à vous adresser un authentique compliment, je vous assure.

— Vous êtes très habile avec les mots, dit Adelmann. Quel dommage que vous ayez choisi la police, Preiss. Votre éloquence aurait sans doute été mieux employée dans une profession plus noble.

Si j'avais été muni d'un poignard, je m'en serais volontiers servi pour trancher la gorge d'Adelmann. Maîtrisant mon animosité, je dis :

— Chacun vit dans l'espoir d'une vie meilleure dans l'au-delà. Peut-être courrai-je alors après les mots et non plus après les criminels. Ce plateau d'argent, enchaînai-je sans transition, ce petit, là, sur la quatrième étagère... Quel charmant objet ! Où avez-vous donc pu le trouver ? Je cherche en vain une pièce semblable depuis des lustres.

J'avais évidemment reconnu le plateau dérobé par Adelmann le jour où nous avions déjeuné ensemble au restaurant.

Désinvolte, Adelmann répondit :

— Oh, ce plateau ? C'est un cadeau. De quelque rédacteur en chef. D'un journal de Heidelberg, je me rappelle, à présent. Les rédacteurs, éditeurs et universitaires reconnaissants m'inondent de bibelots précieux en tout genre. Ils connaissent mes goûts, bien sûr.

Je remarquai que tous ces objets avaient un très net air de famille. Non comme s'ils avaient été offerts par toutes sortes de gens, mais comme s'ils avaient été réunis par un individu en proie à un besoin compulsif.

— Quel dommage, docteur Adelmann, qu'une collection aussi splendide ne soit pas accessible au public. Beaucoup de gens seraient ravis de pouvoir contempler ces pièces.

— Je ne crois pas que cela serait prudent, répliquat-il avec une certaine froideur. Les yeux indiscrets, les mains qui traînent... Vous êtes bien placé pour le savoir. En fait, inspecteur, moins on parlera de ma collection, mieux cela vaudra, je pense que vous serez d'accord.

Tout en me désignant un fauteuil confortable, Adelmann me proposa un verre de schnaps.

— Non, merci. C'est un peu tôt dans la journée. Surtout pendant mon service, docteur Adelmann.

— Votre message indiquait que vous souhaitiez discuter d'un problème grave.

— Assez grave, oui. Et assez délicat. Je ne sais pas trop comment vous présenter la chose.

— Vous ne me faites pas l'impression d'être un homme qui cherche ses mots, Preiss. Comment puis-je vous aider ? Il ne s'agit pas encore une fois de votre amie violoncelliste, j'imagine ! Une jeune femme tout à fait délicieuse. Et très douée pour la musique, qui plus est !

Assis dans le fauteuil voisin, Adelmann se pencha en avant et me donna une tape amicale sur l'épaule.

— Le genre de femme qui ne laisse pas indifférent, pas vrai ?

— Je suis ici à propos des Schumann, en réalité... De Robert Schumann, plus précisément.

Déçu, Adelmann se renfonça dans son fauteuil avec un profond soupir.

— Personne ne nous débarrassera donc des Schumann !

Son visage s'assombrit et il sembla se retirer de la conversation.

J'abordai aussitôt le motif de ma visite.

— Il semble qu'un manuscrit de grande valeur ait disparu de chez les Schumann... la première version d'une sonate de Beethoven que Felix Mendelssohn avait léguée par testament à son ami Schumann, en cadeau...

Avant que j'aie pu terminer ma phrase, Adelmann sursauta puis, soudain, éclata de rire. Bondissant de son siège, il se dirigea vers une commode et tira du premier tiroir un porte-documents en cuir noir noué d'un large ruban doré. Le tenant en l'air, il me demanda :

— Vous voulez parler de ceci ?

Et il s'approcha de moi, agitant le porte-documents.

— Disparu, dites-vous ? Voyez vous-même, mon cher inspecteur. Le voici, le manuscrit de Beethoven… Ce n'est pas un fantôme, c'est la partition elle-même. Vous trouvez que ça ressemble à un objet disparu ?

— Je ne faisais que répéter les propos du maestro Schumann, monsieur ; je ne portais aucun jugement.

L'instant d'après, Adelmann reprit son humeur sombre.

— Cet homme n'a vraiment plus sa tête. Disparu, mon œil ! Schumann me l'a donné, ce manuscrit. Il a même insisté pour que j'accepte.

— Il a insisté ?

— Absolument.

— Pourquoi tenait-il à vous le remettre ?

— Pour me témoigner sa gratitude éternelle. Ce sont ses mots, Preiss.

— Sa gratitude pour quoi, s'il vous plaît ?

— Pour m'être engagé à ne pas révéler un détail de son passé dont il est profondément honteux… quelque chose que j'ai découvert au cours de mes recherches sur sa vie.

— Vous faites allusion à son activité sexuelle dans sa jeunesse… son infection du pénis ? Vous l'avez brièvement évoquée lors de notre déjeuner chez Emmerich.

Adelmann déposa le porte-documents sur un guéridon entre nos deux fauteuils.

— Mais non, Preiss, je parle d'une chose bien plus grave que ces peccadilles de jeune homme tourmenté par le sexe.

Je fis mine de ne pas comprendre.

— J'ai un peu de mal à vous suivre…

— Ce que Schumann voulait, c'était que je compromette mon intégrité professionnelle. Voyez-vous, j'ai rencontré plusieurs de ses intimes, des hommes éminents… des hommes instruits, pas des gens du peuple, je vous assure… avec qui, il y a quelques années, notre ami Schumann a pratiqué davantage que de simples expériences sexuelles.

— Pourriez-vous vous exprimer plus clairement, docteur Adelmann ? Faites-vous référence à une activité homosexuelle ?

— Des activités au pluriel. L'un de ces amis m'a confié que Schumann avait un appétit d'ogre, en la matière. "Obsédé", voilà le mot qu'il a employé. Quand j'ai évoqué le sujet avec Schumann, le sang lui est monté au visage, son front s'est mouillé de sueur, ses lèvres se sont mises à trembler, sa langue est devenue pâteuse, il a bégayé. Je vous assure, Preiss, ce n'était pas beau à voir. Son état m'a beaucoup ému et j'ai accepté malgré moi de n'en rien dire dans ma monographie.

— Là-dessus, Schumann a insisté pour vous offrir le manuscrit de Beethoven… comme gage de sa gratitude éternelle.

— Précisément.

Le visage d'Adelmann affichait une satisfaction totale, comme s'il avait mené à bien avec succès un petit travail laissé inachevé. D'un air entendu, il ajouta :

— Mieux vaut oublier toute cette affaire, vraiment. J'imagine que nous n'aurons plus besoin d'en parler.

Je hochai la tête.

— En effet, je n'aurai plus besoin d'en parler avec vous.

Mais, avec Schumann, j'en reparlerais assurément. Non pas demain, mais le jour même. Schumann ou Adelmann, l'un de ces deux individus se moquait de moi.

J'avais prévu qu'un fiacre passât me prendre et j'allais partir lorsque, sur le pas de la porte, je me retournai tout à coup.

— A propos, docteur Adelmann, envisageriez-vous de restituer ce manuscrit à Schumann moyennant une autre forme de compensation ?

— Ah non, c'est hors de question, Preiss !

— Pourquoi ?

— Vous êtes libre de me le demander, dit-il avec un sourire condescendant, mais la raison pour laquelle je ne puis rendre ce manuscrit est entièrement privée et ne saurait vous intéresser.

— Je vois.

Mais je ne voyais pas du tout. Mon flair était à l'ouvrage et une odeur nauséabonde m'assaillit alors que je montais dans le fiacre, en ordonnant au cocher de me conduire tout de suite au 15, Bilkerstrasse.

18

L'individu qui me salua après que j'eus été introduit chez les Schumann était pour moi un parfait inconnu. Cependant, lorsqu'il ordonna à la gouvernante de vaquer à ses occupations tandis qu'il m'emmenait dans le bureau, je lui trouvai l'air d'un homme habitué à prendre les choses en mains où qu'il soit. Ses manières étaient cérémonieuses, son ton acéré. Ses yeux gris pâle enfoncés dans les orbites semblaient regarder à travers moi, comme s'il fixait une personne se tenant derrière moi. Sa bouche, simple fente dédaigneuse que ne pouvaient adoucir des lèvres minces, se déforma en un sourire prudent.

— Permettez-moi de me présenter. Je suis le professeur Friedrich Wieck. Je connais déjà votre nom, inspecteur Preiss, grâce à ma fille Clara. Malheureusement, elle et son mari sont absents.

— Absents ?

— Oui. Apparemment, il a été décidé tôt ce matin, peu avant mon arrivée, qu'ils avaient un besoin urgent de passer quelques jours dans une station thermale sur le Rhin, Bad Grünwald. Ma fille a laissé un mot. Son mari requiert des massages et autres traitements, semble-t-il, enfin tous les services qu'on trouve dans ce genre d'endroits.

Les explications du professeur montraient clairement qu'il n'appréciait guère "ce genre d'endroits". Et il ne put m'échapper que, chaque fois qu'il mentionnait Schumann, il l'appelait toujours le mari de sa fille. Je n'eus aucun mal à croire à toutes les histoires que j'avais récemment apprises au sujet de son influence sur la jeune Clara. On racontait que la jeune fille se levait lorsqu'on le lui ordonnait, se couchait lorsqu'on le lui ordonnait, jouait du piano lorsqu'on le lui ordonnait, s'habillait et se coiffait même sous la supervision stricte et incessante de Wieck.

— Puis-je faire quoi que ce soit pour vous aider, inspecteur ?

De toute évidence, il était impatient de se débarrasser de moi. Au grand dam du professeur, je déboutonnai mon manteau, posai mon chapeau sur une chaise et dit :

— C'est très aimable à vous de le proposer, professeur. En fait, oui, vous pourrez sans doute m'aider.

Je baissai les yeux vers une autre chaise voisine, laissant entendre que je préférerais m'asseoir. Mon hôte, si on peut le désigner ainsi, choisit d'ignorer ce signal.

— Vous devrez me pardonner, inspecteur, mais je n'ai réellement pas plus de cinq minutes à vous accorder.

— Alors je vous demande bien pardon à mon tour, dis-je en me forçant à paraître indulgent. Je n'avais pas compris que vous aviez d'autres rendez-vous. Je suis désolé de vous avoir retenu. Peut-être plus tard dans la journée ?

Le visage de Wieck se renfrogna.

— Plus tard dans la journée, je serai dans le train qui me ramènera à Leipzig, monsieur.

— Mais je ne comprends pas, professeur. Vous avez dit que vous n'étiez arrivé que ce matin. Devez-vous repartir aussi vite ?

— Permettez-moi une question, inspecteur. Avez-vous des enfants ?

— Non, monsieur. Je n'ai jamais été marié.

— Alors remerciez votre bonne étoile. Aucune ingratitude sur cette terre n'est aussi pénible que l'ingratitude filiale. Tant que cet hystérique continuera à manipuler ma fille et à l'éloigner de plus en plus de moi, il n'y aura pas de place pour moi dans cette maison. Je dois avouer, Preiss, que vous me faites l'effet d'un homme relativement intelligent. Comment avez-vous pu vous laisser entraîner dans ces absurdités que le mari de ma fille impose au public ?

Je commençai à protester.

— Le mari de votre fille est un homme aux facultés prodigieuses...

Wieck m'interrompit, avec son sourire méprisant.

— Dans une génération, sinon avant, son nom sera oublié, Preiss. Vous êtes policier et n'êtes donc pas censé comprendre ces choses-là, mais fiez-vous à moi, ni lui ni sa musique n'auront plus d'importance lorsque la décennie actuelle cédera la place à la suivante. Ce qu'on se rappellera, c'est ce caprice auquel il se laisse aller.

— Ce que vous qualifiez de "caprice", professeur Wieck... Je devine que vous ne croyez guère à ce *la* que le maestro Schumann affirme entendre de façon persistante. Selon lui, il s'agirait d'une sorte de complot.

Wieck eut un ricanement cynique.

— Je n'y crois guère ? Je n'y crois pas du tout, vous voulez dire. Pas le moins du monde !

— Mais, professeur, j'ai moi-même été témoin de plusieurs épisodes récents. Même le meilleur acteur d'Europe ne pourrait feindre une telle angoisse.

— Ecoutez-moi, Preiss. Il est devenu mon élève à vingt ans. Il était issu d'une bonne famille, des gens instruits, il était lui-même plutôt beau garçon, je l'admets, et doué d'un vrai talent musical. Mais le passif était lourd... Manque de virilité, fuite constante dans des rêveries d'enfant, caractère impétueux. J'ai enseigné aux plus grands pianistes d'Europe... de jeunes hommes – et même de jeunes femmes – à l'esprit discipliné, qui appréciaient mes idées et mes méthodes. Robert Schumann n'a jamais été l'un d'eux, et il ne le sera jamais même s'il est un jour centenaire... ce qui, Dieu nous en préserve, n'a rien d'impossible.

— Avec tout le respect que je vous dois, professeur Wieck, la carrière de Mme Schumann ne semble pas avoir souffert de son mariage avec le maestro Schumann. Elle semble jouir de la plus haute estime des critiques et du public.

— Seulement lorsqu'elle joue de la musique vraiment sublime, inspecteur. Vous avez entendu parler de Mozart, de Haydn, de Beethoven ou de Schubert ? Ces noms ne signifient peut-être rien pour un inspecteur de police...

— Ah, je vous assure, professeur, que j'ai quelques vagues lumières les concernant. Plus que vagues, d'ailleurs.

Wieck me lança un regard sceptique.

— Vraiment ? Eh bien, que vous soyez familier de leur musique ou non, fiez-vous à ma parole : quand Clara joue leur musique, elle joue dans les cieux, pour ainsi dire. L'ennui, c'est que ce dément insiste pour qu'elle joue aussi sa musique à lui. Avez-vous entendu son prétendu concerto ?

Sans attendre ma réponse, Wieck poursuivit.

— Trente minutes de délire romantique. Il dit l'avoir écrit pour Clara. Quel cadeau !

Une question me troublait maintenant.

— Pardonnez la curiosité d'un simple policier. Pourquoi, dans ces circonstances malheureuses, avez-vous choisi de venir à Düsseldorf ?

— Depuis quelques années, je mets un point d'honneur à venir ici, certes pas très souvent, mais de temps en temps, uniquement pour voir la pauvre Clara et mes petits-enfants. Mais, dans la lettre que j'ai reçue de Clara il y a quelques jours, j'ai senti une telle urgence... une histoire en rapport avec l'état de leurs deux pianos. Elle craint qu'ils ne se détériorent à cause de conditions atmosphériques défavorables... la proximité du fleuve, l'humidité de cette maison, la chaleur insuffisante en cette période de l'année... ce genre de problèmes, vous savez. Quand Clara était enfant, nous espérions, elle et moi, qu'elle habiterait un jour un véritable manoir.

Wieck balaya la pièce d'un regard rapide.

— Eh bien, inspecteur, comme vous voyez... Quoi qu'il en soit, je resterai juste assez longtemps pour examiner les instruments, et je repartirai. J'imagine, Preiss, que vous veniez voir Schumann. Je suis désolé qu'on vous ait fait perdre votre temps. Au revoir, monsieur.

Alors que je reboutonnais mon manteau, on frappa à la porte du bureau.

— Ah, quelle ponctualité ! fit Wieck en vérifiant l'heure sur sa montre de gousset. Parfait. Entrez !

La porte s'ouvrit et Wilhelm Hupfer nous rejoignit.

A la vue de Hupfer, Wieck se départit aussitôt de ses manières guindées et prit un ton amical.

— Ah, mon bon Hupfer, ravi de vous voir ! Merci d'être là à l'heure fixée. Je disais justement au revoir à ce monsieur. Peut-être devrais-je vous le présenter.

— Ce ne sera pas nécessaire, professeur. Nous nous sommes déjà rencontrés, *Herr* Hupfer et moi.

Avec une insouciance qui me parut forcée, Wieck agita un doigt ironique en direction de l'accordeur.

— Eh bien, Hupfer, vous êtes déjà connu des services de police, à ce qu'il semble ! Qu'est-ce que vous mijotez donc ? Vous feriez mieux de tout avouer, vieux scélérat.

Hupfer me regarda avec un sourire crispé.

— Une petite plaisanterie de temps en temps, ça ne fait de mal à personne, pas vrai ? Le professeur Wieck est célèbre pour son sens de l'humour, inspecteur.

J'étais prêt à parier que, si le professeur était célèbre, c'était pour tout sauf pour son sens de l'humour.

— Messieurs, un inspecteur de police n'a pas sa place en si spirituelle compagnie. Si vous voulez bien m'excuser, je vous laisse régler les affaires que vous avez ensemble.

Je pris mon chapeau et j'aperçus alors un air d'immense soulagement sur le visage de Hupfer. Wieck parut lui aussi soulagé à la perspective de mon départ.

En ouvrant la porte, je me retournai soudain et je m'adressai à l'accordeur.

— A propos, Hupfer, je ne voudrais pas jeter un froid, mais avez-vous un remède d'expert aux problèmes que les Schumann ont avec leurs pianos ?

— Des problèmes ? A quels problèmes faites-vous allusion, inspecteur ?

— L'humidité, d'abord. Sans doute à cause de la proximité du fleuve, n'est-ce pas ?

Sans détacher son regard de Wieck, Hupfer chercha tant bien que mal à me répondre.

— L'humidité, dites-vous ? Euh, je ne m'étais pas rendu compte... Enfin, c'est toujours une possibilité, dans notre climat... mais la maison est tellement bien chauffée... du moins, c'est l'impression que j'ai. D'un autre côté...

Il renonça avec un haussement d'épaules.

Sans perdre une seconde, Wieck me héla alors que je m'apprêtais à sortir :

— Bonne journée, inspecteur. Nous ne voudrions pas vous retarder. J'espère que nous aurons prochainement l'occasion de nous revoir.

— J'en suis certain, répondis-je tout bas.

19

Je regagnai mon bureau au commissariat, non sans un sentiment de malaise. La conduite de ces deux hommes, Wieck et Hupfer, me rappelait un duo mal assorti surpris en train de voler une tourte chez un boulanger : l'un bien trop calme, l'autre tremblant dans ses bottes.

Et puis il y avait ce souci constant des heures qui m'étaient comptées.

J'ouvris la porte, m'attendant à trouver sur mon bureau encore une de ces déplaisantes notes du commissaire Schilling. Au lieu de quoi je trouvai Schilling en personne, le visage rose, l'air satisfait. A côté de lui était sagement assise Helena Becker.

— Ah, Preiss, vous voilà, maître coquin ! s'exclama le commissaire, pouffant comme un morse. J'avais entendu parler de cette jolie jeune femme qui est votre amie. Mes compliments pour votre goût, Preiss ! Eh bien, maintenant, mon devoir est accompli, je vous laisse, tous les deux.

En se penchant gauchement, Schilling baisa la main que lui tendait Helena.

— Ravi de vous avoir rencontrée, murmura-t-il avant de quitter la pièce.

Je baissai les yeux et vis que Helena luttait vaillamment pour ne pas éclater de rire.

— Qu'a-t-il voulu dire, Helena, par "mon devoir est accompli" ? Quel devoir ? Je n'aime pas beaucoup cela.

Elle se leva et m'embrassa légèrement sur la joue.

— Vous n'avez aucune raison de vous inquiéter, inspecteur. Il m'a simplement conduite jusqu'à votre bureau. Il m'avait aperçue dans l'entrée du commissariat, il m'avait entendue demander au réceptionniste si vous étiez là, et il a insisté pour m'accompagner. Très galant. Je suis contente que vous soyez arrivé, cependant. J'avais la sensation qu'il était sur le point de m'inhaler. Il a toujours la respiration aussi lourde ?

— Mon intérêt pour la respiration du commissaire se limite au jour où il cessera de respirer.

— Vous voilà de bien mauvaise humeur !

— Et non sans raisons. J'ai l'impression d'être un enfant qui joue à colin-maillard. Chaque fois que j'avance d'un pas dans l'affaire Schumann, c'est comme si je me heurtais à un mur.

— Eh bien, Hermann, avant que vous ne renonciez, j'ai une nouvelle qui pourrait vous réjouir. Vous avez devant vous la toute dernière patiente du Dr Paul Möbius.

Avec un soupçon de fierté dans son sourire, Helena Becker tira un petit morceau de papier de son réticule, le déplia et le balança sous mon nez.

— Une ordonnance, pour une sorte de somnifère.

— L'écriture est indéchiffrable, dis-je en écarquillant les yeux devant ces pattes de mouches. C'est peut-être un genre de potion wagnérienne qui transforme les femmes en dragons. Ou bien un aphrodisiaque. Y avez-vous songé ?

— Quand ai-je jamais eu besoin d'un aphrodisiaque ? Non, j'ai réussi à convaincre Möbius que je souffrais de graves maux de tête et que je ne pouvais plus dormir à cause de sons persistants qui résonnent dans mes oreilles.

— Et il vous a vraiment crue ?

Helena prit le temps de m'adresser l'une de ses œillades coquettes.

— Eh bien, disons que j'ai dû me montrer persuasive.

— Persuasive ?

— Je lui ai répété que mes douleurs se bornaient à ma tête et à mon cou, mais il m'a répété que je devais subir un examen complet. Il m'a bredouillé quelque chose à propos des toxines qui se forment dans les extrémités inférieures et qui, malgré les forces de gravité, remontent dans la poitrine et au-delà, au point de parfois affecter les facultés auditives. D'après lui, cela arrive surtout aux femmes qui pratiquent la musique. C'est bien simple, Hermann, j'ai failli croire à tout ce qu'il me racontait.

— Comment, Helena, vous vous êtes…

— Mais oui, Hermann. Nue comme au premier jour. Dans la milice, on parle d'implication personnelle au-delà des nécessités du service, c'est bien cela ?

— Des strictes nécessités du service, oui.

— Eh bien, dans mon cas, je me suis impliquée de fond en comble. Jugez plutôt : après m'avoir auscultée ici et là, Möbius me dit que je peux me rhabiller et m'explique qu'il y a un certain nombre de... là-dessus il tousse et s'éclaircit la gorge... un certain nombre de questions assez intimes qu'il est obligé de me poser. Serai-je assez aimable pour y répondre, au nom du diagnostic scientifique, bien sûr.

— Mon Dieu, Helena, vous n'avez pas...

Elle me pose un doigt sur les lèvres, pour les fermer.

— Alors je fais ma timide et ma prude, je lui demande ce qu'il entend par "intimes". Il lâche le morceau et avoue que, selon lui, mon état, vous savez, mes insomnies et mes hallucinations auditives sont le résultat du refoulement sexuel...

— Du quoi ? m'exclamai-je avant d'éclater de rire.

— Hermann, vous osez rire au nez d'une femme qui a sacrifié son honneur sur l'autel de votre virilité. Quelle honte ! s'exclama Helena, feignant l'indignation.

— Sacrifié son honneur sur l'autel de ma virilité ? Helena, où diable êtes-vous allée chercher une formule aussi ridicule ?

— Lorsque j'eus répondu à quelques dizaines de questions "intimes" et qu'il eut soigneusement pris des notes, il posa sa plume, m'observa d'un air grave et voici mot pour mot ce qu'il me dit : "Ma jeune demoiselle, vous avez sacrifié votre honneur, et cetera, et cetera."

— Alors vous lui avez parlé de nous ? Vous savez bien sûr que, si Möbius pense qu'il y a le plus ténu des liens entre vous et moi, votre visite chez lui pourrait s'avérer tout à fait inutile.

— Faites-moi confiance, Hermann. J'ai été parfaite. Mais ce n'est pas tout, loin de là. Le Dr Möbius s'est ensuite lancé dans un long sermon sur le caractère dégénératif de la vie des artistes, qu'ils soient interprètes ou créateurs. Des mots comme "instables", "immodérés", "frivoles" ou "licencieux" se bousculaient dans sa bouche, en même temps que les nuages nauséabonds de la fumée de son cigare. Je commençais à me croire en présence d'un grand-prêtre druidique plutôt que d'un médecin spécialiste des maladies mentales.

Il me fallut un moment pour digérer tout ce récit.

— Cette histoire est bien étrange, Helena, mais franchement...

— Attendez, me gronda-t-elle, laissez-moi finir ! Je suis allée jusqu'à exprimer de la contrition pour le tour que ma vie avait pris. J'avais levé le voile sur quelques-uns des fantasmes les plus aberrants du Dr Möbius, et je voyais dans ses yeux qu'il me considérait comme l'exemple vivant de toutes les pensées lascives qui avaient pu un jour lui traverser l'esprit. Alors j'ai pensé qu'il avait baissé sa garde.

— Sa garde ? Vous pensez au secret médical ?

— Exactement. Donc, de façon très dégagée, j'ai dit : "J'imagine, docteur Möbius, que mes symptômes ressemblent fort à ceux du maestro Schumann. Après tout, nous sommes tous deux musiciens, nous baignons tous deux dans l'art, nous nous produisons tous deux souvent en public. Beaucoup de rumeurs circulent quant à l'état du professeur Schumann, et il semble bien que je souffre du même mal que lui, non ?" Sans prendre le temps de réfléchir une seconde, Möbius a répondu : "Ah non, pas du tout, ma chère demoiselle. Le cas de Schumann n'a rien de commun avec le vôtre, absolument rien. N'ayez aucune crainte à ce sujet."

— Lui avez-vous demandé de vous expliquer la différence ?

— Bien sûr, Hermann. Et il m'a dit, sur le ton blasé du je-sais-tout, qu'un phénomène entièrement différent sous-tendait le cas de Robert Schumann. "Vous devez accepter mon jugement d'expert en la matière." Là-dessus, il a refermé son calepin, puis a rédigé une ordonnance qu'il m'a remise d'un air qui signifiait clairement que le rendez-vous était terminé.

— Avez-vous tenté de lui demander ce qu'il entendait par "un phénomène entièrement différent" ?

Helena se rapprocha un peu de moi.

— Donnez-moi votre main, Hermann.

— Quel rapport avec…

— Contentez-vous de me donner votre main.

Intrigué, j'obéis et je plaçai ma main dans la sienne.

— Là, vous voyez ce que je veux dire ?

Je commençais à comprendre. Helena avait la main douce, chaude et lisse, c'en était presque incroyable, et elle avait réussi à lui communiquer un tremblement imperceptible, de sorte qu'une énergie subtile mais irrésistible semblait émaner de son corps vers le mien.

— Vous voyez, reprit-elle sans retirer sa main, c'est ainsi que j'ai pris la main de Möbius juste avant de m'en aller. Et je lui ai alors demandé s'il pouvait expliquer à une pauvre profane comme moi ce qu'il entendait par "phénomène".

— Et quelle fut son explication ?

Elle prit le temps de se remémorer exactement les paroles de Möbius.

— Il m'a dit que… qu'un événement, si impossible qu'il puisse paraître, peut devenir probable si l'on en découvre la cause de façon suffisamment claire. C'est une théorie à laquelle il travaille depuis de nombreuses années. C'est ce qu'il appelle "la philosophie de la science".

J'adressai à Helena un regard sceptique.

— Il vous a raconté ça pendant que vous lui teniez la main ?

— Oui, et ce n'est pas tout, répondit-elle en tenant toujours la mienne. La vérité, c'est que je n'avais pas la moindre idée de ce que Möbius voulait dire, alors je lui ai demandé de s'exprimer en termes qu'une simple violoncelliste puisse comprendre. J'étais si humble ! Möbius adore ça. L'humilité féminine semble exciter certains hommes, n'est-ce pas ?

Je retirai ma main.

— Je l'ignore. Pourrions-nous ne pas changer de conversation ? Revenons-en à cette prétendue philosophie de la science.

— Les explications de Möbius vont peut-être nous aider, celles qu'il m'a données quand j'ai avoué ne pas suivre son discours. Selon lui, ajouta Helena après s'être interrompue pour se rappeler exactement les mots du docteur, selon lui, si quelqu'un redoute un événement possible assez longtemps et de façon assez intense, la possibilité devient une probabilité. Autrement dit, l'incident redouté se produira probablement. Cette idée me semble tout à fait absurde, Hermann.

D'un bond, je quittai le divan et me dirigeai en hâte vers mon bureau. Je pris une feuille de papier dans un tiroir, je plongeai ma plume dans mon encrier et m'apprêtai à écrire.

— Voudriez-vous bien me répéter – lentement, s'il vous plaît – l'exemple que vous a donné Möbius ?

Helena me dévisagea comme si j'avais perdu la raison.

— Hermann, vous ne prenez quand même pas au sérieux de pareilles sornettes ?

— S'il vous plaît, insistai-je, répétez-moi lentement ses propres termes.

Elle redit mot pour mot tout ce que Möbius lui avait raconté, en me laissant le temps de tout mettre noir sur blanc, en grandes lettres bien lisibles. Je dressai ensuite la feuille devant une pile de livres, pour la lire et la relire. Je ne pouvais en détacher les yeux. Je lus la page à voix haute :

— Si quelqu'un redoute un événement possible assez longtemps et de façon assez intense, la possibilité devient une probabilité. L'incident redouté se produira probablement.

— Dites-moi la vérité, Hermann, est-ce la fin du monde qui approche ? Faut-il que ma conscience se mette en paix avec Dieu ?

— Au contraire, répliquai-je en contemplant toujours ce que j'avais écrit. Ce n'est la fin du rien du tout. C'est même exactement l'inverse !

20

Bien que brève, ma rencontre avec le professeur Wieck et Willi Hupfer me laissait un souvenir étrange, si étrange que je me sentis obligé de relater la scène à Schumann tant que j'en avais encore tous les détails présents dans mon esprit. Même si le maestro trouvait inquiétant le fait que ces deux individus se connaissent, j'espérais qu'il pourrait m'offrir quelques lumières qui confirmeraient mes nouveaux soupçons. Le lendemain matin, je décidai de rendre une visite aux Schumann. Je pensais qu'ils seraient revenus de leur escapade à Bad Grünwald et il s'avéra que j'avais raison. Ce à quoi je ne m'attendais pas, en revanche, c'était à trouver le maestro déjà vêtu, et même fort élégamment vêtu, prêt pour une promenade, sortant de leur maison, une solide canne à la main.

— Bonjour, Preiss, me lança-t-il alors que je descendais de mon fiacre. Quelle heureuse coïncidence !

Pour une fois, il paraissait d'excellente humeur.

— Une coïncidence ?

— Oui. Vous arrivez juste à temps pour m'accompagner. Belle journée, hein ?

De sa canne, il désigna le ciel sans nuage.

— Voilà des jours et des jours que je n'ai plus vu un ciel aussi dégagé. Il faut en profiter. L'exercice, mon ami : bon pour le corps, l'esprit et l'âme !

Je ne suis pas du matin et la perspective de l'exercice physique, même à une heure proche de midi, ne me tentait en aucune façon.

— Merci, maestro, mais quand je marche à ce moment de la journée, c'est parce que mon devoir l'exige absolument.

— Alors considérez qu'il est de votre devoir absolu de venir avec moi, m'opposa-t-il avec une gaieté que je ne lui avais jamais connue.

— Fort bien, dis-je sans masquer ma réticence. Nous ferons juste le tour du pâté de maisons.

— Jamais de la vie ! Je vais vous faire découvrir mon itinéraire favori. Cela vous fera le plus grand bien, par un aussi beau temps. En fait, Preiss, cela nous fera le plus grand bien à tous les deux.

Je commençai à protester, mais il refusa de m'écouter.

— Où je vais, vous irez aussi ! déclara-t-il avec une sévérité feinte.

— Vous prenez apparemment la direction de Saint-Lambertus, dis-je, faisant allusion à la célèbre église du XIIIe siècle située non loin de là. Vous n'allez pas essayer de faire de moi un homme pieux, j'espère ?

— Pas du tout, Preiss. Bien au contraire. Nous partons pour le vrai cœur de Düsseldorf, mon ami.

Il voulait forcément parler de Königsallee.

— Je suis toujours prêt pour un petit tour dans Königsallee, répondis-je, alors que je n'avais nullement prévu de me rendre dans ce quartier.

— Moi aussi, j'adore y flâner, s'exclama Schumann alors que nous nous dirigions vers l'est de la ville, à environ cinq cents mètres de Bilkerstrasse. C'est ce que j'appelle "les Champs-Elysées du pauvre"... à peu près le seul endroit de ce fichu pays qui évoque Paris !

Je n'étais jamais allé en France, mais j'avais lu assez de choses sur Paris pour comprendre ce qu'il voulait dire.

Düsseldorf marine dans le passé. La plupart de ses églises et de ses cathédrales remontent au XVIIe siècle, voire au-delà. La vieille ville couvre un kilomètre carré sur les berges du Rhin. A l'intérieur de ses limites, on entend l'Histoire à chaque grincement de ses charnières rouillées, à chaque couinement de ses planchers anciens, à chaque cliquetis d'une roue en bois sur ses ruelles pavées de cailloux. Quand je regarde vers le Rhin depuis n'importe quelle rue de la vieille ville, je n'ai aucun mal à me prendre pour un fermier du XVe siècle qui va au marché, portant sur son dos voûté un sac rempli d'oignons, ou pour un potier qui tire une charrette chargée de sa production la plus récente qu'il compte bien vendre, ou pour un disciple déguenillé de Martin Luther hélant les passants depuis sa chaire improvisée à un coin de rue pour les inciter à se détourner à jamais de Rome.

Königsallee, en revanche, est le quartier le plus brillant, le plus animé, le plus à la mode de tout Düsseldorf. Je suis tombé amoureux de Königsallee la première fois que j'ai arpenté ses rues, il y a des années, quand je n'étais encore qu'une jeune recrue sans le sou. Les vêtements, bijoux et victuailles de ses magasins de luxe s'offraient à mon regard, j'aurais peut-être même pu les toucher, mais pas davantage. Pour un jeune homme de Zwicken, Königsallee était un paradis sur terre et, au début de ma carrière, cette rue avait bien plus contribué à nourrir mon désir de réussite que tous les sermons déversés sur ma tête par mes parents, maîtres et prêtres, sans oublier mes supérieurs dans la police.

— Puis-je vous raconter une histoire assez plaisante ? demanda Schumann alors que nous venions de nous mettre en marche à un rythme étonnamment soutenu. Je ne suis pas particulièrement croyant, mais je remercie souvent Dieu d'avoir créé Königsallee. Aujourd'hui, j'ai une mission : un petit jouet pour chacun de mes enfants, rien de bien compliqué, juste une babiole pour illuminer leur vie pendant ces journées d'hiver, de la même manière qu'ils illuminent constamment ma vie. Ah, mais pour Marie, l'aînée, quelque chose de spécial, un bracelet peut-être. A huit ans, elle marche déjà sur les traces de sa mère, Preiss. Pardonnez ma fierté de père, mais le fait est que ma Marie va devenir une autre Clara. Et je cherche pour moi une boîte de bons cigares de Hollande, une bouteille de cognac Napoléon, et une ou deux de ces cravates que Spiegelmann importe de Milan, pure soie, bien meilleures que celles d'Angleterre. Oh, et puis aussi un châle pour Clara, également en provenance d'Italie.

Schumann paraissait enthousiaste à la perspective de ces emplettes, mais je ne pouvais m'empêcher de me demander où il avait trouvé l'argent nécessaire à tous ces achats.

— Maestro, on croirait que vous venez de gagner à la loterie.

Il gloussa.

— Non, Preiss, pas à la loterie. Mais les récents concerts de Clara ont été très rentables. De plus, j'ai reçu ce matin une lettre de mes éditeurs. Apparemment, ma dernière suite pour piano leur plaît. Eh bien, après tout, Preiss, à quoi sert donc l'argent ? Tout compte fait, avec ces mois d'hiver qui nous attendent, je pourrais peut-être m'offrir aujourd'hui un nouveau chapeau, une de ces toques de fourrure pour lesquelles les Russes sont célèbres. J'en ai vu une magnifique en vitrine du chapelier Menkes. Ça ressemblait à de la zibeline.

Une fois dans Königsallee, nous partîmes vers le nord, passant devant plusieurs terrasses où, avec une détermination presque désespérée, les buveurs de café emmitouflés dans leurs manteaux profitaient du soleil autant que c'était possible à cette saison.

Devant l'un de ces établissements, mon euphorique compagnon me tira tout à coup par la manche pour m'immobiliser.

— Regardez, Preiss, une diseuse de bonne aventure !

— Une chiromancienne, maestro, dis-je sans tenter de dissimuler mon mépris.

Je savais par expérience comment ces gens exerçaient leur métier. Ils se déplaçaient en bandes, par meutes, comme les loups. Magiciens, acrobates, monstres en tout genre, ils n'accomplissaient pratiquement jamais une journée de travail honnête. Ils étaient malins, maîtres dans l'art de détourner l'attention, et ils pouvaient écorcher vif quiconque passait à portée de leurs doigts experts, qu'il s'agît d'un pauvre villageois ignorant ou d'un mondain blasé. J'avais jadis poursuivi quelques-uns de ces ruffians, et ceux qui plantaient leur tente sur mon territoire savaient désormais que c'était à leurs risques et périls.

La diseuse de bonne aventure, une vieille horreur qui devait approcher de la soixantaine, ne connaissait pas ma réputation ou, si elle la connaissait, n'en avait cure. Se tournant d'abord vers moi, elle dit :

— Je peux vous lire les lignes de la main, monseigneur ? Vous m'avez l'air d'un homme qu'attend un bel avenir. Seulement cinquante pfennigs, monseigneur.

Je hochai la tête en direction de Schumann.

— Mon ami que voilà... c'est lui, ton client, pas moi.

Etrécissant les yeux, elle toisa Schumann de haut en bas.

— Eh bien, ma parole, s'exclama-t-elle avec un sourire approbateur, ça c'est un monsieur distingué ! Les gens importants, je les reconnais à un kilomètre. Je parierais ma boule de cristal – enfin, si j'en avais une – que vous êtes un général en retraite, monseigneur. Asseyez-vous donc.

Schumann m'adressa un sourire jusqu'aux oreilles. Il semblait, non sans raison, beaucoup s'amuser d'être pris pour un militaire. Il s'installa sur une chaise pliante de l'autre côté de la petite table et demanda :

— Quelle main, madame ?

— Laquelle préférez-vous d'habitude ?

— Je travaille avec les deux, répondit Schumann avec le plus grand sérieux.
— Bien sûr, monseigneur, dit la chiromancienne. C'est naturel, chez un meneur d'hommes.
— Vous me flattez.

Je voyais que Schumann luttait pour ne pas rire.

— Pas du tout, monseigneur. J'imagine que vous êtes un fameux sabreur. Alors laissez-moi examiner la paume de votre main droite, s'il vous plaît.

Obéissant, il lui tendit sa main droite, paume vers le haut.

— Ah oui, dit-elle au bout de quelques secondes, la main d'un homme qui a vu plus d'une bataille pour son roi et pour son pays, et qui les a toutes gagnées. La paume d'un héros. Eh bien, monseigneur, je suis heureuse de vous annoncer ceci.

De son index, elle suivit un long pli au creux de la paume de Schumann, qui remontait du pouce presque jusqu'au poignet.

— Cette ligne, reprit-elle en le regardant dans les yeux, représente la récompense qui vous arrivera bientôt. Avant que l'année soit finie, monseigneur, vous toucherez une pension généreuse pour vos bons et loyaux services…

Schumann l'interrompit.

— Mon Dieu, une pension, dites-vous ! Mes vœux sont exaucés !

— Attendez, monseigneur, ce n'est pas tout. Vous hériterez d'un château dans le Sud de la France…

— Vous entendez ça ! me cria Schumann par-dessus son épaule. Un château !

— Oh, mais il y a encore mieux, continua la femme. Votre célibat prendra bientôt fin, et de la meilleure façon qui soit…

— Pas trop tôt ! renchérit Schumann, approuvant la chiromancienne.

— En effet, monseigneur, car vous allez épouser une jeune femme issue de la famille royale d'Espagne, ni plus ni moins.

Schumann était hilare.

— N'en jetez plus ! s'écria-t-il. Y a-t-il autre chose, madame ?

— Oui, mais cela vous coûtera encore cinquante pfennigs, monseigneur.

— Au diable l'avarice, dit Schumann, débordant de générosité. Je n'ai pas entendu d'aussi excellentes nouvelles depuis la défaite de Napoléon à Waterloo.

— Vous étiez à Waterloo, monseigneur ?

La diseuse de bonne aventure parut momentanément impressionnée, et j'en vins à me demander qui roulait qui dans cette affaire.

— Oui, répondit Schumann. J'étais alors un jeune sous-officier hors cadre, détaché auprès de l'armée britannique. Dans l'état-major personnel du général Wellington, en fait. Vous avez sans doute entendu parler de Wellington ?

— Oh oui, s'empressa de répliquer la femme. Qui n'a jamais entendu son nom ? Eh bien, dans ce cas, je peux vous affirmer que, en plus des honneurs déjà énumérés, une place du centre de Düsseldorf portera votre nom. Vous avez dit que vous vous appeliez... ?

— Je ne vous ai pas dit mon nom. Je m'appelle Schumannheink. Général Maximilian von Schumannheink... à votre service, madame.

— Bien sûr ! J'aurais dû deviner. Comme je suis sotte ! Le nom de Maximilian von Schumannheink est sur les lèvres de tous les Allemands, de Brême à

Berlin et au-delà. Quel honneur de vous rencontrer ! Ça fera cent pfennigs, monseigneur.

— Ça en vaut deux, dit Schumann.

L'œil torve, la chiromancienne lui lança un regard méfiant.

— Deux quoi ?

— Deux cents pfennigs. En guise de prime, vous comprenez.

La vieille quitta son air soupçonneux, visiblement soulagée.

— C'est très aimable à vous, général.

Schumann plongea la main dans sa redingote pour en extraire son portefeuille. Avec un sourire bienveillant, il dit à la femme :

— Tout le plaisir est pour moi, je vous assure.

Soudain, son visage s'assombrit.

— Qu'est-ce que ça signifie ? murmura-t-il d'une voix rauque. Je suis sûr d'avoir pris mon portefeuille en sortant de la maison…

Il se tourna vers moi.

— J'ai perdu mon argent ! J'ai tout perdu !

— Pas vraiment.

Je fis quelques pas vers la gauche, où un jeune homme commençait à s'éloigner après nous avoir observés. Saisissant l'individu par le col, je le tirai brusquement vers moi.

— Nous aurons dans un instant votre portefeuille et votre argent, maestro, expliquai-je.

Le voleur poussa un cri de douleur lorsque je lui tordis le bras droit dans le dos.

— Crache ! ordonnai-je au jeune pickpocket.

— Vous me cassez le bras ! hurla-t-il lorsque je resserrai prise.

— Je peux te casser bien plus que le bras. Dis-moi où tu as caché le portefeuille, ajoutai-je en lui tordant encore un peu le bras, pour faire bonne mesure.

A peine capable d'articuler, il bredouilla :

— Poche arrière, pantalon, droite. Merde !

Sans lui lâcher le bras, je glissai ma main libre dans la poche arrière de son pantalon et j'en extirpai le portefeuille.

La diseuse de bonne aventure resta pétrifiée sur sa chaise, lorgnant sur le jeune homme.

— Dis-lui de me lâcher, implora-t-il en regardant la femme par-dessus son épaule. Il me tue !

— Et il a bien raison, répliqua-t-elle d'une voix sans pitié. Imbécile ! Maladroit ! Combien de fois je t'ai répété de ne pas t'attarder après...

La ressemblance était frappante. Les cheveux foncés, le teint brûlé par le soleil, les yeux comme deux olives noires. Ces deux-là étaient mère et fils.

Je remis à Schumann son portefeuille, comptant sinon sur une marque de gratitude, du moins sur un soupir de soulagement. Ni les coupables, ni moi, nous ne nous attendions à la scène qui suivit. Le visage violacé de rage, le compositeur s'agrippa des deux mains à la petite table où il s'était assis face à la chiromancienne. D'un vigoureux effort, il envoya valser ce meuble et un paquet de cartes à jouer se dispersa dans les airs comme des feuilles emportées par une soudaine bourrasque. Horrifiée, la femme regarda s'envoler ses modestes outils de travail, qu'elle risquait fort de ne jamais récupérer. En effet, la table branlante, qui atterrit près d'un groupe de spectateurs éberlués, se désintégra en dizaines de fragments.

Mais Schumann n'en avait pas terminé. Il se jeta ensuite à bras raccourcis sur la femme, en visant la gorge. Je n'avais pas le choix. Lâchant le jeune homme, je m'interposai entre Schumann et la vieille.

— Nom de Dieu, Preiss, laissez-moi faire ! cria Schumann en s'efforçant d'atteindre sa proie.

Vu la violence de son assaut, nous perdîmes l'équilibre tous les deux et nous effondrâmes contre la chiromancienne qui se retrouva sur le dos, les quatre fers en l'air.

Ma propre force physique l'emporta et, en deux minutes, je parvins à mettre un terme à toute cette confusion. Le complice de la bohémienne avait eu le temps de disparaître dans la foule. Du moins avais-je remis sa mère sur ses pieds, et en état d'arrestation.

Voici le curieux incident qui suivit : au lieu de se défouler sur moi (ce à quoi j'étais tout à fait préparé, en tant que policier), elle se déchaîna en imprécations contre Schumann. Plus de château en France, plus de noble épouse espagnole. A présent, elle l'envoyait rôtir en enfer, en un supplice lent et pénible.

Secouant un poing crasseux au nez de Schumann, elle vociférait d'une voix qu'on entendait d'un bout à l'autre du pays :

— *Que tout ce que tu redoutes devienne réalité dans ta vie !*

A ces mots, Schumann recula, arborant sur son visage une expression terrorisée que je ne lui avais jamais vue, comme si un lépreux ou un malade de la petite vérole l'avait touché et mortellement contaminé. Blanc de peur, il respirait avec peine, à tel point qu'il semblait sur le point de s'écrouler.

Je lâchai la femme, en lui ordonnant de déguerpir.

— Pars, et ne remets plus jamais les pieds à Düsseldorf, sinon je jure devant Dieu que tu passeras derrière les barreaux le misérable restant de tes jours !

Elle s'éloigna d'un pas traînant, sans un mot, mais elle en avait déjà proféré plus qu'assez, car Robert Schumann n'était maintenant plus qu'une épave frissonnante.

— Que signifie cette prophétie, Preiss ?

— Maestro, répondis-je de mon air le plus désinvolte, si je prenais au sérieux toutes les malédictions lancées par les criminels, je n'aurais plus jamais le courage de me lever le matin.

— Non, non, ce n'était pas une malédiction ordinaire. Je me rappelle chaque mot, *Que tout ce que tu redoutes devienne réalité dans ta vie*. Et c'est à moi qu'elle s'adressait, pas à vous. Mon Dieu, regardez-moi, Preiss. Je n'arrête pas de trembler. Quel genre d'homme suis-je donc ?

La question de Schumann continua à me hanter bien après que je l'eus ramené au 15, Bilkerstrasse, où je le laissai encore bien mal en point après sa rencontre avec la chiromancienne de Königsallee.

Quel genre d'homme était-il ? Exubérant, hilare, il ricanait des sornettes de la bohémienne, s'amusait comme un fou. L'instant d'après, il était terrorisé par le mauvais œil dont l'avait menacé cette harpie.

Mais ce qui me frappa tout à coup, c'est la similitude entre cette malédiction de la vieille et la formule employée par le Dr Möbius. Ces deux personnages ne disaient-ils pas la même chose : *Les spectres que vous redoutez sont des spectres de votre invention ; les conséquences que vous craignez sont celles que vous avez vous-même attirées sur votre tête.*

Plus précisément, Robert Schumann transformait-il ses cauchemars en réalité ? Dans ce cas, à quoi bon poursuivre mon enquête ? Schumann était peut-être l'inventeur de sa propre tragédie. Si grave qu'il paraisse, son cas pourrait alors être rayé d'un trait de plume, comme on efface une mauvaise dette, je reprendrais mes activités normales et le monde continuerait à tourner sur son axe mystérieux.

Mais deux choses se produisirent alors.

A la suite de ma dernière conversation avec Helena, je décidai qu'il était grand temps de lui offrir un cadeau pour la remercier de son dévouement. La bijouterie Thüringer se trouvait dans une galerie élégante donnant sur Königsallee et, même si mon salaire d'inspecteur ne me donnait guère les moyens d'être un client régulier, j'arrivais parfois à acheter une babiole chez Walter Thüringer. Le vieux joaillier savait bien sûr que tout rabais sur la marchandise vendue à un fonctionnaire ou à un haut responsable pouvait être interprété comme une sorte de pot-de-vin mais par un curieux hasard, chaque fois que je manifestais de l'intérêt pour un objet quelconque, celui-ci se trouvait justement soldé à un prix bien inférieur à celui indiqué sur l'étiquette. Je ne prenais jamais la peine de m'étonner de ces coïncidences. Et je ne me souciais guère de l'origine de certaines pièces en vitrine, censément acquises parmi les biens d'aristocrates défunts mais qui avaient sans doute été volées à Paris, Londres, Vienne ou même Saint-Pétersbourg.

Fidèle à son habitude, Thüringer m'accueillit comme si j'étais un frère resté longtemps disparu.

— Ah, inspecteur Preiss, quelle joie de vous revoir ! Et toujours aussi superbe d'allure ! Je vieillis mais, vous, Preiss, vous rajeunissez d'année en année. Dans une autre vie, conclut le bijoutier en secouant la tête d'un air mélancolique, si Dieu le permet, je serai policier, je vous le jure.

— Thüringer, épargnez-moi vos flatteries. Vous savez parfaitement que mes moyens sont limités.

— Allons, allons ! Tout mon stock est à votre disposition.

— Je ne suis pas venu acheter tout votre stock, mais seulement un petit cadeau.

— Un petit cadeau, dites-vous ? J'ai l'impression qu'il y a une femme là-dessous.

— Une femme qui compte beaucoup pour moi, en effet.

Thüringer écarta grands les bras.

— Faites comme chez vous, inspecteur. Je vous laisse regarder, je suis à vous dans une minute. Vous m'excuserez, je dois d'abord terminer avec un autre client.

Il me salua bien bas, comme si j'étais un percepteur venu lui apporter un remboursement inespéré, puis courut retrouver l'autre client présent dans sa boutique, un homme qui me tournait le dos.

— C'est un bijou charmant, entendis-je Thüringer dire à l'homme. De tous les médaillons que j'ai en magasin, c'est incontestablement le plus beau. Artisanat français, bien sûr. Et le prix inclut les mots de votre choix gravés à l'arrière.

— En parlant de prix, est-ce négociable ? Je ne m'attendais vraiment pas à devoir payer autant, expliqua l'homme à voix basse, mais toujours audible pour moi.

De son ton le plus protecteur, Thüringer répondit :

— Jeune homme, celle à qui vous offrirez ce médaillon le gardera comme un trésor jusqu'à la fin de ses jours. La valeur d'un tel présent est inestimable, mon cher.

Un peu à contrecœur, le client conclut :

— Très bien, alors, je suppose que je dois consentir à ce sacrifice.

A ce moment, l'homme changea de posture, et je l'identifiai aussitôt.

— *Herr* Brahms ?

— Inspecteur... euh...

— Preiss. Hermann Preiss.

— Oui, oui, bien sûr. Comme on se retrouve !

J'étais accoutumé à entendre ces mots prononcés par des gens que ces retrouvailles ne réjouissaient pas particulièrement. Néanmoins, je tentai de me montrer poli.

— Il semble que nous soyons venus ici dans le même but, vous et moi. Je veux moi aussi acheter un cadeau pour une dame et, connaissant ce vieux filou de Thüringer, je vais moi aussi finir par débourser bien plus que prévu.

Thüringer adorait mes sarcasmes et il gloussa aimablement. Nous partagions cette vérité, lui et moi : il était bel et bien un vieux filou. Brahms fit un effort pour sourire.

— Eh bien, inspecteur, je sortirai d'ici le portefeuille plus léger grâce à *Herr* Thüringer, et le cœur plus léger grâce à vous. Je vous souhaite une bonne journée, monsieur.

Boutonnant son manteau, il dit à Thüringer :

— Puis-je compter sur vous pour que la devise gravée soit prête demain à cette heure-ci ?

La main sur le cœur, le bijoutier répondit :

— Vous avez ma parole.

J'attendis que le jeune Brahms fût parti, puis je me tournai vers Thüringer :

— J'ai un service à vous demander, cher ami.

— Je vous écoute.

— Ce médaillon que vous venez de vendre... vous connaissez l'acheteur ?

— Johannes Brahms ? Oui. Un musicien assez réputé, d'après le peu que je sais.

— L'inscription que vous devez graver à l'arrière du médaillon...

— Eh bien ?

— J'ai besoin de savoir ce qu'elle dit, Thüringer.

Il recula d'un pas et son visage afficha un air choqué.

— Mais vous savez bien, mon cher, que ces choses-là sont confidentielles. Vous révéler ce que je vais graver serait comme ouvrir le courrier de quelqu'un. J'ai mes règles morales sur ce genre de choses.

Je déclarai très calmement :

— Thüringer, écoutez-moi. Les prêtres ont des règles morales. Vous n'êtes pas prêtre. Me suis-je bien fait comprendre ? Voyons, Thüringer, que devez-vous graver à l'arrière de ce médaillon ?

— Vous me placez dans une situation affreuse.

— Alors permettez-moi de vous en tirer tout de suite. En échange de votre coopération, je veillerai à ce que la prochaine inspection de votre stock de bijoux anciens soit menée par l'inspecteur Hermann Preiss, plutôt que par un policier à l'œil plus… minutieux.

En silence, Thüringer me remit un morceau de papier qu'il venait de déposer dans un tiroir, derrière l'un des présentoirs.

— Qui a écrit ces mots ?
— Lui, Brahms.
Je lus à haute voix.
— "Pour ma très chère Clara, ma raison d'être."
Sous ces mots figurait une unique initiale : J.
Je rendis le papier à Thüringer.
— Merci. Vous avez ma parole que personne n'en sera informé. Et je vois justement en vitrine des boucles d'oreilles splendides…

J'acquis les boucles (oui, pure coïncidence, elles faisaient justement l'objet d'une offre spéciale) et plaçai dans l'écrin un petit carton blanc où on pouvait lire : "Pour ma chère Helena, dont les oreilles entendent ce qui échappe aux miennes."

Ensuite, le manuscrit de Beethoven. En quittant Thüringer, je décidai que j'avais moi aussi mérité un cadeau, même modeste, rien de plus, en fait, qu'une demi-heure chez Schimmel. Une bonne tasse de café bien fort, une part de forêt-noire, et l'occasion de feuilleter les dernières revues artistiques de Berlin, voilà précisément de quoi j'avais besoin pour me libérer l'esprit de toute l'affaire Schumann.

Le café s'avéra plus frais et plus fort que je n'en avais gardé le souvenir.

— C'est parce qu'il est importé directement de Colombie, m'expliqua très fièrement Schimmel. Les

Anglais font venir le leur d'Afrique, ce qui prouve qu'ils n'y connaissent rien de rien en matière de café.

La forêt-noire était tout aussi parfaite. Je me renfonçai dans ma chaise, étendis mes jambes et dépliai le premier journal qui me tomba sous la main, le *Berliner Kunstzeitung*. Je parcourus les titres d'un œil paresseux. Puis mon regard fut arrêté par un article figurant en bas de la une, et ces quelques minutes de repos et de récréation prirent fin brutalement.

Sous une photographie d'une célébrité du monde musical, je lus : FRANZ LISZT ACHÈTE UN RARE MANUSCRIT POUR PIANO DE BEETHOVEN.

21

— Eh bien, Preiss, c'est ainsi que vous tenez votre promesse ?

Nous étions le lendemain matin du jour où le *Berliner Kunstzeitung* avait signalé l'achat du manuscrit de Beethoven par Franz Liszt, et Robert Schumann venait de faire irruption dans mon bureau en brandissant son exemplaire du journal.

— Ma promesse, maestro ?

Je savais parfaitement à quoi il faisait allusion.

— Vous avez laissé impuni le forfait de ce scélérat d'Adelmann, n'est-ce pas ? Est-ce par négligence, ou dois-je croire que vous avez vous aussi rejoint le cercle des conspirateurs ?

— Je vous en prie, permettez-moi de vous expliquer. J'ai eu un entretien avec Georg Adelmann...

— Ah, donc vous vous souvenez de la promesse que vous m'aviez faite, après tout...

— S'il vous plaît, laissez-moi finir. J'ai rencontré Adelmann et, oui, il a le manuscrit de Beethoven... ou plutôt il l'avait.

— Vous l'avez donc forcé à avouer qu'il l'avait volé ?

J'inspirai profondément.

— Pas tout à fait, je le crains.

— Je pensais que vous étiez le meilleur détective de cette partie de l'Allemagne. Ne me dites pas que vous avez vu de vos yeux le manuscrit sans le lui confisquer !

Je pris une seconde inspiration.

— Vous avez raison sur ces deux points. Je l'ai vu, mais je ne l'ai pas confisqué.

— Mais pourquoi ? Pourquoi ?

Schumann était resté debout, surplombant mon bureau dans une attitude menaçante, comme prêt à se jeter sur moi d'un instant à l'autre.

— Je pense, maestro, que vous feriez mieux de vous asseoir.

— Ne me traitez pas comme un enfant ou comme un de vos criminels stupides, Preiss. Je n'ai pas besoin de m'asseoir.

Je me levai de ma chaise et lui parlai à présent plus sèchement.

— Vous vous asseyez, monsieur, ou cet entretien est terminé. Assis !

Je regardai Schumann se poser lentement sur une chaise placée de l'autre côté de mon bureau. Il y avait soudain quelque chose de puéril et de pathétique dans ses gestes et, pendant quelques secondes, je me repentis de l'avoir terrassé par mes cris. D'une voix ferme, je repris :

— Je dois vous dire, professeur Schumann, que, lorsque j'ai évoqué le manuscrit de Beethoven, Adelmann est allé le chercher dans un placard de son bureau et me l'a montré sans la moindre réticence. Ce n'est pas le comportement auquel on s'attendrait chez un voleur. Il avait même une explication toute prête quant à la façon dont il se l'était procuré. Souhaitez-vous que je poursuive, monsieur ?

Je prévoyais une certaine réticence de la part de Schumann. Bien au contraire, il m'offrit un sourire méprisant.

— Continuez, Preiss. Que vous a raconté ce rat ventripotent ?

— Je vous avertis, monsieur... ce qui suit ne sera ni agréable à répéter, ni agréable à entendre.

J'hésitai à poursuivre, espérant que Schumann proposerait lui-même l'explication et m'épargnerait cette gêne. Mais non, pas de chance.

— Je vous ai demandé de continuer. Que vous faut-il d'autre, une fanfare ?

— Je serai franc, alors. Adelmann affirme que vous lui avez remis le manuscrit contre son serment.

— Son serment ? Quel serment ?

— Il a juré de ne pas dévoiler certaines activités sexuelles que vous auriez apparemment eues... dans vos jeunes années.

Schumann éclata d'un rire forcé.

— Certaines activités sexuelles, dites-vous ? Eh bien, Dieu merci, je ne suis pas né eunuque, si c'est à cela qu'Adelmann fait allusion. Dans sa jeunesse, tout Allemand digne de ce nom fait des folies pour le beau sexe, pas vrai ? Oui, j'ai eu des liaisons avec deux ou trois femmes. Peut-être plus, en réalité.

— Adelmann ne parlait pas de vos relations avec les femmes.

Schumann fronça les sourcils.

— Qu'osez-vous prétendre, Preiss ?

— Je vous en prie, maestro, il ne s'agit pas de ce que je prétends.

— Si, si, finissons-en. Eh bien ?

— Il semble que, au cours de ses recherches sur votre passé, Adelmann ait rencontré… du moins, il affirme avoir rencontré… plusieurs de vos amis hommes… de vos "intimes", a-t-il dit… c'est Adelmann qui parle, pas moi… avec qui vous vous seriez adonné assez régulièrement à des activités homosexuelles…

Je sentais que j'allais me heurter à un violent démenti. Au lieu de quoi, le visage de Schumann se transforma en un masque inexpressif. J'étais certain que ce masque dissimulait la vérité.

— Je vous avais prévenu que cela allait vous perturber.

— Ce qui me perturbe, c'est l'idée que les lois de ce pays soient entre les mains d'une bande de gendarmes à l'esprit étroit, d'hommes qui ne sont guère plus que des veilleurs de nuit. Lorsqu'il s'agit des subtilités du comportement humain… des vérités intérieures… vous n'êtes pas plus intelligents que les poissons du Rhin.

— Je vous demande pardon, monsieur, mais je n'ai pas été formé pour enquêter sur ce que vous appelez les vérités intérieures. Je travaille sur des preuves visibles, audibles et tangibles. Les vérités intérieures ? Il n'en existe pas, sauf celles dont aiment à rêver les romanciers et les menteurs. En ce qui concerne les découvertes d'Adelmann, qu'avez-vous à dire ? A-t-il tort, a-t-il raison ?

Schumann se leva brusquement et s'empara du *Kunstzeitung* ouvert sur mon bureau.

— Je ne me laisserai pas intimider. Désormais, Florestan s'occupera de mon problème.

Florestan ? Où avais-je entendu ce nom ? Puis je me souvins : Adelmann avait mentionné Florestan et Eusebius, les deux compagnons que Schumann avait inventés il y a bien longtemps, qui habitaient son imagination et qui lui "parlaient" dans les instants de désarroi affectif. Florestan, l'homme d'action, courageux, impétueux, voire imprudent ; Eusebius, doux, méditatif, adepte de l'introspection.

— Maestro, ce n'est pas le moment de vous abandonner à vos fantasmes. Nous devons nous en tenir à la réalité. J'ai besoin de savoir : Adelmann ment-il lorsqu'il prétend avoir acquis ainsi le manuscrit de Beethoven... ou dit-il vrai ?

D'un air résolu, Schumann remit son chapeau et me tourna le dos, serrant dans son poing le journal froissé.

— Vous n'avez pas répondu à ma question, professeur Schumann, le hélai-je après qu'il eut entrouvert la porte de mon bureau.

Schumann me fit face.

— Florestan ne répond pas aux questions. Ce n'est pas ici le procès de Florestan. Allez au diable, Preiss. Florestan se débrouillera sans vous.

22

— Je n'ai pas l'habitude qu'on m'interrompe en pleine répétition.

La voix acide de Clara Schumann était réverbérée par les panneaux sculptés de la salle de concert déserte où elle devait, la semaine suivante, se produire dans un programme de musique de chambre avec le quatuor à cordes de Helena.

— Toutes mes excuses, madame Schumann, dis-je en m'avançant dans l'allée centrale pour ne m'arrêter qu'au bord de la scène. En temps normal, jamais je n'aurais l'audace de vous déranger en un pareil moment, mais ce qui m'amène est une affaire de la plus haute urgence. Voyez-vous…

— Je sais pourquoi vous êtes ici, mais vous devrez vous passer de moi.

— Mais, madame…

— Pas maintenant, j'ai dit !

— Votre mari est très malade, madame Schumann.

— Je vous ai expliqué, le soir où vous aviez été appelé chez nous, qu'il avait besoin d'un médecin, et non d'un policier qui fourre son nez partout.

— Je suis convaincu qu'il lui faut à la fois un docteur et un policier qui fourre son nez partout. Son esprit est gravement déséquilibré par tout ce qui lui arrive et tous ceux qui l'entourent, c'est pourquoi il m'a annoncé ce matin, dans mon bureau, qu'il allait lui-même… ou plutôt que Florestan allait lui-même mener l'enquête que j'ai entreprise.

— Eh bien, voilà une preuve ! Que vous faut-il de plus, inspecteur, pour l'amour du ciel ? Un certificat officiel de démence signé par un régiment de médecins spécialisés ?

— Je vous en supplie, vous avez de l'influence sur votre mari. Il ne doit pas essayer de jouer les détectives amateurs.

Avec une pointe d'ironie dans la voix, Clara répliqua :

— Tout bien réfléchi, ce dont Georg Adelmann a besoin en ce moment, c'est peut-être d'une bonne dose de colère de mon mari, d'autant plus que vous préférez apparemment prendre des gants lorsque vous vous adressez à ce misérable journaliste.

— Madame Schumann, je me demande si vous comprenez bien la nature du problème qu'a le maestro avec Adelmann.

— Cet individu a mis la main sur un de nos biens inestimables. Souvenez-vous, vous m'avez vous-même mise en garde : c'est un voleur. Qu'y a-t-il de plus à comprendre ? Vraiment, inspecteur, vous me faites perdre patience !

— Mais ce n'est pas tout. Quand je suis allé trouver Adelmann, il a non seulement démenti que le manuscrit de Beethoven ait disparu, mais il a insisté pour me le montrer séance tenante, sans la moindre hésitation. Il a affirmé que le maestro Schumann le lui avait donné.

— Donné ?

— Oui. En remerciement.

— Pourquoi donc ? Pourquoi Robert aurait-il agi de la sorte ?

— Au cours de ses recherches, Adelmann avait découvert certains faits concernant des expériences sexuelles…

— Des expériences ?

— Il n'y a guère d'autre terme pour les désigner, je le crains. Ces expériences impliquaient d'autres… d'autres hommes. Selon toute vraisemblance, elles auraient été dévoilées et seraient devenues connues de tous dès la parution de la monographie. Adelmann me l'a lui-même révélé, et je l'ai à mon tour révélé à votre mari ce matin.

— Je suis certaine que Robert aura nié, dit Clara, indignée mais sûre d'elle.

Comme je n'acquiesçai pas, elle fronça les sourcils.

— Robert a nié, n'est-ce pas ?

Je secouai la tête.

La première lézarde dans son assurance apparut alors. Elle détourna la tête et ferma les yeux, comme si elle luttait pour digérer ce qu'elle venait d'apprendre. Elle finit par reprendre la parole.

— Alors vous n'avez pas pris la peine de contester la version d'Adelmann ? Vous avez gobé son histoire, vous qui le connaissez pourtant bien ? C'est ça que vous appelez un interrogatoire ?

— Je n'ai recueilli auprès de votre mari aucun démenti ferme et définitif, je vous le rappelle. En fait, il s'est mis à délirer sur les "vérités intérieures". Il m'a accusé d'être trop grossier pour comprendre certaines subtilités du comportement humain, puis il est sorti de mon bureau en claquant la porte, non sans avoir déclaré qu'il allait s'occuper lui-même de son problème. A présent, commencez-vous à voir pourquoi je m'inquiète ?

— Ce que je commence à voir, répondit-elle en me lançant un regard froid, c'est que votre manque de tact n'a réussi qu'à exaspérer mon mari. Et maintenant, après avoir poussé ce pauvre Robert à endosser la personnalité de Florestan, vous voudriez que j'accomplisse une sorte de miracle... que je persuade mon mari de reprendre le rôle passif d'Eusebius, puisque vous êtes évidemment incapable de réparer le mal que vous avez fait.

— Madame Schumann, ce n'est ni le moment ni le lieu de débattre des mérites de ma conduite. Vous devez vous rendre auprès du maestro aussi vite que possible. Vous devez faire tout ce qui est en votre pouvoir afin de veiller à ce qu'il ne commette pas un acte absurde et irréfléchi que nous aurions tous à regretter. Il n'y a pas de temps à perdre !

La réaction de Clara Schumann me déconcerta. Se détournant de moi, elle posa vigoureusement les deux mains sur le clavier du Bösendorfer devant lequel elle était restée assise, provoquant une cacophonie explosive qui réduisit sans doute de plusieurs années l'espérance de vie de l'instrument.

— Vous parlez de temps, hurla-t-elle avec rage, mais personne... personne... ne parle de mon temps à moi. C'est comme si j'avais été chassée de ma propre vie, comme si mon seul objectif était de servir mon père, mes enfants, mon impresario, mon public... et bien sûr mon mari. J'en ai plus qu'assez et tout cela me rend malade.

— Je vous en prie, croyez-moi, madame Schumann, mon seul désir est de vous aider.

Elle redressa le dos, puis me fixa droit dans les yeux. D'une voix désormais apaisée, elle dit :

— Si vous désirez vraiment m'aider, allez-vous-en. J'ai besoin d'un peu de temps… de temps où on me laisse entièrement seule.

Découragé par cet entretien avec Clara Schumann, je décidai que le meilleur antidote serait de regagner le commissariat et de m'immerger dans des tâches administratives jusque-là négligées. Le samedi après-midi était en général une période tranquille dans mon service. Le calme avant la tempête, c'est ainsi que nous appelions ce moment, mes collègues et moi, pour la bonne raison qu'à Düsseldorf – et à peu près partout ailleurs, je le soupçonne – la plupart des crimes, surtout les meurtres, étaient perpétrés dans la nuit du samedi au dimanche, lorsque des fêtards inoffensifs se métamorphosaient en assassins, par un mystérieux procédé connu du diable seul. En fin d'après-midi, une pile de dossiers auxquels je n'avais pas touché depuis des jours avait été réduite à une unique chemise cartonnée que je m'apprêtais à ouvrir lorsqu'un jeune adjoint fit irruption dans mon bureau.

— Vous êtes au courant, inspecteur ? Georg Adelmann… vous savez, le journaliste ? La nouvelle vient d'arriver : sa logeuse l'a retrouvé dans son appartement il y a une heure. Assassiné, apparemment.

23

— Vous avez une idée de qui a fait le coup, Preiss ?

Ses mains gantées serrées derrière le dos, le commissaire Schilling se tenait à distance respectueuse du corps de Georg Adelmann, de peur d'être contaminé par la mort violente dont les lieux étaient imprégnés.

— Pas la moindre, monsieur, répondis-je par-dessus mon épaule.

Penché au-dessus du cadavre, je désignai la tempe droite.

— Le coupable devait être d'une force herculéenne. Il a suffi d'un seul coup, à ce qu'il semble.

On ne voyait qu'un mince filet de sang sorti d'une étrange perforation dans la peau.

— Si on y réfléchit, dit le commissaire, la liste des suspects pourrait s'étendre d'un bout à l'autre du pays. Après tout, un journaliste comme lui... vous savez, avec ses opinions tranchées et catégoriques, et un colporteur de ragots, par-dessus le marché... ces gens-là doivent accumuler les ennemis comme la viande pourrie attire les asticots.

Au prix d'un effort certain (étant donné l'ampleur de sa bedaine, il lui en coûtait de se plier en deux), le commissaire me rejoignit pour un examen plus approfondi. Il secoua la tête, comme s'il admirait une œuvre d'art.

— Eh bien, Preiss, tant qu'à mourir de mort violente, c'est sans doute le meilleur moyen. Rapide. Efficace. Net et sans bavures. C'est ce que j'appelle un meurtre élégant. Oui, vraiment, élégant.

— Mais est-ce un exemple d'homicide élégant, ou d'élégance homicide ?

Le commissaire fronça les sourcils.

— L'ennui avec vous, Preiss, c'est que vous passez votre temps à couper les cheveux en quatre. Vous feriez peut-être mieux de vous remettre à prendre des notes tandis que je cherche des indices.

J'attrapai mon carnet dans la poche de mon manteau et j'inscrivis en hâte quelques premières observations :

Victime entièrement habillée mais pas de cravate (moment de détente, intimité), couchée sur le côté gauche, a dû essayer d'éviter un coup à la tempe droite. Faible perte de sang, légère décoloration autour de la tempe. Vêtements en ordre, donc ni lutte ni résistance, mais attaque soudaine et imprévue...

Je balayai du regard le salon d'Adelmann, puis continuai :

Corps au centre de la pièce. Aucun signe d'effraction, donc assassin probablement invité à entrer. Visiteur connu plutôt qu'intrus. Pièce bien rangée, dans l'ensemble.

— Vous pensez que ça pourrait être un cambriolage, Preiss ?

Le commissaire me héla depuis le grand bureau sculpté d'Adelmann. Il tenait en l'air un portefeuille de cuir noir.

— J'ai trouvé ça ici, ouvert, au milieu de tout ce fourbi de lettres et de papiers. Regardez…

Il en fouilla les différents compartiments.

— Vide. Pas même un pfennig. Comme s'il avait été dévalisé. Un homme du genre d'Adelmann devait avoir une bonne quantité de liquide sur lui.

— D'un autre côté, commissaire, il y a au petit doigt gauche d'Adelmann une bague ornée d'un diamant… d'un carat et demi, ou peut-être de deux carats, selon moi. Et sa montre de gousset en or pend au bout d'une chaîne. Un voleur digne de ce nom n'aurait jamais négligé ce butin.

— Alors comment expliquer le portefeuille ?

— C'est bien simple. Celui qui a tué Adelmann n'était qu'un vulgaire amateur, malgré l'efficacité du coup mortel qu'il a porté à la tempe de la victime. Le portefeuille jeté n'importe où… son contenu disparu… un vieux truc, monsieur.

Je me relevai et poussai un soupir blasé.

— Les criminels sont si dénués d'imagination.

Je traversai la pièce pour m'approcher du meuble vitré où Adelmann conservait sa collection de vaisselle d'or et d'argent.

— Rien n'indique qu'on ait essayé de prendre quoi que ce soit là-dedans, commissaire. Pourtant, ces objets valent une fortune…

Je compris aussitôt que j'avais fait une erreur.

Schilling me lança un regard intrigué.

— J'ai bien l'impression que vous êtes déjà venu ici. On vous sent familier des lieux.

— Je suis venu une fois, une seule fois... Il n'y a pas très longtemps.

Ma réponse ne parut guère satisfaire mon supérieur. Il devait se demander comment moi, son subalterne, j'avais pu côtoyer Georg Adelmann alors que lui, le chef de la police de Düsseldorf, n'avait jamais reçu de cet homme le moindre signe de reconnaissance pendant toutes ces années.

— Dites-moi, Preiss, vous le connaissiez bien, cet Adelmann ? D'après vos collègues, vous avez la réputation de fréquenter ce genre d'individus.

Sois humble, Hermann.

— Fréquenter, c'est un bien grand mot, commissaire. Jamais je n'aurais osé m'imposer dans l'entourage de Georg Adelmann. En fait, il m'avait simplement consulté au sujet de la sécurité de sa précieuse collection, pour savoir quelles mesures prendre afin de la protéger contre les éléments criminels issus des taudis de Hambourg et de Berlin. Il était très soucieux, à juste titre. Comme vous voyez, monsieur, cette pièce est une véritable salle du trésor.

Sans se donner la peine d'examiner les trésors, Schilling dit :

— Ecoutez, je suis un homme du monde, si je puis me permettre, et je comprends qu'un garçon comme vous ait envie de saisir toutes les occasions de faire son chemin... vous savez, grâce à des accointances avec l'intelligentsia locale, dont les membres vous hissent jusqu'à eux, pour ainsi dire. C'est très bien, je vous l'accorde, du moment que le prestige en rejaillit sur la police...

— Je suis heureux que vous approuviez...

— Laissez-moi finir. Suivez mon conseil.

Il baissa la voix en un murmure confidentiel.

— N'en faites pas trop, ça ne vous apportera rien. Ne perdez jamais votre objectivité, vous savez. Rappelez-vous, Preiss, que même les gens de haute naissance, les gens du grand monde, comme on dit en France, sont connus pour leur mépris des lois, qu'il leur arrive parfois d'enfreindre. En d'autres termes, la vigilance doit rester notre priorité. C'est ce que je dis toujours : trop de crème fouettée tue le gâteau ! Cette petite devise, si simple qu'elle soit, m'a souvent profité.

Pendant un instant, je me crus ramené à la gare de ma ville natale, Zwicken, feignant d'absorber les admonestations paternelles dans les recoins les plus profonds de ma mémoire, avant de les laisser se dissiper en fumée.

Par bonheur, l'attention du commissaire fut tout à coup attirée ailleurs, ce qui m'épargna la peine de le remercier pour ses bons conseils.

— Ah, mais qu'y a-t-il donc ici ?

Schilling avait découvert sur la cheminée le carnet de rendez-vous d'Adelmann.

— Voilà qui devrait nous renseigner un peu ! s'exclama-t-il, la mine soudain plus intéressée.

Non sans une certaine intelligence dont il n'était pas coutumier, le commissaire ouvrit directement l'agenda à la page du jour où nous étions. Son visage s'assombrit.

— Rien. Absolument rien. Pas de chance.

— Monsieur, la chance nous sourit pourtant un peu. Cela nous aide au moins à réduire les possibilités.

— L'ennui avec vous, Preiss, si je peux être franc, c'est que vous refusez constamment d'affronter la réalité la plus basique. Il n'y a rien d'écrit... pas même une rature... à la page d'aujourd'hui. Alors pour l'amour du ciel, en quoi cela nous aide-t-il ?

— Premièrement, cela confirme que l'assassin d'Adelmann n'était pas un invité attendu. Il s'agissait d'un visiteur imprévu, ce que confirme la position du corps. Deuxièmement, le meurtrier a évidemment été convié à entrer, à s'avancer, il n'est pas resté sur le pas de la porte. Il s'agissait donc probablement d'un individu connu de la victime, peut-être même d'un ami.

— Vous dites "le meurtrier". Nous pourrions avoir affaire ici à une sorte de vengeance amoureuse... le courroux d'une femme... ce genre d'ânerie. Ces journalistes, on le sait, sont toujours impliqués dans des scandales domestiques.

— Votre intuition m'émerveille, commissaire, mais aucune femme n'aurait eu la force de porter à Adelmann le coup fatal sans l'aide d'une arme solide. Or rien n'indique qu'une arme... un gourdin, un tisonnier, une sculpture un peu lourde... ait infligé une blessure. Non, monsieur, ce crime est l'œuvre d'un homme.

— Et d'un homme fichtrement en colère. Un homme dont la force physique soit à la hauteur de sa rage. Qui pourrait-ce bien être ?

Dans mon esprit, le nom de Robert Schumann s'était formé presque à l'instant où j'étais entré dans l'appartement d'Adelmann, mais je n'avais pas l'audace de le prononcer à haute voix. En outre, après avoir persuadé le commissaire de me laisser poursuivre ceux qui harcelaient Schumann, comment aurais-je pu justifier mes efforts si ledit Schumann apparaissait désormais comme l'auteur d'un meurtre de sang-froid ?

Soucieux à tout prix de concentrer l'attention de Schilling sur d'autres suspects possibles – *n'importe qui, mais pas Schumann, par pitié* –, je dis :

— Voyons les rendez-vous des jours précédents, sur une semaine ou deux.

Schilling posa l'agenda et le feuilleta en arrière.

— Je dois avouer que, pour quelqu'un dont c'était le métier, cet Adelmann avait une écriture abominable. J'arrive à peine à lire ce qu'il a griffonné ici. Hélas, j'ai laissé mes lunettes dans mon bureau.

A contrecœur, le commissaire me tendit le carnet.

— Vous avez sur moi un avantage, Preiss : vos yeux sont plus jeunes. Tenez, peut-être pourrez-vous déchiffrer les noms...

Lus à haute voix, la plupart de ces noms ne signifiaient rien pour le commissaire ni pour moi, ce qui fit glousser Schilling.

— Sans doute le boucher, le boulanger et le fabricant de chandeliers, pas vrai ? Même un journaliste célèbre doit se préoccuper du quotidien le plus prosaïque, je suppose.

— Sans doute, monsieur.

— Eh bien, continuez. Nous finirons peut-être par tomber sur un nom qui évoquera quelque chose.

— Puis-je vous suggérer, commissaire, d'emporter avec vous ce carnet de rendez-vous ?

— Pourquoi ? Il fait aussi clair ici qu'au commissariat.

— Certes, mais...

— Mais quoi ?

— J'ai une loupe plus puissante dans mon bureau. Cela nous aiderait certainement... Pour déchiffrer certains noms, certaines notes...

— Vous voulez me faire comprendre que vos yeux n'y voient pas assez bien, Preiss ? Je trouve ça stupéfiant, pour ne pas dire plus... à votre âge.

— J'envisage de consulter un spécialiste très bientôt. En attendant, pouvons-nous emporter cet agenda ?

— Oui, oui, répondit impatiemment Schilling. Quand il faut, il faut.

Je poussai sans bruit un soupir de soulagement. Cela me donnerait le temps de digérer les noms qu'Adelmann avait inscrits dans son carnet de rendez-vous pour les trois jours précédant celui du décès... des noms que je jugeais, pour ma part, tout à fait parlants : Friedrich Wieck, Willi Hupfer, Paul Möbius.

Il y avait aussi un nom connu de moi, que j'étais presque sûr de voir dans ces pages, mais qui n'y apparaissait nulle part : Johannes Brahms.

— Eh bien, Preiss, maintenant vous avez affaire à un authentique crime, pas vrai ?

Ses lunettes cerclées d'or solidement retenues par son nez bulbeux, le commissaire Schilling regardait par-dessus mon épaule avec une joie non dissimulée.

— Un authentique crime, monsieur ?

— Contrairement à cette histoire ridicule dont vous vous étiez mêlé... de façon beaucoup trop active, comme vous le savez. Je fais référence aux absurdités de ce Schumann, bien sûr. Enfin, n'en parlons plus. Ces noms qui sont inscrits dans le carnet d'Adelmann... ceux qui y figurent pour les deux ou trois derniers jours... ils vous disent quelque chose ? Relisez-les-moi.

— Friedrich Wieck...

— Continuez.
— Wilhelm Hupfer…
— Oui, oui, continuez. J'en vois d'autres.
— Paul Möbius…
— Ah, celui-là, je le reconnais. C'est un genre de "spécialiste du cerveau", je crois.
— Un psychiatre, monsieur.
— C'est ainsi qu'on les nomme à présent ? gloussa Schilling. De mon temps, on les appelait des charlatans. J'ai assisté à une conférence de Möbius à l'école de police il y a plusieurs années. De toute ma vie, jamais je n'ai entendu de telles idioties. Pure foutaise enveloppée dans du jargon médical. Que pensez-vous qu'Adelmann mijotait avec ce… comment avez-vous dit ?
— Ce psychiatre, monsieur. J'ignore absolument pourquoi Adelmann et Möbius ont pu se rencontrer.
— Et l'autre… Wieck, c'est bien ça ? Et Hupfer ?
Je haussai les épaules.
— Ces noms ne signifient rien pour moi non plus, commissaire.
— Eh bien, Adelmann était une personnalité fichtrement importante. Laissez tomber tout ce que vous aviez prévu et mettez-vous au travail. Souvenez-vous, Preiss, chaque fois que les faits ne se dévoilent pas clairement, je me fie toujours à mon instinct. Et je ne me trompe jamais. J'espère que vous apprendrez peu à peu à vous fier au vôtre. J'imagine que vous savez par où commencer ?
— En effet, commissaire.
Je savais exactement par où commencer, mais mon instinct me disait qu'il valait mieux pour l'instant ne pas en parler.
— Alors allez-y. Le temps presse.

24

— Eh bien, inspecteur Preiss, nos chemins se croisent à nouveau. S'agit-il d'une visite professionnelle ? demanda Brahms, ou êtes-vous venu parler accord de pianos ? N'ayez pas l'air surpris, inspecteur. J'ai mes sources. A propos, comment avez-vous découvert mon adresse ?

— J'ai moi aussi mes sources. Et il s'agit en effet d'une visite professionnelle.

J'examinai rapidement la pièce. Mon visage dut trahir une certaine déception, que mon hôte ne manqua pas de remarquer.

— Vous me pardonnerez la modestie de mon logis. Le royaume n'a pas jugé bon de faire pleuvoir l'argent sur moi.

— A propos de logis, *Herr* Brahms, je pensais que vous occupiez une chambre d'amis au 15, Bilkerstrasse, chez les Schumann. Ai-je été mal informé ?

— Pas du tout, mais vos renseignements sont un peu périmés. Je suis installé ici depuis quelques jours.

— Vraiment ? Puis-je vous demander pourquoi ?

— Vous pouvez me le demander, dit Brahms en me dévisageant de ses yeux incroyablement bleus, mais à quoi bon poser une question dont vous connaissez déjà la réponse ?

— Ah oui, bien sûr. Vivre sous le même toit que Robert Schumann serait pratiquement impossible, n'est-ce pas ? Etant donné ses imprévisibles sautes d'humeur, ses brusques colères...

— Ne jouez pas à ce petit jeu avec moi, inspecteur. Vous savez fort bien que mon déménagement n'a rien à voir avec Robert. La vérité, c'est que j'ai trouvé pratiquement impossible d'habiter sous le même toit que Clara Schumann, et je pense que vous en avez deviné la raison... ou les raisons.

Brahms s'exprimait de façon si calme, si assurée, que je me sentis déstabilisé.

— Auriez-vous rendu visite à Georg Adelmann la veille de son assassinat ? demandai-je, soucieux de changer de sujet et de retrouver mes esprits. Tel est le véritable motif de ma venue, *Herr* Brahms.

— Si vous tenez à le savoir, je suis bien allé voir cette vieille crapule, parce que, ce jour-là, Robert avait menacé de le tuer. J'ai persuadé le maestro de me laisser régler cette affaire avec Adelmann. Je ne voulais pas que Robert s'attire des ennuis.

— Vous avez vous-même entendu Schumann menacer de tuer Adelmann ?

— Pas de façon explicite, mais, chaque fois que l'humeur du maestro bascule du côté "Florestan", personne ne sait de quoi il est capable, ni jusqu'où il pourrait aller si on le laissait faire.

— Vous a-t-il dit pourquoi il était prêt à tuer Adelmann ?

Brahms resta un instant silencieux.

— Oh, la réponse risque de ne pas vous plaire, inspecteur. Robert a été amèrement déçu lorsque vous avez échoué à récupérer le manuscrit de Beethoven volé par Adelmann.

— Voilà donc ce que Schumann vous a raconté ? Rien de plus ?

— Qu'y avait-il d'autre à dire ?

— Le maestro vous a donné pour seule raison le fait que, à ses yeux, je n'ai pas su mener à bien ma mission ?

— Inspecteur, avec tout le respect que je vous dois, quand l'homme qui est censé être le meilleur détective de Düsseldorf saisit un voleur la main dans le sac, néglige de l'appréhender puis, pour couronner le tout, néglige de récupérer un objet volé d'une valeur inestimable, on peut comprendre qu'un homme comme Robert Schumann devienne à peu près fou de rage !

— Votre programme était donc, dis-je en choisissant mes mots avec soin, d'approcher vous-même Adelmann, peut-être dans l'espoir d'accomplir ce que j'avais selon vous été incapable d'accomplir ?

— C'est exact, inspecteur.

— Et je suppose que vous vous êtes heurté de la part d'Adelmann aux mêmes réactions que j'ai rencontrées ?

Brahms hésita. Pour la première fois depuis mon arrivée, je sentis qu'il n'était pas sûr de lui. Fixant son regard sur moi – ce qui me convainquit qu'il mentait –, il affirma :

— Oui, j'imagine qu'il m'a dit les mêmes choses qu'à vous.

— Sur la manière dont il était entré en possession du manuscrit de Beethoven ?
— Oui.
— Que vous a-t-il dit, alors ?
Nouvelle hésitation.
— Eh bien, je ne me souviens pas précisément.
— Vous ne vous en souvenez pas ? C'était hier, *Herr* Brahms.
— Je fais de mon mieux pour vous aider, inspecteur...
— J'en suis certain. Veuillez tâcher de vous rappeler l'explication d'Adelmann.
— Son explication ?
— Oui.
— Eh bien... voyons voir. Son explication... c'était si compliqué que j'ai un peu de mal...
— J'ai tout mon temps.
— Eh bien, reprit Brahms, comme je vous l'ai dit, l'histoire qu'Adelmann m'a racontée... au sujet du manuscrit... et de la manière dont il a fini entre les mains de Liszt... son récit était si tortueux... plein de phrases inachevées, d'insinuations de toutes sortes, de choses exprimées à demi-mot, voyez-vous.
— *Herr* Brahms, permettez-moi de vous rafraîchir la mémoire. Vous aviez promis d'aller rendre visite à Adelmann...
— Oui, bien sûr.
— Mais, en vérité, vous n'avez jamais tenu cette promesse, n'est-ce pas ?
— Je vous demande pardon ?
— Je répète : vous n'êtes jamais allé chez Adelmann.
— C'est absurde !
— Je suis tout à fait sûr d'avoir raison, *Herr* Brahms.

— Et pourquoi donc ?

— Vous n'avez jamais eu aucune conversation avec Adelmann quant à la restitution du cher trésor de Schumann. Si vous aviez eu cet entretien, vous n'auriez aucun mal à vous rappeler la raison pour laquelle Adelmann était alors en possession du manuscrit... ou du moins sa version des faits.

— Qui était ?

— Non, *Herr* Brahms, pas tout de suite. Laissez-moi d'abord vous dire pourquoi vous avez décidé de ne pas contacter Adelmann. J'irai droit au but. Vous n'aviez pas la moindre intention d'intervenir. En fait, vous comptiez bien sur le contraire : vous espériez que Schumann allait bel et bien tuer Adelmann, vous attendiez ce crime. Jugé coupable de meurtre, Robert Schumann aurait été emprisonné, selon toute vraisemblance jusqu'à la fin de ses jours. Et cela vous aurait rendu libre de consolider vos relations avec Clara Schumann, libre de vous rapprocher d'elle ouvertement et non plus en secret. Bref, vous vouliez être débarrassé de Schumann, une fois pour toutes.

Brahms resta impassible.

— Vous croyez que j'ai attendu passivement que Robert tue Adelmann ? Et je l'aurais fait simplement parce que je voudrais être à sa place... devenir le maître de la maisonnée Schumann ? C'est ce que vous pensez ?

— Oui... et non... peut-être.

— Oui, non, peut-être ! explosa Brahms. Quel genre de policier êtes-vous ? Vous lancez des accusations et, l'instant d'après, vous jouez les timides ?

— Juste une question, *Herr* Brahms. Quand vous vous mettez au piano pour composer, vous savez toujours exactement où une idée musicale va vous conduire ?

— Monsieur, je suis un artiste, pas un simple ouvrier ! protesta Brahms, indigné.

— Je ne suis pas non plus un simple ouvrier, Brahms. Vous n'avez pas réalisé votre projet d'aller affronter Georg Adelmann pour le compte de Schumann. Ai-je raison ? Oui ou non ?

Brahms attrapa une chaise et s'assit. Il passa au moins une bonne minute à me contempler. Je n'étais pas du tout prêt à supporter ce genre de dissimulation.

— Alors, oui ou non ? insistai-je.

— Oui.

— Oui, quoi ?

— Oui, vous avez raison… Je ne suis pas allé voir Adelmann. La raison en est simple. Vous voyez, inspecteur, j'ai un objectif dans la vie, et je n'ai que celui-là…

— Lequel ?

— Etre un grand compositeur. La musique est ma religion. Sans musique, ma vie n'a plus de sens. Je sais que cela paraît égoïste, mais, la vérité, c'est que je ne laisserai rien, absolument rien faire obstacle à ma carrière.

— Eh bien, au moins, c'est une réponse. Nous savons maintenant que vous n'êtes pas allé à votre rendez-vous avec Georg Adelmann, et pourquoi vous vous en êtes abstenu.

— Attention, rectifia Brahms, vous n'avez qu'une moitié de réponse.

— Je ne vous suis pas…

— Ecoutez, je suis fasciné par Clara Schumann, c'est vrai… qui ne le serait pas ?… mais je ne suis pas épris d'elle, enfin, pas assez épris pour renoncer à ce que j'ai aujourd'hui de plus précieux... ma liberté.

Je secouai la tête.

— Je suis désolé, *Herr* Brahms, mais j'ai bien vu comment vous la regardiez.

— Et j'ai moi aussi vu comment vous la regardiez, *Herr* Preiss.

Je sentis le sang me monter au visage. Brahms eut un sourire narquois.

— Ah ah ! Vous êtes démasqué. Cette femme nous a tous les deux pris dans ses filets. Et votre amie violoncelliste... elle s'appelle bien Helena Becker ?... quel rôle joue-t-elle à présent dans votre vie privée ?

— Je n'ai pas de vie privée, *Herr* Brahms, et cela ne vous concerne en rien.

— Vous ne rêvez pas d'une bonne petite *Hausfrau* qui viendrait déposer devant vous une assiette de ragoût fumant après une dure journée de travail ?

Brahms semblait ravi de se moquer de moi. Je crains d'avoir succombé à la colère.

— Vous me prenez pour un vulgaire rond-de-cuir ! Il se trouve que ma liberté m'est tout aussi précieuse que vous est la vôtre, Brahms. Et il n'est pas dans ma nature de rentrer tous les soirs retrouver une bonne petite ménagère, une assiette de ragoût et un fauteuil à bascule.

— J'imagine que vous avez eu la correction élémentaire de faire part de votre opinion à votre jeune violoncelliste, inspecteur.

— Autant de correction et de courage que vous en manifestez dans vos rapports avec Mme Schumann. Quel âge avez-vous ?

— Vingt et un ans.
— Et elle ?
— Trente-cinq.
— Alors chaque fois que vous partagez des moments défendus, vous lui rappelez que vous êtes prêt à vous engager pleinement et honorablement ?
— Bien sûr que non. Cette idée est ridicule, Preiss.
— Pourtant, vous l'entraînez toujours plus loin, en profitant de sa renommée, de ses relations, de son hospitalité, de sa passion. Vous ne manquez pas de sang-froid.
— Je viens de Hambourg, répliqua Brahms. Dans le Nord de l'Allemagne, nous n'avons pas l'habitude d'afficher nos sentiments.
— Peut-être, mais il doit bien y avoir certains de vos compatriotes qui se laissent atteindre par le remords ?
— Si je dois un jour éprouver du remords, dit Brahms d'une voix calme et désinvolte, j'aurai plus tard tout le temps de me mettre en paix avec ma conscience. Pour le moment, mon art passe en premier.
— Je ne suis pas sûr de vous croire.
— Si vous ne me croyez pas, je n'y vois qu'une explication.
— Laquelle ?
— Vous êtes tellement subjugué par Clara Schumann que vous ne pouvez imaginer qu'un homme comme moi puisse être moins subjugué alors qu'il est si proche d'elle. Mais en toute franchise, inspecteur Preiss, je n'ai pas plus que vous l'intention de me débarrasser de Robert Schumann et de renoncer à ma précieuse liberté pour m'établir avec sa femme.

Brahms se leva et vint se planter devant moi, arborant un curieux sourire.

— Si on y réfléchit, nous avons beaucoup en commun, vous et moi, certainement plus que nous ne le soupçonnions avant cette petite conversation.

Il éclata de rire.

— Et si on y réfléchit, c'est peut-être vous qui avez assassiné Georg Adelmann dans l'espoir que l'on accuserait Robert Schumann.

Je bondis.

— Il n'y a pas là matière à plaisanter, Brahms.

Brahms redevint sérieux.

— Evidemment non. Je voulais simplement signaler que je ne suis pas plus suspect que vous. Vous avez raison, Preiss ; je ne suis pas allé voir Adelmann, mais je n'ai pas non plus délibérément encouragé Schumann à le tuer. Y a-t-il autre chose que je puisse faire pour vous, inspecteur ? ajouta-t-il froidement.

Je fus tenté d'aborder la question de l'accord des pianos, mais je préférai garder ce sujet délicat pour une autre fois. Je voulais que Brahms crût m'avoir persuadé de son innocence dans toute cette affaire.

Néanmoins, en le quittant, je dus avouer que je ne savais pas du tout à quoi m'en tenir au sujet de cet individu. Bel homme, brillant, éloquent, spirituel… il était tout cela. Mais était-il aussi menteur ?

25

Je dus frapper une bonne demi-douzaine de fois avant que la gouvernante des Schumann vienne ouvrir la porte et me présente ses excuses.

— Je suis désolée, inspecteur, dit-elle sans oser soutenir mon regard, mais vous devrez repasser. Mme Schumann est débordée, en ce moment.

— Alors nous sommes deux, répliquai-je en bousculant la malheureuse. Veuillez annoncer à Mme Schumann que je dois la voir tout de suite.

Ma voix avait dû porter car, un instant après, Clara Schumann sortit du salon.

— Qu'y a-t-il donc, inspecteur ? J'ai aujourd'hui un emploi du temps très chargé, comme toujours. Je pensais qu'on vous l'avait fait comprendre, ajouta-t-elle en lançant à la gouvernante un regard assassin.

— Madame Schumann, peut-être pourrions-nous avoir cette conversation en privé…

Elle poussa un soupir impatient.

— Si c'est indispensable ! dit-elle en me faisant signe de la suivre. Nous irons dans le bureau de

Robert. Il est soudain parti je ne sais où, comme c'est son habitude en ce moment, chaque fois qu'il est confronté à une chose qu'il trouve déplaisante. Dieu sait qu'il n'en faut pas beaucoup pour le perturber.

— Pardonnez-moi, madame Schumann, ce comportement capricieux ne vous inquiète-t-il pas ?

— Nous avons déjà une armée de docteurs pour s'occuper des problèmes de Robert. Vous devez admettre que leur formation et leur expérience en ce domaine dépassent les vôtres.

— Mais votre mari ne fait pas confiance aux médecins. Prenez par exemple ce Möbius…

— Le Dr Möbius.

— Le "grand sorcier" serait plus approprié. Cet homme a sa place chez les sauvages.

— Vous semblez bien sûr de vous. Peut-être comptez-vous parmi ses patients ?

— Je l'ai consulté, mais pas comme malade.

— Alors vous n'êtes guère en position de…

— Au contraire, je suis tout à fait en position. Outre l'entretien que j'ai eu personnellement avec Möbius, une de mes connaissances a eu besoin de le consulter… pour raisons médicales. Cet homme est rien moins qu'un charlatan.

— Une connaissance, dites-vous ? dit Clara Schumann sur un ton méprisant. Quel genre de connaissance avouerait qu'il ou elle a dû se faire soigner pour maladie mentale ? Il n'est guère courant que l'on évoque ouvertement de pareilles questions. Croyez-moi, je parle d'expérience. Avez-vous la moindre idée, inspecteur, de l'humiliation que nous ressentons, Robert et moi, à dévoiler notre intimité devant une kyrielle de docteurs ? Et de l'humiliation redoublée quand nous devons le faire devant un policier ? Soyez sincère, inspecteur, et reconnaissez la vérité. Vous n'avez aucune raison de vous mêler de nos problèmes. Mon plus grand regret est d'avoir cédé à Robert et d'avoir rédigé ce maudit message qui vous a fait venir chez nous pour la première fois. Ce fut un moment de faiblesse de ma part, que je ne me pardonnerai jamais.

— Quant à votre ami Brahms…

— Que lui voulez-vous, à mon ami Brahms ?

Son visage se durcit et son regard féroce me donna l'impression que c'était alors moi qui étais sur la sellette.

— Il faut que je vous pose quelques questions… à propos de lui… à propos de vous.

— Je n'ai pas l'intention de vous mentir, inspecteur, dit-elle calmement, même si j'imagine que vous vous attendez à des mensonges, dans ce genre de situation. Il est vrai que j'ai de l'affection pour Johannes, beaucoup d'affection, même. Toute femme normale en éprouverait, me semble-t-il.

— Je serai direct : assez d'affection pour vous être donnée à lui ?

— Je le répète, inspecteur : toute femme ordinaire en éprouverait.

— Mais vous n'avez rien d'une femme ordinaire.

— Sur certains points, je suis une femme tout à fait normale. Sur d'autres points… eh bien, jugez vous-même : fille d'un tyran, épouse d'un homme qui est devenu aussi imprévisible que le temps qu'il fait, mère de six enfants exigeants, artiste et, de plus en plus, unique source de revenus de la famille. Ce n'est pas un seul, mais plusieurs fardeaux que je porte sur mes épaules.

— En regardant vos épaules, je ne vois qu'un médaillon suspendu à votre cou, médaillon qui ne m'est pas inconnu.

— Vraiment ? Comment cela se peut-il ?

— Je me trouvais à la bijouterie Thüringer le jour où Brahms l'a acheté. Il y a une inscription au revers : "Pour ma très chère Clara, ma raison d'être."

— Je ne vois pas de quoi vous parlez, dit Clara Schumann. Quelle inscription ?

— Allons, madame Schumann, vous m'avez annoncé que vous ne mentiriez pas.

Elle s'empressa de porter les mains à la nuque pour détacher la chaîne et me remit le médaillon.

— Vérifiez vous-même, inspecteur.

Il n'y avait pas d'inscription.

Mes yeux et mes oreilles m'avaient-ils joué un tour ? Ou bien Johannes Brahms, le malin, m'avait-il piégé ?

— Vous voyez, inspecteur, vous vous êtes une fois de plus laissé entraîner par votre imagination de policier.

Elle tendit la main, d'un geste impérieux.

— Le médaillon… rendez-le-moi, s'il vous plaît.

C'est penaud et confus, je l'avoue, que je rendis le médaillon et que j'observai Clara le rattachant à son cou.

— Maintenant, monsieur, si nous en avons terminé…

— Non, madame, nous n'en avons pas tout à fait terminé.

D'une poche intérieure de mon manteau, je tirai l'un de mes meilleurs mouchoirs en lin d'Irlande et le dépliai avec soin pour dévoiler un diapason.

— Vous reconnaissez cet objet ? demandai-je en guettant sa réaction.

Sans prendre la peine de l'examiner de près, elle répondit avec un petit rire :

— Vous voulez savoir si je reconnais un diapason ? Soyons sérieux, il doit exister des milliers de diapasons comme celui-là.

— Certes. Je doute cependant que tous aient des taches de sang sur les lames, comme celui-ci.

Elle ne manifesta guère d'intérêt.

— Pardonnez-moi si les outils du crime ne me fascinent pas autant qu'ils vous fascinent.

— Il ne s'agit pas d'un simple outil, mais d'une arme meurtrière. Cet instrument d'aspect innocent, appliqué avec force contre le crâne de Georg Adelmann, a causé sa mort.

— Alors ce doit être la dernière note de musique que le pauvre homme a entendue, non ? s'exclama-t-elle, feignant la stupeur.

— Madame Schumann, l'heure n'est pas aux mots d'esprit. Je suis certain que ce diapason appartient à votre mari. On sait qu'il en a presque toujours un sur lui. On me dit, par exemple, qu'il se bat avec le hautboïste chaque fois qu'il dirige l'orchestre parce qu'il exige que tous les musiciens s'accordent selon son diapason.

— Continuez.

— Il est aussi réputé pour ses accès de rage incontrôlable.

— Donc vous croyez avoir de quoi arrêter mon mari et l'accuser du meurtre de Georg Adelmann ?

Avant que j'aie pu répondre, la gouvernante déboula dans le bureau.

— Madame Schumann, venez vite !

La maison s'emplit soudain des bruits d'une altercation. Avec Clara sur les talons, je suivis la gouvernante dans le vestibule, où régnait la plus grande confusion. La porte principale de la maison était grande ouverte et, au centre de la pièce, trois grands gaillards habillés en pêcheurs s'efforçaient de maîtriser un quatrième homme qui, malgré la supériorité numérique, semblait sur le point de l'emporter et de se libérer. De la rue, une bise mordante soufflait par la porte, dispersant les pages du journal de ce matin-là, une pile de lettres déposées par le facteur et une épaisse liasse de partitions. Des flaques se formaient sous les pieds des quatre hommes et mon nez détecta l'odeur fétide de l'eau du fleuve. Leurs vêtements étaient imprégnés du même parfum. Il y avait des cris, des hurlements, des bribes de mots dénuées de sens.

Les onomatopées les plus bruyantes provenaient du forcené, qui n'était autre que Robert Schumann.

Des rubans d'algues pendaient de ses cheveux emmêlés. Son teint, d'un rose rassurant dans les moments de satisfaction, était à présent exsangue, la peau fripée comme si elle avait mariné dans de la saumure. Ses habits étaient trempés – il ne portait qu'un costume de drap fin, sans manteau malgré la saison froide et pluvieuse. J'avais vu dans les taudis de Düsseldorf des vagabonds moins dépenaillés.

Clara et la gouvernante avaient couru chercher des châles et des serviettes pour le couvrir et le sécher. Agitant les bras en tous sens, Schumann refusa tout. Visiblement, il était au-delà de tout réconfort. Il insultait tout le monde, Clara et la gouvernante incluses, mais dirigeait l'essentiel de son agressivité contre deux des trois hommes, leur reprochant de s'être mêlés de ce qui ne les regardait pas.

— Pourquoi ne m'avez-vous pas laissé tranquille ? leur criait-il d'une voix rauque, comme s'il avait les poumons remplis de vase et d'eau.

Puis, par une brusque saute d'humeur que je considérais désormais comme caractéristique, Schumann capitula entièrement. Il devint inerte, et son visage ne fut plus qu'une page blanche, vierge de toute émotion apparente. Clara et la gouvernante purent reprendre, avec plus de succès, leurs tentatives visant à le réchauffer, car il s'était mis à frissonner et à trembler. Pourtant, il ne semblait pas tout à fait conscient de son état, comme si son corps et son esprit avaient été déconnectés.

Je me tournai vers l'un des pêcheurs, qui avaient relâché leur emprise. Sans attendre ma question, sans savoir qui j'étais, il dit :

— On l'a vu... les deux autres étaient dans leur bateau... j'étais sur le rivage... et on l'a vu... enfin, c'est moi qui l'ai vu le premier. Vous connaissez le pont à péage, pas loin d'ici ? Eh bien, il a commencé à le traverser, il est arrivé au milieu, en courant... il s'est arrêté pendant deux secondes... et puis, je le jure devant Dieu, il s'est jeté à l'eau. Les autres, dans leur bateau, ils sont partis voir après lui. Dieu sait comment ils ont réussi à le tirer de l'eau, parce qu'il ne se laissait pas faire. Ils ne savaient pas qui c'était mais, moi, je travaille au péage, et c'est moi qui l'ai reconnu, parce qu'il se promène souvent sur les berges.

Maintenant radouci et incroyablement calme, Schumann se laissa emmener dans l'escalier, en se contentant de répéter qu'il avait sommeil, sans écouter Clara qui le tenait par la main et l'invitait à se taire, en l'assurant que le Dr Hellman serait bientôt là.

Je me présentai aux pêcheurs et les complimentai pour leurs efforts. Je pris note de leurs noms et adresses, en expliquant que je leur demanderais de venir faire leur déposition au poste.

Le vent avait pris une violence cruelle lorsque je regagnai le commissariat. Je me refusai cependant le luxe d'un fiacre car je ressentais le besoin urgent d'une longue marche solitaire. Il me fallait du temps pour intégrer à un schéma logique l'incident qui venait de se produire. Schumann, censé être la victime, était lui-même devenu meurtrier. A présent, j'en étais sûr, sans l'ombre d'un doute. Mon devoir était donc clair et je ne pouvais me laisser égarer par une sentimentalité feinte ou par une sympathie déplacée.

Alors que j'arrivais au poste, je touchai l'intérieur de mon manteau pour m'assurer que le diapason fatal était bien en place. Et je me répétai à plusieurs reprises, comme pour me donner du courage : "Mon devoir est clair."

26

Le lendemain, ce fut seulement en milieu de matinée que j'osai me présenter de nouveau dans Bilkerstrasse, espérant que l'agitation de la maison Schumann aurait eu le temps de retomber et que Mme Schumann aurait un moment à m'accorder sans que nous soyons dérangés. Il y avait à présent trop de questions en suspens, surtout après les événements de la veille, pour que je diffère mon enquête ne serait-ce que d'une journée. Je n'eus à frapper qu'une seule fois pour que la gouvernante vienne m'ouvrir, en secouant la tête d'un air de parfait désespoir.

— Je ne sais pas ce qu'ils vont faire de lui, se lamenta-t-elle, en dirigeant son regard vers le haut de l'escalier. Il est tantôt calme, tantôt fou furieux, ça n'arrête jamais.

Elle secoua de nouveau la tête.

— Qui, "ils" ?

— Les médecins. Il y en a cinq maintenant.

— Hellman et qui d'autre ?
— Le Dr Möbius, le Dr Gruhle. Ils sont déjà venus. Et puis il y a un nouveau, le Dr Hasenclever…

Ah oui, Richard Hasenclever. J'avais entendu parler de lui. Médecin, il se prétendait poète et chef d'orchestre, en dilettante. Soucieux de profiter de la renommée du maestro, il se vantait constamment d'avoir collaboré avec Schumann lors de la composition d'une ballade pour chœur. C'était aussi un des membres éminents de la Société de musique de Düsseldorf. Mais, quant à l'exercice de la médecine, il pouvait s'y prétendre expert autant que l'homme qui ramonait mes cheminées.

— Vous avez parlé de cinq docteurs là-haut…
— Oui, le cinquième est aussi quelqu'un que je n'ai jamais vu avant. Un certain Dr Böger.

Ce nom-là aussi m'était familier. Ses qualifications se bornaient à son expérience des hôpitaux militaires, où il déclarait avoir traité les soldats souffrant d'un mal récemment identifié comme la névrose de guerre (et que notre commissaire, qui avait jadis combattu au front, préférait appeler lâcheté). J'imaginais que les conseils du Dr Böger seraient du genre : "Il faut vous ressaisir, Schumann", ou quelque chose d'aussi simpliste.

— Vous voulez voir Mme Schumann, je suppose ? s'enquit la gouvernante.
— Le moment est peut-être mal choisi pour la déranger.

Je pensais que, aux côtés des cinq médecins réunis dans la chambre, elle tentait d'apaiser son mari, pour qu'il recouvre une certaine stabilité.

— Je vais la prévenir, dit la gouvernante.

A ma grande surprise, au lieu de monter à l'étage, elle traversa le vestibule et frappa doucement à la porte du bureau. J'entendis Clara Schumann lui ordonner de me faire entrer.

Quand je pénétrai dans la pièce, elle se tenait devant un feu qui brûlait dans l'âtre. Un châle épais drapé sur les épaules, aussi sombre que l'atmosphère du lieu, elle affichait une mine réservée et peu coopérative. Cette conversation ne serait pas facile.

— Madame Schumann, je vais tenter de ne pas vous retenir trop longtemps. Je suis sûr que vous avez envie d'être auprès de votre époux.

— Si je croyais pouvoir être utile, je serais là-haut et non ici, répliqua-t-elle d'une voix qui trahissait une défaite totale.

— Je suis désolé de vous ennuyer en un pareil moment, mais la loi exige que toute tentative de suicide fasse l'objet d'un rapport et d'une enquête dès lors que les circonstances en sont suspectes, comme c'est le cas. Hier, vous avez mentionné incidemment un désaccord survenu entre votre mari et vous ; il aurait alors préféré s'enfuir. Mais ce n'est certainement pas tout, il doit y avoir des détails que vous avez laissés de côté. Après tout, il en faut plus qu'une simple querelle domestique pour qu'un homme tente de se noyer, en général.

— Robert se noie depuis des années. Il se noie dans des colères qui n'ont aucun sens, ni pour moi ni pour personne.

— Peu importe en l'occurrence. Pourquoi votre mari a-t-il tenté de se suicider ?

— Pour des raisons privées. Qui ne vous concernent vraiment pas.

— Alors vous aimeriez mieux vous soumettre à un interrogatoire mené par des magistrats ? Je peux vous faire convoquer au tribunal. Croyez-moi, leur patience ne va pas aussi loin que la mienne. Veuillez comprendre, madame, que je ne suis pas insensible à vos souffrances, mais que j'ai un devoir à accomplir. Vous pourriez nous simplifier la tâche à tous les deux.

Elle resta immobile, me dévisageant comme pour s'assurer que je pensais vraiment ce que j'affirmais.

— Inspecteur Preiss, finit-elle par dire, je vous prie de vous asseoir. Vous avez besoin de détails ? Fort bien, j'ai quelque chose à vous dire, et je vous avertis : je vous dirai tout, sans rien déguiser, et sans la moindre honte.

Elle me proposa une chaise, puis détourna les yeux comme pour rassembler ses esprits. Elle prit enfin la parole, d'une voix ferme, le visage immuable.

— Le désaccord que nous avons, Robert et moi… il s'agissait plutôt d'une dispute, d'une dispute presque violente… dans le prolongement de ce qui s'était passé entre nous le premier soir où vous êtes venu ici…

Ils étaient allés se coucher plus tard que d'habitude, tous deux épuisés.

Pour elle, la journée s'était déroulée comme bien d'autres : les enfants à préparer pour l'école, les repas à prévoir, la liste des courses à établir pour que la gouvernante aille à l'épicerie, quatre heures d'entraînement rigoureux au piano (deux avant, deux après le déjeuner, en préalable au cycle de neuf sonates de Beethoven qu'elle devait interpréter trois soirs de suite à Vienne, le mois suivant). Elle avait les factures de la maison à étudier et à régler, une lettre à écrire à son père pour lui souhaiter un bon anniversaire, en fille dévouée, sans oublier les meilleurs vœux de Robert (mensonge caractérisé). Avant le coucher des enfants, il avait fallu écouter le récit de leurs petites joies et de leurs petits malheurs, leur raconter des histoires pour les endormir, et leur promettre qu'il n'y avait absolument aucun fantôme caché au-dessus d'eux, dans le grenier où l'on ne mettait presque jamais les pieds.

Son mari avait lui aussi des raisons de se sentir épuisé. Ce matin-là, plein d'espoir, il s'était lancé dans une nouvelle suite de morceaux pour piano qu'il avait intitulée *Papillons*. Clara l'avait entendu fredonner gaiement l'un des thèmes bondissants de l'ouverture alors qu'il entrait dans la cuisine pour le repas de midi. Il était si enthousiaste que, déclinant l'assiette de nourriture préparée pour lui, il n'avait rien pris d'autre qu'une tasse de café et un petit pain chaud, avant de vite repartir s'enfermer dans son bureau.

Pourtant, dans l'après-midi, Clara avait entendu sortir du bureau de son mari des grognements et des jurons, de plus en plus sonores et véhéments. L'inspiration lui faisait défaut, en avait-elle conclu. Ce qu'elle ignorait alors, c'était que le *la* obsédant était revenu, allant et venant sans cesse, qu'il s'approchait et s'éloignait comme des vagues sur le rivage, perturbant Schumann au point qu'il ne pouvait plus se concentrer sur sa mélodie.

Elle pensa qu'une tasse de thé pourrait l'aider mais, lorsqu'elle frappa délicatement à la porte du bureau, apportant une théière pleine et une brioche sur un plateau, il n'y eut aucune réponse. En ouvrant, elle découvrit qu'il avait disparu.

Lorsqu'il revint, ses enfants dormaient. Ses vêtements empestaient le cigare. Son haleine puait la bière. Il n'avait rien mangé depuis plusieurs heures, mais il refusa le souper qu'on lui avait tenu au chaud. Cette journée qui avait commencé dans tout l'éclat de la création allait se terminer dans les plus épaisses ténèbres. Selon les termes de Clara, plus qu'il ne se déshabilla, son mari abandonna ses habits sur le sol de leur chambre, après quoi il s'effondra sur le lit. Elle l'entendit marmonner quelque chose, il déclara que son corps et son esprit n'avaient jamais été aussi vidés de leur énergie, mais cela n'avait rien de nouveau pour elle. Chaque fois qu'il fumait et buvait trop, c'était la même chanson.

— Puis je me glissai sous les couvertures, continua-t-elle, moulue par la fatigue... Je n'avais pas pris la peine de lui souhaiter une bonne nuit parce que je le croyais profondément endormi... soudain il reprit vigueur et se jeta sur moi. Quand Robert est pris de désir, il est impossible de lui résister, donc malgré ma fatigue extrême...

— Madame Schumann, l'interrompis-je, très mal à l'aise, il n'est pas nécessaire de poursuivre. Je suis policier et non prêtre, et ce n'est pas à ce genre de confession...

— Ah non, inspecteur, non, protesta-t-elle d'une voix forte, couvrant la mienne, il est trop tard pour changer d'avis. Vous vouliez des détails... des détails précis...

— J'en ai entendu plus qu'assez, je vous assure...

— Mais nous avons à peine effleuré la surface, protesta-t-elle, et je suis sûre que le reste de ce que j'ai à vous raconter vous paraîtra non seulement éclairant, mais aussi amusant. Allons, soyons honnêtes : les secrets d'alcôve sont pour un détective ce que le miel est à l'abeille. N'est-ce pas, inspecteur ?

Je glissai vers le bord de ma chaise.

— Je ne trouve pas vos sarcasmes amusants, et je préfère remettre à plus tard la fin de cette conversation. Maintenant, si vous me pardonnez...

— *Attendez !*

Elle s'était avancée, si près de moi que je ne pouvais plus quitter ma chaise. Puis, sur un ton plus modéré, elle ajouta :

— Je vous en prie, j'ai quelque chose à vous montrer... quelque chose que vous devez voir de vos yeux.

Je me renfonçai sur ma chaise et la regardai ouvrir tout grand le dernier tiroir du bureau de son mari pour en sortir un épais volume. Sur la couverture en cuir noir était gravé en lettres d'or : "Agenda 1854."

Elle me le confia.

— Tenez, voyez vous-même. Allez-y, feuilletez.

— Mais c'est le journal intime du maestro Schumann...

— Depuis quand cela retient-il la police ? Je pensais que vous aviez votre fameux devoir à accomplir. Je vais vous aider, Preiss.

Elle m'arracha le livre des mains et le parcourut, tournant furieusement les pages. Elle finit par s'arrêter au premier jour du mois en cours.

— Avant que vous n'y posiez les yeux, permettez-moi de compléter encore un peu le tableau. Où en étais-je ? Ah oui... Robert est vautré sur moi et l'entreprise s'avère entièrement insatisfaisante pour tous les deux. J'ai l'impression qu'on me vide de tout mon sang, mais il refuse de s'arrêter. Je lui dis : "Robert, c'est la septième fois ce mois-ci et, une fois de plus, il ne se passe *rien*." Il me regarde, fronce les sourcils, et commence à contester : "Ce n'est pas la septième fois, Clara." Je réponds : "Oh, mais si. Ne prends pas cet air étonné."

"Comment peux-tu en être aussi sûre ?" demande-t-il. Puis, bien qu'il soit un peu dans le brouillard, il a une illumination. Il hurle presque : "Clara, tu as mis le nez dans mon agenda… dans mon journal intime !" Il me repousse brusquement et, un instant après, je le vois au pied du lit, debout dans sa chemise de nuit froissée. Il hurle encore, il tape du pied comme un enfant, il m'accuse de n'avoir aucun respect pour sa vie privée. Je lui signale que, après dix années de mariage et autant de grossesses, ses pensées intimes m'appartiennent autant qu'à lui.

Je lui avoue… pour la première fois, attention, inspecteur… que je sais ce que signifient tous ces F inscrits dans la marge de son journal. Il fait l'imbécile, prétend n'avoir aucune idée de ce à quoi je fais référence…

— A quoi faites-vous référence, madame Schumann ? demandai-je à contrecœur. En vérité, je souhaitais avant tout qu'elle mette un terme à ce récit. Mais cette faveur ne me serait pas accordée.

Elle poussa l'agenda vers moi et désigna la marge de la page ouverte devant moi.

— Tout cela me met très mal à l'aise, madame…

— Regardez ! Ne détournez pas les yeux, Preiss. Vous voyez ce qui ressemble à un F, même si on pourrait aussi y voir une double croche.

Je hochai la tête.

— Et ce qui est écrit en dessous, en tout petits caractères ?

— "Inachevé."

— Oui. "Inachevé." Je lui ai dit : "Robert, qu'est-ce que cela signifie ?" Il m'a répondu que c'était pour lui rappeler qu'il devait écrire une symphonie inachevée. Franz Schubert en avait écrit une qui connaît un immense succès et lui, Robert, se proposait donc d'en faire autant. Voilà le genre de plaisanteries dont mon mari est capable.

Elle tourna plusieurs pages et indiqua un F marginal similaire, sous lequel apparaissaient, toujours en caractères minuscules, les mots "une minute".

— Robert m'a soutenu que c'était pour se souvenir de composer une valse minute comme celle de Chopin, là encore parce que le public adore ce morceau et parce que cela pourrait être très rentable. Encore une des blagues de Robert.

Quelques pages plus loin, deux nouveaux F apparaissaient. Sous l'un, Schumann avait noté "Déception", en lettres si petites que mon nez faillit toucher le papier alors que je m'efforçais de déchiffrer l'inscription. Deux autres F me furent signalés, dont l'un était entouré d'un épais cadre noir, comme un faire-part de décès.

— Robert s'est mis à inventer d'autres excuses : c'était l'arrivée de l'hiver, saison qu'il déteste. C'était la visite imminente de mon père, individu qu'il méprise. C'était la perspective d'une nouvelle tournée, aspect de notre vie qu'il a en horreur parce que les voyages l'épuisent. Et puis, sans prévenir, il a poussé un cri terrifiant. C'était ce *la*, une fois de plus, a-t-il hurlé. Je lui ai déclaré que je trouvais cela ridicule, de se laisser ainsi anéantir par une hallucination qui détruisait non seulement sa vie mais aussi la mienne. A l'instant où j'ai évoqué les conseils des médecins, il a piqué une colère épouvantable.

Encore une fois, il a affirmé qu'il était victime d'un complot criminel... qu'on cherchait à le rendre fou. Le seul moyen de l'apaiser fut d'accepter, à mon corps défendant, de vous envoyer chercher, inspecteur Preiss.

— Et le lendemain matin, que s'est-il passé ?

— Je suppose que j'ai commis une erreur car, lorsque je lui ai reproché son comportement de la veille, que je jugeais absurde, il s'est de nouveau mis en rage et... eh bien, vous connaissez la suite.

Avec ce même regard imperturbable, elle ajouta :

— Brahms est mon unique soutien. Maintenant que je vous ai tout raconté, maintenant que je vous ai offert tous ces détails atroces, c'est à vous d'accomplir tout ce que la loi vous ordonne, je pense...

27

De retour au commissariat, je trouvai sur mon bureau le rapport de routine que mes collaborateurs rédigeaient tous les jours à midi, comportant un résumé des crimes découverts au cours des dernières vingt-quatre heures, et la liste des arrestations effectuées. J'en pris connaissance et j'y trouvai les habituels délits sans intérêt : vols à la tire, bagarres d'ivrognes, exhibitionnisme dans des lieux publics. Pas de quoi enflammer l'imagination d'un inspecteur. Je m'apprêtais à le jeter lorsque, à ma grande surprise, un nom me frappa, tout en bas de la page : *Walter Thüringer.* En face de son nom figurait le délit dont il était accusé : "Recel de biens volés, à savoir une paire de boucles d'oreilles en diamant, appartenant à une certaine comtesse Maria de Cecco, originaire de Rome en Italie." Thüringer avait été arrêté par l'agent Fritz Hesse, récemment engagé dans mon équipe, qui n'avait encore eu aucun cas sérieux à traiter, ni homicide ni viol, mais qui avait un flair de chien de chasse chaque fois que des bijoux disparaissaient.

Pas de chance, Thüringer, pensai-je. Puis, dans un soudain élan de compassion, je décidai d'aller lui rendre visite. Je me le représentais, prostré, horrifié, dans l'une des cellules de détention provisoire, dans les caves lugubres du commissariat, partageant son incarcération avec une demi-douzaine des habitants les moins ragoûtants de Düsseldorf.

Et c'est exactement dans cet état que je trouvai le pauvre diable.

— Preiss, s'exclama-t-il, Dieu merci, vous voilà !

— Thüringer, les gens m'appellent ici *inspecteur* Preiss.

Je ne voulais pas que ses compagnons de cellule nous prennent pour des intimes, mais j'eus un peu honte de ma mesquinerie. Je fis signe à un gardien de s'approcher.

— J'emmène cet homme avec moi dans la salle d'interrogatoire.

J'attendis un instant, le temps que Thüringer reprenne ses esprits dans la petite antichambre située au bout du couloir, puis je fixai sur lui mon regard le plus désapprobateur.

— Je sais ce que vous pensez, dit-il, mais je vous jure par tout ce que j'ai de plus sacré…

— Oh, je vous en prie, Thüringer ! Epargnez-moi le couplet sur "tout ce que vous avez de plus sacré". Vous en aurez besoin plus tard. J'ai lu le rapport de l'agent Hesse. Les boucles en diamant qu'il a repérées dans votre boutique correspondent parfaitement à la description de celles qui ont été volées dans la suite qu'occupaient à l'hôtel la comtesse et son mari, ce couple venu de Rome. Malheureux, vous n'avez pas honte ? Notre belle ville cherche désespérément à préserver sa réputation de Mecque culturelle pour les touristes... la ville natale de Heinrich Heine, rien de moins !... et pendant ce temps-là, avec vos complices par milliers, vous transformez Düsseldorf en un coupe-gorge infâme tel qu'on s'attendrait à en trouver à... à...

— A Rome ? suggéra Thüringer, désireux de m'aider.

— Merci beaucoup, ce n'est pas le moment de faire de l'humour.

— J'essayais seulement d'être utile. J'ai toujours essayé de me rendre utile, comme vous le savez bien, inspecteur, ajouta-t-il avec un sourire lourd de sous-entendus.

— Qu'insinuez-vous ?

Thüringer regarda par-dessus son épaule. Nous étions les seuls dans la pièce et la porte était solidement close. Il aurait fallu tirer le canon pour être entendu à travers les épais murs de pierre. Le vieillard voulut quand même s'assurer que personne ne nous écoutait. Il se pencha par-dessus la petite table en bois qui nous séparait, sur laquelle étaient étalés ses doigts blancs et osseux de bijoutier.

— Vous savez, inspecteur, que vous pouvez compter sur moi pour vous tenir au courant de tous les incidents suspects dont je suis informé...

— A part les incidents suspects dans lesquels vous êtes vous-même impliqué, bien sûr.

— Je vous l'accorde, concéda Thüringer sans se laisser démonter. Je détiens certaines informations qui pourraient vous être précieuses, et même très précieuses, mon ami.

— Du genre ?

— Eh bien, cela dépend.

Et il me lança de nouveau son sourire malin.

— Cela dépend de quoi, Thüringer ? Je manque naturellement de patience, et je n'en ai aucune pour jouer à ces petits jeux avec les gens qui se trouvent dans votre situation.

Il se rassit et croisa les bras, d'un air étonnamment assuré pour un homme sur qui planait la menace d'une peine de prison (le rapport de Hesse était digne d'une confiance absolue).

— D'abord, inspecteur, nous devons conclure… comment dire ?… un marché, oui, c'est le mot, un marché. Les boucles d'oreilles sont restituées à l'Italienne, après avoir été "égarées" à la suite d'une erreur bien innocente, quelque chose comme ça, je présente de copieuses excuses à la comtesse et je lui offre une jolie babiole pour la dédommager. L'accusation pesant contre moi est levée. Fin du problème.

— Et à moi, que m'offrez-vous en échange, Thüringer ?

L'homme garda le silence. Il me dévisageait par-dessus son lorgnon, se demandant sans doute avec raison s'il pouvait ou non me faire confiance.

— Que m'offrez-vous en échange ? répétai-je. Comprenez bien une chose : je ne me donne pas souvent le mal de rendre visite à un criminel arrêté. Voyez-y un privilège que je vous octroie, mais le temps presse.

Une fois de plus, il regarda bien inutilement par-dessus son épaule, puis se pencha par-dessus la table comme auparavant.

— Le nom de Wilhelm Hupfer signifie quelque chose pour vous ?

Mon visage ne trahit aucune émotion.

— Wilhelm Hupfer ? Qui est-ce ?

— J'ai appris, peu importe comment, que c'est un accordeur de pianos, figurez-vous. Combien croyez-vous que puisse gagner un accordeur de pianos, même le plus expert d'entre eux ?

— Je n'en ai pas la moindre idée.

— Un homme comme Hupfer a de la chance quand son revenu suffit à lui garantir trois repas par jour et un toit sous lequel dormir. Les accordeurs de pianos, même les meilleurs, ne se situent pas beaucoup plus haut dans la société que les cordonniers. Comment ce Wilhelm Hupfer a-t-il pu tout à coup devenir l'un de mes clients les plus fidèles ? Il y a quelques mois encore, j'ignorais son nom, je ne savais rien de lui, pas un seul petit ragot. Et voilà qu'il se met à venir chaque semaine dans ma boutique. Un jour il achète une épingle de cravate en diamant. Je me dis : ce genre de bonhomme possède-t-il seulement une cravate ? Une autre fois, ce sont des boutons de manchette en or, gravés à ses initiales. Puis une montre de gousset française à mouvement suisse, en or dix-huit carats. Deux ou trois jours, peut-être une semaine plus tard, il revient. Cette fois, c'est une bague, dix-huit carats encore, où est monté un saphir magnifique. Et ce n'est pas tout, mon cher inspecteur. Contrairement à beaucoup de mes clients, même les plus riches qui me paient souvent par chèque, Hupfer paie en liquide ! Oui, en vrais beaux billets allemands tout frais !

— Avez-vous songé que Hupfer a peut-être de la chance au jeu ? Ou bien qu'un oncle très fortuné vient de mourir et l'a choisi comme légataire universel ?

Certains Allemands… ils sont nombreux, vous seriez surpris… se sont récemment enrichis sur les marchés boursiers, pas seulement ici mais aussi à l'étranger. Il faut toujours accorder à un suspect le bénéfice du doute, Thüringer.

Un demi-sourire se forma sur les lèvres du vieux bijoutier.

— Je vous connais depuis trop longtemps, Preiss. Pas une seule fois je ne vous ai vu accorder à quelqu'un le bénéfice du doute.

— Et qui peut décider si ce Hupfer est suspect ?

— Allons, allons, inspecteur, je suis un vieux filou, et on ne trompe pas les vieux filous. Cet homme est forcément un voleur, un escroc ou un maître chanteur. J'ai du nez, vous pouvez me croire. Alors, Preiss, marché conclu ? Je ne supporterai pas de passer une minute de plus dans cet enfer, au bout du couloir. Tirez-moi d'ici et je vous donnerai les preuves concrètes qu'il vous faut pour confirmer ces soupçons. Dites-vous que je suis un petit poisson qui pourrait vous mener jusqu'à un requin.

Nous nous levâmes ensemble et Thüringer me tendit sa main droite.

— Marché conclu ?

28

J'entrepris aussitôt de remplir ma part du contrat que je venais de signer avec le diable, mais la tâche n'avait rien de facile. Pour commencer, je dus persuader mon zélé subordonné, l'agent Hesse, de renoncer à poursuivre le vieux bijoutier. J'y parvins par deux moyens : d'une part, puisque nous n'avions pas encore appréhendé le voleur en personne (ou la voleuse, d'ailleurs), rien ne prouvait que les boucles d'oreilles en diamant de la comtesse de Cecco avaient bel et bien été volées, et rien ne prouvait non plus que Thüringer avait *sciemment* accepté des biens dérobés ; toute accusation contre Thüringer était donc prématurée et risquait de tourner court. Un tel échec rejaillirait sans aucun doute sur l'ensemble de la police, et sur Hesse en particulier, ce qui serait dommage, compte tenu de son parcours sans faute jusqu'ici. D'autre part, j'appris à Hesse que j'envisageais sérieusement de le transférer dans le service chargé des crimes plus sérieux (assassinats, viols, enlèvements) ; ses capacités seraient alors, j'en étais sûr, bien plus mises à l'épreuve que lors des enquêtes qu'il avait eu à mener jusqu'ici. Le jeune Hesse sortit de mon bureau sur un nuage, enthousiasmé à l'idée de cette promotion prochaine. Il jura de retrouver les bijoux dès que Thüringer aurait été relâché, après quoi il veillerait personnellement à les remettre à la comtesse, accompagnés du "cadeau" que le bijoutier jugerait bon d'offrir pour satisfaire cette aristocrate italienne.

Ce ne fut pas le seul défi que j'eus à affronter. Une copie des rapports de mes subordonnés était en général fournie au commissaire. La plupart du temps, mon supérieur hiérarchique, fort préoccupé de sa retraite à venir et de la pension qu'il toucherait, n'accordait à ces documents qu'un regard hâtif avant d'y apposer ses initiales pour attester qu'il y avait jeté un œil, puis les papiers revenaient dans mon bureau pour être archivés. Mais, ce jour-là, la chance n'était pas avec moi. Tout comme le nom de Walter Thüringer m'avait frappé lorsque je l'avais aperçu sur la page, il sauta aussitôt aux yeux de Schilling.

— Preiss, comment diable sommes-nous censés soutenir la réputation de notre ville, et même de toute la nation, quand des touristes innocents sont aussi cavalièrement délestés de leurs biens les plus précieux ? Et il ne s'agit pas de touristes ordinaires, loin de là : un comte et une comtesse, s'il vous plaît, d'après ce rapport.

Le commissaire me dévisagea à travers ses lunettes comme si j'étais le coupable qui dissimulait les bijoux volés.

— Permettez-moi de souligner que ces touristes viennent d'une partie du monde où l'on est habitué à ce genre de désagrément.

— Je suis bien d'accord, répondit le commissaire, mais, enfin, cela n'améliore en rien la situation de notre pays ! Ce Thüringer, ne vous ai-je pas entendu recommander sa boutique ? Si j'ai bonne mémoire, en plus d'une occasion vous avez mentionné son nom avec approbation. Ne me dites pas que vous fréquentez un homme qui exerce le métier de receleur !

— Monsieur, je ne dirais pas que je *fréquente* Walter Thüringer, mais je dois vous expliquer que nous avons, lui et moi, une relation qui sort de l'ordinaire. Etant donné sa branche d'activité, cet homme jouit d'un flair particulièrement développé chaque fois que le moindre effluve d'escroquerie flotte dans l'air. Grâce à sa collaboration, j'ai pu en quelques années appréhender une véritable armée de voleurs.

— Tout ça, c'est bien joli, grogna le commissaire, mais si cet individu est lui-même un criminel, il doit être traîné en justice, voilà tout. Je compte sur vous pour y veiller.

Je restai muet et Schilling fronça les sourcils, sentant mon hésitation.

— C'est bien, Preiss, vous pouvez disposer, à moins qu'il n'y ait encore autre chose.

Je m'éclaircis la gorge.

— J'ai donné l'ordre qu'on relâche Thüringer, monsieur. En fait, mon ordre a déjà été exécuté.

— Preiss, vous êtes fou ? Annulez donc cet ordre et faites en sorte que l'homme soit remis derrière les barreaux, la seule place dont il est digne.

Je conservai mon calme.

— Puis-je respectueusement rappeler au commissaire que j'ai, en tant qu'inspecteur, toute autorité sur ces questions et que j'ai le droit de garder en détention ou de libérer toute personne selon ce qui me paraît opportun au nom de la justice… et, en l'occurrence, j'ai exercé ce droit.

— Et puis-je vous rappeler que je suis responsable devant le maire de cette ville qui, ai-je besoin de le répéter, souhaite vivement que Düsseldorf soit considéré comme l'une des capitales culturelles d'Europe, et non comme une version allemande de Sodome et Gomorrhe. J'en ai déjà vu de toutes les couleurs parce que notre maire bien-aimé éprouve un intérêt personnel pour le meurtre de Georg Adelmann et ne peut comprendre pourquoi l'assassin court toujours.

Le commissaire Schilling se donna le temps de me contempler d'un air plus triste que furieux.

— Vous savez, Preiss, reprit-il en secouant la tête, je fondais de grands espoirs sur vous, mais vous êtes en train de devenir le roi des casse-pieds. Si vous voulez remonter dans mon estime, donnez-moi votre promesse… non, mieux encore, donnez-moi votre parole d'honneur que vous en avez terminé avec ce Schumann et que je peux compter sur vous pour vous attaquer au travail sérieux qui vous attend.

Cela ne m'engageait pas à grand-chose. Après tout, le travail "sérieux" se réduisait pour moi à un seul nom.

Hupfer… *Hupfer…*

Dans l'intimité de ma chambre, je psalmodiais le nom de Wilhelm Hupfer tout en feuilletant les pages de ma mémoire afin de me rappeler précisément où et quand j'avais vu cet homme. Je commençai à prendre des notes :

"Hupfer se présente chez le Dr Möbius, il entre au moment où je sors.

Hupfer se présente à nouveau chez les Schumann alors qu'ils sont partis se reposer quelques jours à Bad Grünwald, tandis que le professeur Wieck séjourne à Düsseldorf ; visiblement, les deux hommes sont pressés de se débarrasser de moi.

Quand j'interroge Hupfer dans son atelier sur la possibilité de désaccorder un piano, il se montre fort peu coopératif et j'ai la très nette impression qu'il ment."

Puis il y avait les questions qui m'obsédaient :

"Pourquoi, le jour du concert chez les Schumann, Hupfer consacre-t-il deux heures à accorder le plus ancien de leurs deux pianos à queue, alors que, ce soir-là, les pianistes n'utilisent que le plus récent, le Klems ?

Pourquoi raconte-t-il ensuite à Liszt ce qu'il a entendu ce jour-là chez Schumann (le fragment de conversation entre Clara et Brahms), et pourquoi précise-t-il à Liszt que Brahms a apparemment réglé le Klems lui-même avec ses propres outils ?"

Je fus interrompu lorsqu'on frappa doucement à ma porte.

— Inspecteur Preiss ? Un message pour vous, monsieur.

Je reconnus la voix de Henckel, mon concierge. Comme il le faisait toujours par habitude, il me demanda pardon pour m'avoir dérangé, puis me remit une enveloppe cachetée, où mon nom et mon adresse avaient été griffonnés avec rage.

— Qui vous l'a apportée ?
— Un monsieur. Celui qui est venu vous voir l'autre soir. Il était en voiture. Il est reparti sans un mot. Je suis vraiment désolé, monsieur.

Sachant que, Dieu sait pourquoi, Henckel aimait à se sentir coupable (même lorsqu'il n'avait aucune raison pour cela), je me montrai généreux : je refusai de lui pardonner.

Le message était rédigé avec la même hargne.

Preiss, il faut que je vous voie. Veuillez ne pas me tenir rigueur de ma grossièreté passée et des insultes que vous avez reçues de moi. J'ai désespérément besoin de votre aide !

La signature se limitait à des initiales : *"R. S."*

29

Impeccable, vêtue d'une robe simple mais élégante, Clara Schumann me salua d'un "Bonjour" poli lorsque j'arrivai le lendemain matin au 15, Bilkerstrasse. Comme c'était prévisible, Johannes Brahms se tenait à ses côtés. Il m'adressa un petit signe de tête, comme si j'étais le petit commis du boulanger venu livrer le pain.

— Mon mari vous attend dans le bureau, dit Clara.

— Vous savez donc qu'il m'a envoyé chercher ? m'étonnai-je.

— Bien sûr. Pensiez-vous que je m'opposerais à sa volonté en un pareil moment ?

— En un pareil moment ? Je ne comprends pas, madame Schumann.

Mon ton avait dû être un peu trop indiscret, car Brahms s'avança aussitôt.

— Clara... c'est-à-dire Mme Schumann... est accablée par le mal dont souffre le maestro. Un minimum de sensibilité de votre part ne serait pas malvenu, vous ne croyez pas ? En fait, inspecteur, votre temps précieux serait mieux employé si vous alliez directement dans le bureau où le maestro Schumann vous attend.

Il y avait alors quelque chose dans l'air, dans l'attitude de Clara Schumann et du jeune Brahms, qui sentait la manipulation, la mise en branle d'un processus qui ne pourrait plus s'arrêter.

Sans prendre la peine de frapper, j'ouvris la porte du bureau et je trouvai Schumann debout devant la cheminée. Il était habillé de pied en cap, une épaisse cape de laine sur les épaules. Dans la pièce se trouvaient aussi deux solides gaillards, en pardessus malgré la chaleur. D'une voix rocailleuse, Schumann leur dit :

— Laissez-nous, s'il vous plaît.

L'un d'eux protesta :

— Monsieur, nous avons reçu l'ordre formel de...

— Au diable vos ordres ! Je vous ordonne de nous laisser, sinon Dieu m'est témoin...

Les deux hommes se consultèrent du regard. Le plus grand se tourna vers moi d'un air suppliant.

— Nous devons prendre une voiture qui va arriver d'un instant à l'autre, inspecteur, et un long voyage nous attend.

— Sortez ! hurla presque Schumann.

Vu comme ils haussèrent les épaules, les deux acolytes étaient accoutumés à ce genre d'éclat. Sans un mot, ils quittèrent la pièce, observés par un Schumann méfiant.

— Et fermez la porte derrière vous, leur lança-t-il.

Une fois sûr de ne pouvoir être entendu, il déclara :

— Ce sont de vrais parasites. Ils s'accrochent à moi jour et nuit. Rendez-vous compte, Preiss : moi,

Robert Schumann, je n'ai droit à un peu d'intimité qu'aux toilettes, et encore, ce n'est pas certain ! Vous imaginez ce que je vis, espionné vingt-quatre heures sur vingt-quatre ? C'est à cause de ces abominables médecins. Même Clara et Johannes ont été forcés de se soumettre à la volonté collective de ces monstres.

— Mais, maestro, peut-être ne cherchent-ils qu'à… enfin, étant donné ce qui s'est passé…

— Ne m'interrompez pas, Preiss. Laissez-moi finir ce que j'ai à dire. Il faut que quelqu'un m'écoute. Les minutes sont comptées, voyez-vous ? Ils vont m'emmener. Aujourd'hui. D'un instant à l'autre.

— Vous emmener ? Où donc ?

— Ils appellent ça un hôpital, dans une ville nommée Endenich, quelque part près de Bonn, un établissement dirigé par un autre de ces charlatans, un Dr Richarz. Jamais entendu parler de lui. Mais je peux vous garantir que ce n'est pas un hôpital ; c'est un asile de fous. S'il vous plaît, Preiss, je vous en prie, empêchez-les d'agir. Regardez-moi : je ne suis pas un dément. Vous le savez, n'est-ce pas ? Tout ce que je veux maintenant, c'est travailler, être chez moi. Ne les laissez pas me faire ça. S'ils m'emmènent, je sais que je ne reverrai plus jamais Düsseldorf. Je vivrai en cage, et je mourrai en cage. Aidez-moi, Preiss.

Schumann avait les larmes aux yeux. Ses lèvres tremblaient. Les larmes ruisselèrent sur ses joues creuses. Sans rien ajouter, il me tendit la main droite, m'incitant à la prendre, à devenir son sauveur.

Je contemplai sa main comme si elle était détachée de son corps. J'étais absolument incapable de m'en saisir. Je songeai alors que, même s'il me restait encore cent années à vivre, je n'oublierais jamais ce refus de ma part, pas plus que je ne me le pardonnerais. Au lieu de répondre à Schumann ce qu'il souhaitait désespérément entendre, je dis :

— Savez-vous, monsieur, que Georg Adelmann a été assassiné ?

Je m'attendais à une manifestation de stupeur, suivie peut-être de protestations d'innocence. Après tout, n'était-ce pas la réaction typique des suspects ordinaires ? Je n'étais pas prêt à accueillir ce cri du cœur :

— Bon débarras ! Assassiné, dites-vous ? Eh bien, c'est une fin digne d'un maître chanteur et d'un voleur, selon moi. Certains pleureront peut-être sa mort, mais pas moi, pas un seul instant.

— Adelmann s'apprêtait à publier une biographie de vous, maestro. Vous devez bien avoir quelques regrets ?

— Des mensonges ! Voilà ce qu'il allait publier. Maintenant, il les publiera en enfer !

Schumann se calma un peu et poursuivit :

— En tout cas, Preiss, ne perdez pas de temps avec Georg Adelmann. Quand un homme est mort, il est mort, voilà tout. En revanche, je suis en vie, moi, et on me tue sans pitié, sans relâche. Et le pire, c'est que j'ai encore tant à donner. Croyez-moi, la musique s'approche des mystères impossibles à connaître et moi, Robert Schumann, j'ai vu ces mystères, je les ai entendus, je les ai touchés, à ma façon ! Vous comprenez, n'est-ce pas ? Je ne suis pas fou. Promettez-moi de vous opposer à cet exil. Et, cette fois, vous devrez tenir votre promesse, contrairement au jour où vous vous étiez engagé à récupérer mon manuscrit de Beethoven.

A quoi bon contester cette accusation ? Toutes les excuses que j'aurais pu lui offrir auraient confirmé Schumann dans l'idée que j'avais manqué à ma parole.

— Je verrai ce que je peux faire, maestro.

La porte du bureau s'ouvrit et Clara Schumann entra.

— Robert, mon ami, la voiture est arrivée.

Avec la soumission presque mécanique d'un être sans force ni espoir, Robert Schumann donna la main à sa femme et la laissa le guider jusqu'à la porte de la maison, où attendaient les deux gaillards.

— Mes plumes et mon papier... Ils sont bien emballés ? demanda-t-il à son épouse.

— Bien sûr, Robert. Et vos carnets aussi, avec vos esquisses les plus récentes.

— Clara, promettez-moi de veiller à ce que les aînés de nos enfants suivent bien leurs leçons de musique, surtout Marie, la chère petite. Et assurez-vous que le bocal posé sur l'écritoire soit bien rempli de pfennigs. Ils doivent avoir leurs récompenses, vous savez ! A propos, Clara, quand Marie maîtrisera les exercices de doigté que Karl Czerny a envoyés pour les enfants, je veux qu'on lui offre un thaler entier, qu'elle pourra dépenser à sa guise.

Schumann se tourna ensuite vers Brahms, en souriant à son protégé.

— Johannes, j'ai l'intention de composer une autre symphonie. Ce sera ma cinquième. J'ai déjà esquissé l'ouverture. Ce sera comme la *Cinquième* de Beethoven, mais en mieux, en plus mélodieux. Un de ces jours, mon cher Johannes, vous devrez vous-même essayer de composer une symphonie.

Brahms fit un pas en avant et donna à Schumann une rapide accolade.

— J'y viendrai peut-être quand j'aurai quarante ans, répondit-il.

— Quarante ans ! Mon Dieu, Johannes, j'en serai alors à donner la sérénade à Satan ! plaisanta Schumann, en lui tapotant affectueusement le bras.

Puis, tournant le dos à Clara et à Brahms, encadré par les deux gaillards, il se dirigea vers la rue.

Soudain, il s'arrêta et fit demi-tour pour héler sa femme.

— J'ai oublié quelque chose.
— Oublié quoi, Robert ?
— Il faut que j'aille le chercher.

Il joua des coudes et repartit dans la maison d'un pas résolu. Je le vis entrer dans le bureau, ouvrir le tiroir central de son écritoire et en sortir un objet que je reconnus seulement lorsqu'il le brandit en l'air, la mine triomphale.

— Mon fidèle diapason ! s'exclama-t-il comme s'il évoquait un être humain.

Aussitôt, mon regard croisa celui de Clara Schumann, mais nous n'échangeâmes pas un mot.

Une minute plus tard, Schumann et les deux gaillards étaient installés dans la voiture, prêts pour les six heures de voyage jusqu'à Bonn. Une minute de plus, et ils avaient disparu.

30

— Mais que feriez-vous sans moi, Hermann ?

Helena avait son habituel ton taquin lorsqu'elle me fit entrer dans le salon de son appartement modeste mais confortable.

— Votre message m'a donné l'impression que vous ne pouviez attendre de me voir.

Elle prit un instant pour m'examiner d'un œil critique.

— Je remarque que vous venez les mains vides, comme toujours. Un bouquet ne m'aurait pas déplu.

Elle avait oublié les boucles d'oreilles que je lui avais offertes, mais il aurait été de mauvais goût de ma part de lui en rappeler l'existence.

— Helena, que ferais-je sans vous ? Vous arrivez toujours à me rendre humble, et Dieu sait qu'un homme a grand besoin d'un peu d'humilité de temps à autre.

— Maintenant que vous êtes soulagé de ce poids, quelle est la véritable raison de votre visite ? me demanda Helena en me proposant une chaise.

— La voici.

Je tirai de mon manteau un grand mouchoir blanc et le dépliai pour révéler un diapason que je posai avec soin sur la table qui nous séparait.

— Un cadeau pour moi ?

— Pas vraiment.

— Tant mieux. Il est très sale, non ?

— Ce sont des taches de sang.

Helena se pencha pour l'examiner de plus près.

— Fascinant, déclara-t-elle sans le moindre enthousiasme.

— L'objet que vous êtes en train de contempler a servi à tuer un homme.

Son regard se troubla.

— Thé ou café ?

— Je n'ai pas le temps. En revanche, j'ai besoin de vos oreilles et de votre violoncelle.

— Vous semblez positivement aux abois, Hermann.

— Je subis une pression intolérable, Helena. Le commissaire, vous comprenez.

Elle éclata de rire.

— Ce vieux dinosaure édenté ?

— Ce vieux dinosaure édenté cherche par tous les moyens une excuse pour me renvoyer. Il prétend que je lui casse les pieds. Allez chercher votre violoncelle, nous avons une expérience à accomplir de toute urgence, vous et moi.

Elle sortit de son étui l'instrument couleur de miel, s'assit et disposa le violoncelle entre ses jambes, l'archet à la main.

— Et maintenant ?

— Faites-moi entendre votre *la*.

Helena souleva l'archet.

— Je vous en prie, Hermann, ne me dites pas que c'est encore à cause de Schumann !

Elle haussa les épaules comme pour signifier que c'était moi, et non Schumann, qui devenait fou, puis elle posa l'archet sur la plus mince des quatre cordes.

— Je suis un peu basse, je crois, ajouta-t-elle en fronçant les sourcils.

De la main gauche, elle se mit à tourner la cheville correspondante, tout en continuant à jouer de la main droite. Les sons ainsi produits ressemblaient aux miaulements d'un chat de gouttière. Elle finit par être satisfaite de la hauteur de son *la*.

— A présent, écoutez bien, s'il vous plaît.

Je pris le diapason et en frappai violemment la cheminée de marbre.

— Eh bien ?

Nouveau froncement de sourcils.

— Ce *la* me semble un peu haut. Pas trop, mais juste assez pour que ce soit gênant. Vous êtes sûr que c'est bien un diapason ?

— Ecoutez encore, rien qu'une fois.

Je frappai plus fort qu'auparavant.

— Vous aurez beau frapper jusqu'à la fin des temps, ce n'est pas un vrai *la*. Je vous accorde que la nuance est subtile, mais il est trop haut, c'est incontestable.

— Nous allons tester votre mémoire. Rappelez-vous la soirée musicale chez les Schumann. Diriez-vous que c'est le même *la* ?

— Attendez, je vais accorder ma corde selon votre diapason. Frappez à nouveau.

Helena eut la même réaction que précédemment.

— Cela ressemble beaucoup au *la* sur lequel nous nous sommes accordés ce soir-là, chez les Schumann, mais quel rapport avec un meurtre ?

Je rangeai le diapason dans le mouchoir.

— Désolé, ma chère, répliquai-je de mon air le plus secret. Il m'est impossible de divulguer les circonstances d'un cas sur lequel une enquête est en cours. De toute façon, je pensais que vous trouviez tout cela plutôt ennuyeux.

— Quel lien y a-t-il entre ce diapason et un meurtre ? Arrêtez de me torturer, Hermann !

— Fort bien, mais tout ceci devra rester entre nous jusqu'à nouvel ordre. J'ai trouvé ce diapason sous le corps de Georg Adelmann. J'avais des raisons de croire qu'il appartient à Schumann, qui s'en est servi comme arme pour attaquer Adelmann, lors d'une crise de rage.

— Mais comment un homme tel que Schumann aurait-il pu être poussé à commettre une action aussi terrible ?

— Il avait appris qu'Adelmann rédigeait une monographie sur sa vie et sa carrière, dans laquelle figureraient des allusions, et même des références très précises, à certaines activités homosexuelles auxquelles il s'était adonné dans sa jeunesse. Pire encore, Schumann était convaincu qu'Adelmann lui avait volé un manuscrit de Beethoven, peut-être lors de la fameuse soirée musicale.

— Hermann, vous dites que vous aviez des raisons de soupçonner Schumann...

— Oui, mais je pense désormais que Robert Schumann n'a pas tué Adelmann.

— Alors qui est l'assassin ?
Je ramassai le diapason ensanglanté.
— Le propriétaire de cet objet.
— C'est-à-dire ?
— Wilhelm Hupfer.

31

Je ne pourrais confondre Hupfer sur la simple base de ce diapason. Cette unique pièce à conviction devait, pour le moment du moins, être considérée comme purement indirecte, et en tout cas insuffisante pour entraîner des aveux spontanés. Il fallait que je m'assure du motif pour lequel Hupfer avait tué Georg Adelmann. Je dois reconnaître que j'avais une grande dette envers Walter Thüringer. C'est lui qui m'avait donné la clef : la cupidité de Hupfer. Cet homme avait dû recevoir, d'une manière ou d'une autre, des sommes considérables en liquide. Mais de qui ? et pourquoi ?

J'ouvris mon carnet à une nouvelle page et j'y inscrivis une liste de noms par ordre alphabétique :

Adelmann
Brahms
Liszt
Möbius
Schumann (Clara)
Wieck

Je plaçai mon calepin en équilibre contre une pile de livres, me renfonçai dans mon fauteuil et contemplai la liste. Avais-je oublié quelqu'un ? Tout artiste de la stature de Robert Schumann devait avoir de nombreux rivaux, ennemis et critiques ; pourtant, il me semblait que seules les personnes dont j'avais mis le nom noir sur blanc avaient avec lui un lien suffisant pour compter parmi les suspects. Un par un, j'envisageai leur cas.

Adelmann ? Aurait-il payé Hupfer pour saper le moral de Schumann, afin que le malheureux soit finalement poussé au suicide ? Adelmann était sur le point de publier une biographie qui aurait sans doute été très agréable à lire (et très rentable). Il lui appartenait assurément de faire tout ce qui était en son pouvoir pour prolonger la vie du compositeur, et non pour l'écourter. Je plongeai ma plume dans l'encrier puis traçai une épaisse ligne noire par-dessus le premier nom de la liste.

Brahms ? Non. Trop jeune, et donc pas assez riche pour avoir de quoi donner de grosses sommes à Hupfer. Par ailleurs, peut-être m'avait-il dit la vérité quant aux limites de ses sentiments pour Clara Schumann, après tout. Le nom de Brahms fut donc rayé de la liste.

Franz Liszt ? Un ennemi juré pour des raisons artistiques, oui. Mais trop imbu de sa propre supériorité pour risquer de se laisser entraîner dans un crime crapuleux. Le grand homme avait l'habitude des tribunaux civils (les procès pour rupture de promesse de mariage et factures impayées avaient fait de lui un accusé professionnel), mais il était absurde d'imaginer que Liszt aurait délibérément adopté une conduite susceptible de lui valoir plusieurs années de prison. Son nom fut donc éliminé, lui aussi.

Le Dr Paul Möbius ? Je supposais fortement qu'un jour, sans doute quand nous ne serions plus de ce monde, ni lui ni moi, le milieu médical en viendrait à le considérer comme un impardonnable escroc. Mais peu importait, au fond. L'essentiel était que, en ce moment, la plupart de ses collègues le prenaient au sérieux et qu'il se prenait lui-même très au sérieux. Obsédé par sa prétendue théorie de la maladie mentale et de ses liens avec la créativité artistique, il voyait Robert Schumann comme un sujet d'expérience, comme un cobaye, en somme. Sa remarque adressée à Helena Becker me revint à l'esprit, sur les peurs qui deviennent réalité. De toute évidence, le docteur était intrigué par cette idée, surtout en relation avec Schumann. J'en conclus donc que Möbius avait tout intérêt à ce que Schumann reste en vie, et son nom fut à son tour supprimé d'un trait de plume.

Etait-ce Clara Schumann qui remettait à Hupfer de coquettes sommes en liquide ? Peu probable. Chaque thaler gagné par cette femme servait nécessairement à nourrir, à vêtir et à loger sa famille. Avec son mari hors d'état de travailler, il ne devait pas y avoir d'argent à perdre. Certes, chaque fois que leurs yeux se rencontraient, l'étincelle entre Clara et Brahms était flagrante, comme lorsque je les avais vus ensemble pour la première fois. Même si mes interrogations et mes doutes à leur sujet commençaient à lézarder mon raisonnement, je ne pouvais imaginer qu'elle ait pu, seule ou avec lui, trouver tout l'argent que Hupfer dépensait à la bijouterie Thüringer. Le nom de Clara

Schumann fut donc rayé comme les autres avant le sien.

Restait un nom en bas de la liste : le professeur Wieck. Je prononçai ce nom plusieurs fois, et chaque fois je me surpris à ajouter "le dernier mais non le moindre". En effet, c'était le dernier, mais certainement pas le moindre !

Une autre idée me traversa l'esprit : Hupfer s'était présenté au 15, Bilkerstrasse, alors que Wieck se trouvait justement dans la maison, tandis que les Schumann étaient fort à propos partis pour Bad Grünwald…

Puis quelque chose me frappa, quelque chose qui n'avait pas retenu mon attention sur le moment : Hupfer était arrivé sans la trousse de cuir contenant ses outils. Quel pouvait donc être le but de sa venue ? S'il se présentait sans matériel, n'était-ce qu'une visite de courtoisie ? Ou bien Hupfer était-il venu chercher l'argent que lui donnait Wieck ?

32

J'expliquai clairement que mon programme devrait être suivi à la lettre, à commencer par ce message que la fidèle gouvernante des Schumann porterait à Willi Hupfer sur le coup de midi. Homme aux habitudes immuables, selon Clara Schumann, Hupfer serait alors revenu de son travail et attablé pour son grand repas de la journée.

— Je dois vous avouer qu'il n'était pas content, madame Schumann, pas content du tout, relata la gouvernante une fois de retour. Il a répondu qu'il était très occupé, et même trop occupé. J'ai fait semblant de ne pas entendre, mais il a lâché un juron que je n'oserais pas répéter.

— Oui, oui, mais va-t-il venir ? demanda Clara.

La gouvernante haussa les épaules, comme pour dire : "Qui sait ?"

Une heure plus tard, Clara eut la réponse. Hors d'haleine, le front plissé par l'exaspération, Wilhelm Hupfer fut introduit dans le salon des Schumann.

— Willi ! s'exclama Clara, bondissant de son tabouret de piano, Dieu merci, vous voilà !

En voyant autour de lui les membres du Quatuor de Düsseldorf déjà réunis dans la pièce, il parut étonné.

— Je ne m'attendais pas à vous trouver tous ici.

— C'est la preuve de votre importance, dit Clara en le débarrassant de son manteau, qu'elle plia et posa avec soin sur le dossier d'une chaise. Nous étions absolument paralysés, tous les cinq. Vous êtes bien le seul, Willi, à pouvoir nous sauver.

— Vous me flattez, madame, protesta Hupfer qui se dégelait lentement.

— Je vous assure, ce n'est pas une vaine flatterie, insista Clara avant de se tourner vers les membres du quatuor. Que ferions-nous sans notre génie technique !

Les quatre musiciens y allèrent à leur tour de leurs éloges extravagants.

Au lieu de réagir avec un mélange de gratitude et de fierté comme c'eût été prévisible, Hupfer manifesta une modestie exceptionnelle en rappelant à ses admirateurs qu'il s'efforçait toujours de faire de son mieux, mais ajouta bien vite :

— Pourtant, Dieu sait qu'il m'arrive parfois de ne pas être à la hauteur, parce que j'exige trop de moi-même.

Tous les présents hochèrent la tête pour témoigner de leur sympathie et Clara eut cette repartie :

— Ah, mais Dieu sait avec quelle opiniâtreté vous persévérez, aussi en serez-vous peut-être récompensé dans l'au-delà.

A cette supposition optimiste, Hupfer répliqua par un mouvement dédaigneux.

— Peut-être bien, mais je ne compte pas là-dessus. Et maintenant, s'il vous plaît, au travail.

Reprenant son attitude professionnelle, il posa le cartable en cuir contenant ses outils à côté du piano à queue Klems.

— Je vous avais prévenu à propos de cet instrument, le maestro et vous, madame Schumann, dit-il du ton d'un maître d'école qui gronde un élève inattentif.

Savourant l'attention de cinq âmes dépendantes suspendues à chacun de ses gestes, Willi Hupfer s'assit au clavier du Klems. Comme un virtuose prêt à donner un concert, il s'accorda une minute ou deux pour régler le petit banc, manipulant les boutons jusqu'à ce que la hauteur du siège rembourré lui convienne exactement. Il déplaça le banc vers l'arrière, puis un peu vers l'avant, jusqu'à ce que la pointe de ses chaussures atteignît les pédales sans difficulté. Il se frotta vigoureusement les mains afin de se réchauffer les doigts. Enfin, il leva le bras droit, plaqua les mains sur le clavier et joua assez lentement la gamme de *do* majeur sur les deux octaves supérieures du Klems. Vint ensuite une démonstration similaire sur les deux octaves inférieures. Il s'arrêta alors pour ménager son effet.

— Eh bien, je suppose qu'on en a pour son argent, déclara-t-il avec une moue pleine de mépris pour l'instrument. Les graves et les aigus sont supportables, au moins.

— Essayez la partie centrale, Willi, suggéra Clara.

— Bien sûr, vous comprenez que je ne suis pas responsable des problèmes que ce piano vous pose. Un Klems n'est pas un Bösendorfer, vous savez.

— Je comprends, dit Clara avec déférence. Personne ne vous reproche quoi que ce soit, Willi. Pourrions-nous entendre le *la* central, à présent ? Mes amis ici présents (elle eut un hochement de tête en direction des quatre instrumentistes sagement assis)... Mes amis n'étaient pas tout à fait satisfaits de l'accord.

— Ah ? fit Hupfer. Et qu'est-ce qui est censé ne pas aller dans cet accord, si je puis me permettre ?

Une pointe d'aigreur perçait dans sa voix.

Le second violon, Martin Stollenberg, prit la parole.

— Il ne s'agit pas de ce qui est "censé ne pas aller" ; il y a réellement quelque chose qui ne va pas.

Dévisageant cet impertinent par-dessus ses lunettes, Hupfer lui demanda :

— Prétendez-vous, monsieur, avoir l'oreille absolue ?

— Pas du tout, répondit Stollenberg. Mais je sais bien quand une note est trop haute, et le *la* central de ce piano est incontestablement trop haut.

Les trois collègues de Stollenberg murmurèrent leur acquiescement, à l'unisson.

Les yeux sur la pendule, Clara insista :

— Willi, nous devons avancer. Nous avons un programme chargé à répéter pour dimanche. Auriez-vous la bonté de nous jouer le *la* central et de faire le nécessaire pour que nous puissions continuer ?

Et elle lui adressa un sourire charmeur.

— Vous me pardonnerez ma franchise, dit Hupfer en se levant. Je pense vraiment que vous vous torturez inutilement. Le plus ancien de vos deux pianos est un instrument bien supérieur. Le timbre est meilleur. Même en cas de tremblement de terre, les chevilles ne risquent pas de se desserrer et de lâcher les cordes. Pourquoi n'ai-je pas...

— Mais Willi, l'interrompit Clara, je vous ai expliqué dans ma lettre que le Klems convient beaucoup mieux à la musique de chambre, surtout dans le cadre d'une demeure privée. Rappelez-vous que nous ne jouons pas dans une salle de concert. *S'il vous plaît.*

Visiblement à contrecœur, Hupfer se rassit devant le Klems. Les membres du quatuor placèrent leurs archets devant les cordes et attendirent qu'il leur jouât la note. L'index droit de Hupfer frappa si doucement la touche qu'elle ne dégagea presque aucun son. Les instrumentistes ne tentèrent même pas de s'accorder. Le premier violon, Rudy von Schirach, feignant l'hilarité, lança à Hupfer :

— Allons, allons, cher maître, il faut nous jouer la note fortissimo ! Recommencez, s'il vous plaît.

Hupfer secoua la tête et répondit, très calmement :

— Vous commettez tous une grave erreur.

— Le *la*, Willi, demanda Clara d'une voix ferme. Et plus fort, cette fois.

— Cela va tout à fait à l'encontre de ma conscience professionnelle, rétorqua Hupfer en la regardant droit dans les yeux.

Revenant au clavier, il posa lourdement son index droit sur le *la* central.

— Vous voyez, dit Stollenberg, j'avais raison. Il est trop haut, ça ne fait pas de doute.

Clara s'approcha du Klems, derrière l'accordeur, puis plaça sans hésiter son propre doigt sur la touche du *la* central.

— Oh, mon Dieu, ce n'est pas possible. Prenez votre diapason et faites le nécessaire.

Elle se baissa, ramassa la sacoche de Hupfer et la lui remit.

— Le diapason, Willi…

Lentement, Hupfer détacha la ceinture qui encerclait la sacoche en cuir. Celle-ci s'ouvrit, dévoilant des outils rangés avec soin, chacun dans son étui spécifique. Le visage du technicien s'assombrit.

— C'est très étrange. Il n'est pas là.
— Votre diapason ? s'enquit Clara.
— Oui. Je dois l'avoir laissé à l'atelier.

Hupfer secoua la tête, comme en colère contre lui-même.

— Je ne peux pas croire…

Pendant un moment, il maintint un silence gêné, puis se leva soudain.

— Je vous présente toutes mes excuses, mais si vous voulez bien patienter, je cours chez moi et…
— Inutile de vous donner cette peine, Hupfer…

Jusque-là caché dans le bureau adjacent, je venais de me glisser dans le salon et je l'avais hélé. Les portes coulissantes séparant les deux pièces avaient été laissées entrouvertes pour que je puisse observer son comportement depuis l'instant de son arrivée.

— Tenez… Voici votre diapason, dis-je en le brandissant en pleine lumière.

Hupfer fit mine d'être écœuré par sa propre étourderie.

— *Ach !* Où avais-je la tête ! J'ai dû le laisser tomber quelque part, dans ma précipitation à vous rejoindre.

Puis, se tournant vers Clara Schumann :

— Que ferions-nous sans la police ?

— Merci pour le compliment, *Herr* Hupfer. A propos, aimeriez-vous savoir où je l'ai trouvé ?

Je scrutai le visage de Hupfer, à l'affût du moindre signe de surprise, mais je n'en vis aucun, à ma grande stupeur.

— Qu'importe où vous l'avez découvert ? L'essentiel, c'est qu'on l'ait retrouvé.

Il s'avança vers moi, la main tendue, mais je me hâtai de mettre l'objet hors de sa portée, avec un sourire énigmatique.

— N'avez-vous pas la moindre curiosité de savoir comment j'ai récupéré votre diapason ?

— Je vous en prie, inspecteur, nous n'avons pas le temps de jouer aux devinettes.

— Nous ? Vous voulez dire que vous n'en avez pas le temps. Très bien, *Herr* Hupfer, moi non plus je n'ai pas le temps de jouer.

— Parfait. Mon diapason, s'il vous plaît.

— Mais, d'abord, permettez-moi de vous expliquer où je l'ai trouvé…

— Je le répète, peu importe !

— Dans l'appartement de Georg Adelmann, Hupfer, voilà où je l'ai trouvé. Peut-être pouvez-vous nous expliquer votre présence chez lui, sachant que, parmi les innombrables trésors dont Adelmann avait su s'entourer, la seule chose qu'il n'ait jamais eue était un piano.

— Je ne sais pas à quoi vous faites allusion. Tout bien réfléchi, je ne suis même pas sûr que ce que vous tenez soit bien mon diapason. Tous les diapasons se ressemblent.

— Celui-ci a une caractéristique spécifique. Si vous me permettez…

Je frappai le diapason contre le pupitre de Helena.

— Voilà ! s'exclama Rudy von Schirach, c'est le *la* sur lequel nous nous sommes accordés le soir du concert.

— Vous êtes sûr, von Schirach ? demandai-je sans détourner mon regard de Hupfer.

— Sûr ? Je serais prêt à parier mon Guarneri del Gesù !

33

Nous étions dans la salle d'interrogatoire, au fond des entrailles du commissariat, en tête à tête, Wilhelm Hupfer et moi. Il était inconfortablement perché sur le bord d'un austère banc en bois, face à moi, ce même banc où, quarante-huit heures auparavant, Walter Thüringer (désormais mon témoin clef, en un sens) avait acheté sa liberté en m'informant des emplettes extravagantes de Hupfer. Depuis le jour où j'ai découvert cette salle humide et sans fenêtre, alors que je n'étais qu'un tout jeune policier, j'y vois le vestibule de l'enfer, le point de contrôle où les références d'un criminel sont attestées une dernière fois avant qu'il ne gagne définitivement les flammes éternelles. D'ailleurs, à la lumière vacillante des lampes à gaz qui offrent l'unique éclairage, même les saints de passage ont l'air de pécheurs.

Wilhelm Hupfer n'avait pourtant rien d'un saint. Loin de là.

— Ce diapason, Hupfer... vous l'avez trafiqué, non ? vous l'avez rendu juste un peu trop aigu, pour qu'un homme comme Schumann devienne fou en l'entendant, ou en se rappelant ce son, pas vrai ?

En posant la question, je brandis le diapason de telle sorte qu'il lui touche presque le nez.

— Regardez, Hupfer. Vous voyez, l'une des lames a été limée de manière quasi imperceptible. Ça se voit à peine. En fait, il faut passer le doigt sur chaque lame pour se rendre compte que l'une est différente de l'autre.

Rudy von Schirach m'en avait offert la démonstration et j'invitais maintenant Hupfer à vérifier l'instrument.

— Tenez, essayez vous-même…

— Non, non et non ! Von Schirach se trompe !

— Vous saviez, n'est-ce pas, que Schumann souffrait d'hallucinations auditives, puisque vous étiez en contact avec le médecin qui le soignait, le Dr Möbius ? Et vous saviez, Hupfer, que ces hallucinations seraient aggravées si vous désaccordiez ses pianos, ai-je tort ?

— J'ignore tout de ces fariboles. Et je n'ai jamais entendu parler du Dr Paul Möbius.

— Alors comment savez-vous qu'il se prénomme Paul ?

— J'ai dit Paul ?

— Non seulement vous avez dit Paul, mais permettez-moi de vous rappeler qu'un matin, il y a très peu de temps, alors que je sortais de chez le docteur, vous y entriez vous-même. Pourquoi ?

— Je n'en ai absolument aucun souvenir, prétendit Hupfer.

Pourtant, tous les signes classiques du mensonge étaient présents : il se mordait les lèvres, il avait le regard fuyant et des veines en saillie sur les tempes.

— Dites-moi, pourquoi avez-vous tué Georg Adelmann ?

— Je n'ai pas assassiné Adelmann ! cria-t-il. Vous devez me croire !

— Et pourquoi devrais-je vous croire, Hupfer ? Vous m'avez déjà menti deux fois : la première, à propos de votre diapason, et la seconde, au sujet de vos relations avec le Dr Möbius. Alors pourquoi devrais-je vous croire ?

— Parce que je vais maintenant vous révéler une chose qui vous montrera que je dis la vérité.

— Allez-y. J'attends.

— Je ne suis pas un assassin, inspecteur. Je n'avais aucune raison de tuer Adelmann. Je n'ai pas même le souvenir de l'avoir rencontré, même si nos chemins ont pu se croiser... peut-être chez les Schumann, peut-être ailleurs, qui sait. Mais vous avez raison, il existait bel et bien un complot visant à anéantir Schumann, et j'avoue en avoir fait partie, même si je n'en suis pas l'auteur, je le jure devant Dieu.

— Alors qui a conçu ce projet ?

— Wieck... le père de Mme Schumann... c'est entièrement son idée. Wieck et le Dr Möbius, ils étaient devenus très proches, au point que Wieck connaissait toutes les théories de Möbius sur les hallucinations, surtout celles du maestro Schumann. Et voici pourquoi j'ai été mêlé à cette affaire : sachant combien Schumann avait l'oreille sensible, Wieck a pensé qu'on pourrait le rendre fou en aggravant ses problèmes mentaux grâce à ma capacité à manipuler l'accord de ses pianos. Ce qui explique pourquoi

Schumann se plaignait sans cesse de ce *la* qui l'obsédait.

Je voulus savoir comment Wieck avait pu maîtriser les compétences techniques nécessaires à concocter ce plan.

— Tous ceux qui travaillent le piano depuis aussi longtemps que Wieck finissent par apprendre les bases en matière de son. Par exemple, le spectre auditif d'un être humain normal s'étend d'une vibration par seconde à vingt mille. Quand un piano est parfaitement accordé, le *la* vibre quatre cent quarante fois par seconde. Mais il y a aussi ce qu'on appelle les harmoniques. Si vous appuyez sur le *la* situé au-dessus du *do* central d'un instrument bien accordé, vous entendez le *la* fondamental à 440, mais ce n'est pas tout. Vous devriez aussi entendre une série d'harmoniques qui sont des multiples de 440… comme 880, 1320, 1760, 2200, et ainsi de suite jusqu'au quinzième ou même jusqu'au vingtième harmonique.

— En d'autres termes, si je joue une seule note, le résultat est un accord entier d'harmoniques ?

— Exactement.

— Il paraît donc logique, Hupfer, que, si l'on détruit l'accord en haussant le *la*, les harmoniques qui entrent alors dans des oreilles sensibles comme celles de Schumann deviennent non seulement agaçants, mais peuvent même rendre fou si le phénomène se poursuit assez longtemps. C'est bien ça ?

Hupfer baissa la tête. Je crus l'entendre murmurer "Oui".

— Pourquoi un homme de votre talent, de votre réputation, se fait-il le complice de tels agissements… Pourquoi ?

— Comme je vous l'ai dit dans mon atelier, l'interprète reçoit les hommages et l'argent. Mais un homme comme moi n'acquiert qu'une réputation. Wieck me payait bien plus généreusement que Schumann ne le voudrait ou ne le pourrait jamais.

— Mais les Schumann vous faisaient confiance, Hupfer. Ils vous appelaient "Willi", vous étiez comme un membre de la famille. Vous saviez – car vous étiez fort bien placé pour le savoir – combien Schumann était fragile du point de vue des émotions, vous connaissiez ses sautes d'humeur.

Hupfer me regarda dans les yeux.

— Vous pouvez penser de moi ce que vous voudrez, Preiss, mais je vous ai dit la vérité quant à mon rôle dans le complot de Wieck. Et je vous dis la vérité quant à la mort d'Adelmann. Le diapason est à moi. Mais je vous jure devant Dieu que *je ne l'ai pas tué.*

34

— Eh bien, Preiss, voyons si je comprends ce que vous mijotiez...

Avec les années, j'avais appris que la menace d'une crucifixion planait sur ma tête chaque fois que le commissaire Schilling usait de cette formule avant de passer en revue mes activités. Tout en manipulant mon rapport, un document d'une page contenant aussi peu de détails que j'espérais devoir en fournir, il s'éclaircit bruyamment la gorge à plusieurs reprises (je préfère ne pas imaginer ce qu'il avait dans la gorge) tandis que j'attendais ses ordres.

— Il semble tout d'abord que vous ayez jugé bon, sur votre propre initiative, comme toujours, de libérer le bijoutier Thüringer en échange de bribes d'informations de valeur sans doute suspecte, étant donné sa source.

— En fait, monsieur, ce n'est pas tout à fait... commençai-je à expliquer.

— Veuillez ne pas m'interrompre, aboya le commissaire. Walter Thüringer... voleur et receleur... c'est avéré, n'est-ce pas ?

— Oh, commissaire…
— Oui ou non ?
— Oui.
— Ensuite, après vous être donné le mal d'agir sur la base des informations du bijoutier et d'arrêter cet accordeur de pianos… comment s'appelle-t-il ?
— Hupfer, monsieur. Wilhelm Hupfer.
— Oui, Hupfer. Apparemment, un débauché, un pervers qui avoue – *il avoue, notez bien* – avoir été l'instrument d'un complot visant à rendre fou ce Schumann… c'est bien ça, jusqu'ici, Preiss ?
— C'est bien ça, monsieur.
— Bon, et qu'est-ce que vous faites alors ? Vous le libérez aussi, et vous le renvoyez à ses foyers ! Et pourquoi ? Sur quelle base ? Sous prétexte que la victime de ce funeste complot est enfermée dans un asile je ne sais où et n'est donc pas en position de déposer contre les coupables ! Depuis quand est-ce une raison pour ne pas mener des poursuites ?
— Si je puis m'expliquer, monsieur…
— Et vous m'interrompez à nouveau ! On ne m'interrompt pas, Preiss, c'est clair ?
— Parfaitement, monsieur.
— Je veux donc que vous examiniez ce prétendu rapport (Schilling lança la page en travers de son bureau) et que vous ayez la bonté de me dire ce qu'il contient au sujet de la seule affaire *d'importance* qui figure parmi vos missions. Je veux bien sûr parler du meurtre de Georg Adelmann. Je pensais que vous auriez eu le temps de trouver un suspect, une arme du crime, un mobile clair, peut-être même un ou deux témoins, certainement de quoi prouver au public que Düsseldorf n'est pas Hambourg, que nous ne tolérons

pas le crime et que nous ne dorlotons pas nos criminels. Mais qu'y a-t-il à ce sujet dans votre rapport, s'il vous plaît ?

— Rien, monsieur.

— Autrement dit, inspecteur, reprit Schilling en se penchant par-dessus son bureau pour récupérer la feuille de papier, ce bilan lamentable… deux hommes arrêtés, les mêmes individus relâchés… voilà tout ce que vous avez réussi à accomplir, pendant que celui qui a tué de sang-froid Georg Adelmann est peut-être en train de se régaler d'une oie rôtie et d'un bon vin de Moselle chez Emmerich. Et pire encore, peut-être qu'il rit sous cape !

— Pas vraiment, monsieur.

Le commissaire fronça les sourcils et les taches rouges de son visage prirent une nuance plus foncée.

— Pas vraiment ? Que diable entendez-vous par là, Preiss ?

— Je suis certain que celui qui a tué Georg Adelmann n'est pas en train de dîner chez Emmerich. Et je suis certain qu'il ne rit pas sous cape. Au contraire, il subit probablement des tortures bien pires qu'aucun des condamnés que nous avons envoyés en prison, vous ou moi.

— Vous vous exprimez par énigmes, constata le commissaire dont la rage montait peu à peu. Vous savez, Preiss, je soupçonne depuis toujours que, au fond, vous n'êtes qu'un romantique, mais toutes vos prétentions culturelles ne me trompent pas, non, pas une seconde. Il est évident que vous n'avez pas la moindre idée de qui a assassiné Adelmann, alors vous essayez de masquer votre échec derrière ce genre d'absurdités. Des tortures, maintenant !

Schilling émit par les narines un grognement sarcastique en me jetant une fois de plus mon rapport au visage.

— Dites-moi une chose, Preiss, voyez-vous une raison valable que j'aurais, ici et maintenant, pour ne pas vous chasser de la police ?

Je méditai quelques instants sur la question.

— Eh bien ?

Je pris encore un instant, puis je répondis :

— Le baron von Hoffman.

Schilling m'examina d'un œil méfiant, mais aussi un peu nerveux.

— Quoi, le baron ?

— Je signale simplement, monsieur, qu'il m'a récemment fait, à plusieurs reprises, certaines ouvertures...

— Des ouvertures ? Quel genre d'ouvertures ?

— Comme vous l'apprécierez sans doute, en ces temps de criminalité accrue, le baron et la baronne s'inquiètent pour leur sécurité personnelle ainsi que pour leur manoir, leur propriété et son précieux contenu. Et comme le baron est très accaparé par ses responsabilités publiques – vous vous rappellerez que, entre autres fonctions, il préside le comité qui détermine le montant des pensions de retraite pour les fonctionnaires comme vous – il n'a pas le temps de s'occuper de certains besoins personnels de nature urgente. Il lui apparaît que, avec votre accord bien sûr, il serait extrêmement profitable... je veux dire profitable pour lui et pour la baronne... que je sois chargé d'étudier les dispositions à prendre afin d'assurer leur sécurité, surtout lorsqu'il leur est nécessaire de voyager à l'étranger. Je suppose que cela ne vous dérangerait pas particulièrement, monsieur ?

Je donnai à cette dernière affirmation l'aspect d'une question, sachant fort bien quelle serait la réponse du vieil homme.

— C'est ce que veut le baron ? Eh bien (il s'éclaircit de nouveau la gorge)... Nous allons y réfléchir très sérieusement, non ? On ne peut pas négliger les souhaits de l'un de nos plus éminents concitoyens, n'est-ce pas ? Imaginez la honte qui rejaillirait sur notre belle cité s'il arrivait malheur au baron et à la baronne ! Très bien, Preiss, je compte sur vous pour me remettre avant la fin de la semaine un programme détaillé concernant les von Hoffman. Entre-temps, donnez-moi quelque chose, n'importe quoi, que je puisse présenter au maire à propos de cette fichue affaire Adelmann.

Il s'ensuivit un étrange moment de silence, et j'eus l'impression que le commissaire Schilling voulait en dire plus mais se retenait. Prudemment, je demandai :

— Le commissaire a-t-il d'autres instructions ? Sinon, je considère que je peux aller reprendre mon travail.

Le commissaire se leva et fit le tour de son bureau. D'un ton de confidence, il dit :

— J'y songe, Preiss, vous avez affronté une bande de gitans itinérants, il y a quelques jours.

— C'est exact, monsieur. Et cette bande n'avait rien de bien agréable.

— Oui, oui, acquiesça Schilling avec bienveillance. Des fauteurs de troubles, tous autant qu'ils sont, pas vrai ?

— Pourquoi mentionnez-vous cet incident ?

Baissant la voix encore un peu, Schilling répondit :

— Ce serait très commode... pour nous tous, vous comprenez... si nous pouvions signaler au maire qu'Adelmann a vraisemblablement été abattu par l'un de ces vagabonds qui ne couchent jamais deux nuits de suite au même endroit. Vous savez que les journalistes mènent en général une vie dissolue. Ils ont tous un peu de sang gitan. Vous comprenez, Preiss, je suis sûr.

— Parfaitement, monsieur.

— Alors, c'est bon, assez de temps perdu, hein ? Au travail !

Bien entendu, le baron von Hoffman ne m'avait nullement demandé de le protéger, lui, sa femme et leurs précieux biens. Mais il se montra aussitôt enthousiaste lorsque je lui soumis l'idée (ce que je mis un point d'honneur à faire moins d'une heure après mon entrevue avec le commissaire).

— J'admire réellement les gens comme vous, Preiss, dit le baron, radieux, en me donnant une tape amicale sur l'épaule. L'imagination, c'est elle qui donne à chaque homme sa place au soleil, n'est-ce pas ?

Je savais pertinemment que le baron avait hérité de sa place au soleil, mais à quoi bon couper les cheveux en quatre ?

— Merci, excellence. J'espère bien pouvoir rester à votre service pendant de nombreuses années encore.

— Et vous y resterez ! Un de ces jours, nous devrons trouver un successeur au commissaire Schilling.

Soyons honnêtes, cet homme mérite une retraite longue et paisible, vous êtes d'accord ?

Avec autant de générosité que j'en étais capable, j'approuvai :

— Le commissaire mérite mieux que cela, monsieur.

La main toujours sur mon épaule, le baron dit :

— Vous êtes un homme bon, Preiss. Il faudra que vous dîniez un soir avec la baronne et moi. Et surtout, vous viendrez avec votre charmante amie la violoncelliste...

— *Fräulein* Becker...

— Oui, tout à fait. Grande musicienne, cette jeune femme. Et pas déplaisante à regarder, hein ? Elle a produit sur moi une grande impression, le soir du concert chez les Schumann. A propos, il paraît que Schumann a dû être emmené dans un genre d'hôpital près de Bonn. A Endenich, quelque part par là. A ce que tout le monde dit, le pauvre homme a perdu la raison. C'est l'ennui avec tous ces créateurs, pas vrai ? Et puis toutes sortes de rumeurs circulaient aussi. Surtout au sujet de sa femme et de ce jeune Brahms.

Le baron m'adressa un sourire prudent.

— Vous en savez plus à ce sujet, Preiss ?

— Fort peu. Les problèmes domestiques de ce style ne sont pas vraiment du ressort de mon service.

— Bien sûr, approuva le baron en hochant la tête. Juste un peu de vaine curiosité de ma part. Enfin, les compositeurs vont et viennent, n'est-ce pas ? On en perd un, on en gagne un autre. Je suis assez vieux, Preiss, pour me rappeler la mort de Beethoven. Tout le monde gémissait et sanglotait, comme si le monde musical touchait à sa fin. Mais il a survécu, hein ?

A propos, y a-t-il du neuf pour le meurtre de Georg Adelmann ? Vous savez, la dernière fois que j'ai vu ce pauvre garçon, c'était au concert chez les Schumann. Je suis entré par hasard dans le bureau du maestro et j'y ai surpris Adelmann, tout seul, fasciné par une vitrine qui contenait un manuscrit original de Beethoven. Je suis sorti, mais apparemment Adelmann n'arrivait pas à s'arracher à la contemplation de cet objet. C'est étrange, comme une idée en amène une autre, non ?

— Vous n'imaginez pas à quel point c'est étrange, monsieur, dis-je avant de prendre congé.

35

En me raccompagnant jusqu'aux massives portes de chêne de sa demeure, où un valet me remit mon manteau, le baron von Hoffman m'arrêta soudain.

— J'espère que vous n'en prendrez pas ombrage, Preiss, mais je ne peux m'empêcher de remarquer que vous avez l'air épuisé. J'insiste pour que vous preniez une de mes voitures pour retourner au commissariat.

Je commençai à protester contre cette proposition beaucoup trop généreuse.

— Taisez-vous ! Laissez-vous faire !

La voiture s'avéra être une de ces superbes calèches anglaises dotées d'un attelage gigantesque et de sièges luxueusement rembourrés qui protègent le passager des désagréments dus aux pavés et au verglas. Je m'installai en me félicitant de cette bonne fortune. J'avais réussi à apprendre – certes par hasard – que, à un moment de la soirée musicale chez les Schumann, Georg Adelmann avait été vu par le baron, seul dans le bureau de Robert Schumann ; il avait donc toute liberté pour dérober ce précieux manuscrit de Beethoven qui le mettait en transe. Selon moi, le doute n'était plus permis : Adelmann m'avait menti et le manuscrit ne lui avait nullement été remis par Schumann, comme cadeau ou plutôt comme prix de son silence.

Mais le baron avait raison. J'étais épuisé, en effet, et je me laissai vite hypnotiser par le cliquetis des sabots des chevaux et le léger balancement du cocher perché devant moi. Mes paupières, de plus en plus lourdes, commençaient à se fermer. Je sentais que j'étais en train de m'endormir, dans la splendeur de ce véhicule confortable, lorsque soudain, comme si le fouet du cocher m'avait claqué en pleine figure, mes yeux s'ouvrirent, je me redressai et je m'entendis crier :

— Arrêtez ! Je vous en prie, arrêtez !

Obéissant aussitôt, le cocher se retourna sur son siège, un air inquiet sur son visage buriné.

— Je vous demande pardon, monsieur, je n'avais pas prévu d'aller si vite. Veuillez m'excuser...

— Non, non, ce n'est pas ça du tout. Il faut que je marche.

— Mais, monsieur, le commissariat est à au moins trois kilomètres...

Sans lui prêter la moindre attention, je descendis brusquement.

— Vous voudrez bien transmettre mes remerciements au baron.

— Mais, monsieur, protesta le cocher en levant les yeux au ciel, les nuages noirs qu'on voit là-bas vont crever d'une minute à l'autre et...

Je fouillai dans la poche de mon manteau et y trouvai plusieurs pièces, que je plaçai dans la paume du cocher.

— La pluie n'ose jamais tomber sur les inspecteurs de police, mais je vous remercie de votre sollicitude.

Je le regardai faire demi-tour en secouant la tête comme si j'étais fou de l'obliger à m'abandonner sous un ciel menaçant. Je me mis en route, d'abord d'un pas lent et mesuré, puis j'accélérai peu à peu, si bien que, à un demi-kilomètre du commissariat, je marchais avec entrain. Absorbé par mes pensées, je n'avais pas remarqué que mon chapeau et mon manteau étaient trempés, ni que l'intérieur de mes chaussures était inondé par l'averse que projetaient vers moi les vents du Rhin.

Une fois au commissariat, j'ignorai le salut que m'adressèrent par obligation les gardes postés à l'entrée et je gravis en un temps record les quatre volées de marches montant à mon bureau. A l'ordonnance en faction dans le couloir, je criai que, pendant une heure, je ne voulais être dérangé sous aucun prétexte.

— Même si le commissaire vous demande ? s'enquit le jeune homme étonné.

— Même si c'est Dieu en personne ! répliquai-je en claquant la porte derrière moi. Après quoi, pour être sûr qu'on me laisserait seul, je poussai le verrou, ce que je ne faisais pour ainsi dire jamais.

J'ôtai mon manteau et mon chapeau trempés et les jetai négligemment sur la chaise la plus proche. Une fois séchés, ils donneraient l'impression que je les avais gardés pour dormir, mais quelle importance ?

Je sentais mes pieds flotter dans mes chaussures mais, là encore, aucune importance.

Je m'assis à mon bureau et je posai bien à plat devant moi une grande feuille de papier. Je pris ma plume, la plongeai au fond de l'encrier pour bien la remplir, puis écrivis en gros caractères d'imprimerie :

ROBERT SCHUMANN A ASSASSINÉ GEORG ADELMANN

Je me renfonçai dans mon fauteuil pour contempler mon œuvre, la plume encore à la main. Je pesai les mots, en tenant la feuille à bout de bras, comme un enfant qui vient d'apprendre à écrire et qui admire ébahi sa première phrase.

Je reposai la feuille à plat, remplis à nouveau ma plume et biffai la phrase d'un trait épais. En dessous, j'inscrivis, toujours en gros caractères :

ROBERT SCHUMANN A TUÉ GEORG ADELMANN

Tout commençait à prendre tournure.

Je me souvins que Schumann avait acquiescé lorsque Liszt avait jugé le piano mal accordé. Pour se le prouver, Schumann avait dû s'emparer du diapason de Hupfer, sans doute en le tirant de la trousse à outils de l'accordeur sans méfiance. Constatant que le diapason avait été délibérément modifié, Schumann avait dû piquer une de ses rages, se consumant d'une colère qui était devenue inextinguible lorsqu'il avait constaté que son inestimable manuscrit de Beethoven avait disparu. Clara devait avoir contribué à l'embrasement en désignant Adelmann comme coupable, grâce à l'information que je lui avais confiée quant à la kleptomanie du journaliste. Cette suite d'événements menait à une unique conclusion.

Nouveau plongeon de ma plume dans l'encrier. Nouvelle phrase :

FLORESTAN A TUÉ GEORG ADELMANN !

Florestan, l'homme d'action que Robert Schumann abritait en son sein. Du moins selon la théorie du maestro lui-même, qu'il aurait voulu m'imposer si je l'avais eu devant moi, accusé d'un crime sinistre. Mais Schumann n'était pas ici, n'est-ce pas ? Non, il était sous bonne garde, enfermé dans une chambre particulière, dans un asile d'Endenich. Enfin, l'était-il vraiment, sous bonne garde ? Peut-être valait-il mieux penser qu'on s'était fort opportunément débarrassé de lui. Certes, il avait protesté haut et fort lorsqu'on l'avait emmené, l'autre jour, il m'avait supplié d'intervenir, en sachant sans doute fort bien que je ne pourrais ni ne voudrais interrompre le processus. Je me rappelai sa brusque capitulation lorsqu'il avait été escorté jusqu'à la voiture ; il avait insisté pour courir rechercher son propre diapason dans la maison, en veillant à ce que ce geste n'échappe pas à mon attention. En partant ce matin-là, Florestan souriait-il, content de lui ?

Lentement, avec précaution, je pliai ma feuille en deux, puis en quatre. Je me mis à déchirer la page en bandelettes, si nombreuses que, à la fin, j'avais créé un petit tas de minces nouilles de papier, assez semblables à celles qui flottaient à la surface de ce qu'on prétendait être de la soupe, dans mon enfance démunie. Je glissai ce tas dans une enveloppe que je rangeai dans la poche intérieure de ma veste, à côté du diapason de Hupfer.

Sur une nouvelle feuille, de mon écriture la plus soignée, je rédigeai le rapport suivant, à l'intention du commissaire :

12 mars 1854

Monsieur,
Je suis au regret de déclarer que, à ce jour, l'identité de l'individu responsable de l'assassinat de Georg Adelmann n'a pas été découverte. Hélas, aucun suspect n'a été découvert, pas plus que l'arme du crime. Malgré des recherches systématiques dans le voisinage immédiat, je n'ai pas non plus trouvé de témoin. En l'absence de moyens scientifiques permettant d'analyser la manière dont sont commis les crimes de cette nature, je peux seulement m'engager à continuer mon enquête avec toute la diligence nécessaire, dans l'espoir que le criminel finira par être appréhendé et traîné en justice pour recevoir la sentence qu'il mérite.
Bien respectueusement,

INSPECTEUR H. PREISS

Malgré l'inconfort, je remis mon chapeau et mon manteau encore humides jusqu'à la doublure, et je quittai mon bureau. En passant devant l'ordonnance, je lui signalai que je resterais absent jusqu'à la fin de la journée et je lui donnai mon rapport à transmettre au commissaire.

Du fleuve commençait à s'élever une brume qui se répandait à travers la ville, s'enroulant autour des vieux bâtiments qui bordaient ma route jusqu'au fameux pont d'où Robert Schumann (ou Florestan, ou

Eusebius, à votre guise) s'était jeté dans les eaux glacées du Rhin. Une fois sur le pont, je m'assurai qu'il n'y avait personne en vue. Ce temps affreux semblait avoir été commandé sur mesure.

De la poche intérieure de ma veste je sortis l'enveloppe et le diapason de Hupfer, ce dernier encore enveloppé dans un mouchoir. Je m'arrêtai pour jeter à nouveau un coup d'œil d'un bout à l'autre du pont. Je me penchai par-dessus la maçonnerie froide et mouillée de la balustrade, l'enveloppe et le diapason (déballé) serrés dans ma main. J'ouvris ma paume et en libérai le contenu. Je vis la fourche métallique frapper sans même la rider la surface de l'eau, noire et grêlée par la pluie, puis disparaître aussitôt. L'enveloppe atteignit elle aussi l'eau sans cérémonie, mais elle fut capturée par une vague et bientôt emportée, évoquant les bateaux en papier que je fabriquais, enfant. Très vite, elle devint elle aussi invisible.

36

Je quittai le pont d'un pas vif. Chaque claquement de mes talons résonnait sur les pavés comme le cliquetis régulier d'un métronome, le tempo correspondant à la sensation d'un travail urgent à terminer. Je hélai le premier fiacre que j'aperçus et lui indiquai ma destination. Le cocher remarqua que j'étais ruisselant et me lança un regard sceptique, comme s'il était impossible que je réside dans le quartier élégant où je voulais qu'il me conduise.

— Vous habitez là-bas, monsieur ?

Insolent coquin.

— Bien sûr que j'y habite !

Réduit au silence, le cocher se concentra sur son travail. Je m'installai dans le fiacre, heureux d'échapper enfin à l'averse impitoyable, et je me mis à réfléchir à l'acte que je venais d'accomplir sur le pont. J'avais délibérément violé la loi en détruisant des pièces à conviction, cela ne faisait pas l'ombre d'un doute ; pourtant, malgré les reproches dont je me couvrais, je n'éprouvais pas le moindre remords. Au contraire, ce qui m'obsédait plus que tout à cet instant, c'était l'ironie de la situation. Je m'éloignais sans retenue des étroites bornes de l'inspection pour dériver vers les zones obscures et non cartographiées de l'introspection. Je cherchais des raisons propres à justifier non seulement ce que j'avais fait... mais aussi ce que j'étais sur le point de faire.

Les vérités intérieures. Je souris tristement en me rappelant avec quelle énergie, avec quel mépris j'avais repoussé cette idée, pure folie romantique, invention de poètes dont un policier ne pouvait que rire. Le mobile, l'occasion, les moyens du crime... c'était là tout ce qui comptait. Du moins, c'est ce que je croyais jusqu'à ce que mon chemin croise et recroise celui de ce Schumann, *alias* Florestan. A présent, je cherchais avant tout un moyen de réparer les torts qui lui avaient été causés. Pour y parvenir, il me restait une tâche à accomplir : éliminer les papiers d'Adelmann, le premier jet de sa monographie sur la vie de Robert Schumann où il révélait des détails que le maestro s'efforçait désespérément de dissimuler.

A vingt mètres de chez Adelmann, j'ordonnai au cocher de s'arrêter, je le payai et j'attendis sur le trottoir que le fiacre eût disparu au coin de la rue. J'avais subtilisé à la logeuse d'Adelmann une clef de son appartement, au nom des "besoins officiels de la police", et je pus m'introduire sans être repéré. Par chance, il y avait malgré le temps couvert assez de lumière pour que je pusse procéder à une fouille approfondie. Je commençai bien sûr par son bureau : je vidai tous les tiroirs où il entassait apparemment jusqu'au moindre bout de papier qui lui était passé entre les mains. Mais je ne découvris pas le plus petit fragment consacré à Schumann. Je procédai ensuite au même rituel dans chaque pièce l'une après l'autre, sans rien laisser de côté. Je palpai chaque meuble, je tâtai derrière les rideaux, sous les tapis, je retournai même le sommier sur lequel il avait dormi. Pas un seul recoin n'échappa à mon examen attentif.

Les papiers n'étaient nulle part.

J'avais du mal à imaginer que, par une charité ou par une compassion exceptionnelle, Georg Adelmann eût volontairement détruit son travail en réaction aux exigences de Schumann. Par ailleurs, en tant que journaliste réputé, Adelmann s'enorgueillissait sans doute de ses recherches et aurait eu des scrupules à passer sous silence des faits qu'il jugeait essentiels, même s'ils pouvaient anéantir une réputation. Sans oublier qu'une présentation littéraire de la vie sexuelle de Robert Schumann aurait conquis un vaste public et rempli les poches d'Adelmann... au cas où elles n'auraient pas déjà été assez pleines d'objets dérobés.

Mais il y avait une autre possibilité. Et si la monographie d'Adelmann était tombée en de mauvaises mains, entre celles d'un professionnel du colportage de ragots, par exemple, qui les destinait à une large diffusion dans la presse ? En dehors des journaux et périodiques légitimes du pays, un nombre croissant de feuilles à scandale étaient apparues comme des champignons vénéneux dans de grandes villes comme Berlin, Hambourg ou Francfort, ces lieux où la curiosité malsaine ne connaissait guère de limites, non seulement parmi les masses mais aussi parmi les nouveaux riches. Je ne pouvais supporter l'idée que deux personnalités comme Robert et Clara Schumann, deux génies qui avaient jadis éclairé l'univers suprême de la musique, deviennent du jour au lendemain des objets de ridicule et de honte publique. Je me sentais maintenant sous le poids d'une obligation impérieuse d'avertir Clara de ce qui les attendait, son mari et elle. Une fois sorti de chez Adelmann, non sans avoir veillé à refermer la porte à clef, je partis tout droit pour le 15, Bilkerstrasse.

37

— Mme Schumann répète, me dit la gouvernante, mais je vais lui dire que vous êtes là, inspecteur.
— Ne vous dérangez pas. Je sais où la trouver, merci.

Je me dirigeai vers le salon, ouvris les lourdes portes de chêne et entrai bravement dans la pièce où Clara était assise devant le plus vieux des deux pianos à queue. Elle ne prit pas la peine de se lever, pas plus qu'elle ne cessa de jouer, alors qu'elle savait forcément que j'étais là (après tout, je ne passe pas inaperçu, et le salon des Schumann n'était pas si grand que ça). Elle était penchée au-dessus du clavier, la tête touchant presque les touches, dans une posture dont j'avais fini par apprendre qu'elle était coutumière. L'instrument et l'instrumentiste semblaient ne faire qu'un. Les doigts de la pianiste pressaient les touches plus qu'ils ne les frappaient. Sous le contact de ces mains (pour la première fois, je les trouvai étonnamment grandes pour une femme d'aussi petite taille), le piano répondait comme je n'aurais pas cru un instrument capable de le faire : il chantait, comme doté d'une voix humaine.

Soudain, elle s'arrêta au milieu d'une phrase. Je m'empressai de lui présenter mes excuses pour cette intrusion et pour mon aspect lamentable. Elle me lança un regard critique, sans me laisser la moindre illusion quant au jugement que je lui inspirais. Je me mis à balbutier de nouvelles excuses mais elle m'interrompit d'un ton ferme, avec un sourire narquois.

— Je vous en prie. Inutile de vous excuser, inspecteur. Düsseldorf semble avoir été choisi comme site d'un nouveau déluge. Cependant, ajouta-t-elle après une courte pause et avec un sourire un peu plus chaleureux, je dois l'avouer, vous avez tout l'air d'un passager de l'arche de Noé qui serait passé par-dessus bord.

— Puis-je vous demander ce que vous jouiez ? Je n'ai pas reconnu ce morceau.

— C'est une de mes compositions, sur laquelle je travaille depuis plusieurs mois… une suite de variations sur un thème de Robert que j'aime particulièrement.

— Pardonnez-moi mon ignorance, madame Schumann, mais j'ignorais que vous comptiez l'art de composer parmi vos nombreux talents.

Elle sourit d'un air mélancolique.

— Alors vous avez dû écouter mon mari, inspecteur. Robert s'est donné un mal fou pour décourager mes tentatives de composition, même si de temps en temps il lui est arrivé d'admettre que j'avais écrit quelque chose de "charmant". Avez-vous la moindre idée, inspecteur, de ce qu'on ressent lorsqu'on s'entend dire que l'on a produit quelque chose de "charmant" ?

— Je ne saurais l'imaginer. Dans mon domaine, assurément, un mot comme "charmant" n'est jamais employé et je soupçonne qu'il ne le sera jamais.

Se levant, elle me fit signe de la rejoindre devant la cheminée où nous nous assîmes face à face. Elle affichait une sérénité inattendue, mais je me sentais pour ma part profondément mal à l'aise.

— Je ne suis pas née d'hier, inspecteur. Vous n'êtes pas venu simplement pour écouter les bêlements d'une femme frustrée.

— Je ne sais par où commencer.

— Eh bien, je suppose qu'il faut toujours commencer par le commencement. Vous êtes désormais certain que notre ami Hupfer est coupable du meurtre de Georg Adelmann ?

— Je crains que non. En fait, voyez-vous, "notre ami" Willi Hupfer n'a pas assassiné Georg Adelmann.

Je guettai alors la réaction de Clara. Je crus voir ses yeux s'étrécir un peu.

— En réalité, madame... En réalité, je suis à présent tout à fait certain qu'Adelmann a été tué par quelqu'un qui a voulu faire croire à la culpabilité de Willi Hupfer.

— Eh bien, inspecteur, vous me surprenez. Je pensais que le but de votre petite démonstration si habilement mise en scène... Je veux parler de cette histoire de diapason... était de prouver incontestablement que Hupfer était l'assassin d'Adelmann. Vous l'avez même arrêté ici, sous nos yeux ! Maintenant vous prétendez que tout cet exercice fut inutile ?

— Pas entièrement. Un des mystères a bel et bien été résolu grâce à cette arrestation. Willi Hupfer a avoué être en partie responsable d'une série de faux accords délibérés, depuis quelques mois, qui ont exacerbé les hallucinations dont souffrait votre mari. La légitimité des plaintes du maestro ne fait donc plus aucun doute.

— Est-ce une manière de m'accabler de remords pour avoir cru imaginaires les maux dont se plaignait Robert ? Si c'est le cas, vous avez réussi, inspecteur.

— Je ne fais que vous exposer des faits avérés. Vos remords, comme tous vos sentiments, ne concernent que vous, madame.

— Vous dites que Willi avoue être *en partie* responsable. Seulement en partie ?

— Il avait un collaborateur, un homme que je décrirais comme le cerveau du complot. Ce "cerveau" connaissait bien les terribles dégâts que pouvaient causer ces hallucinations auditives aggravées. Il avait trouvé en Hupfer l'acolyte idéal pour se charger de l'aspect technique du projet. Et il avait veillé à payer grassement Hupfer, qui ne cachait pas son amertume d'être en général si peu récompensé pour son travail.

— Etes-vous libre de me dévoiler l'identité de ce collaborateur ?

— Hélas, madame, il m'est impossible de vous la révéler avec tact. Cet homme n'est autre que le professeur Friedrich Wieck… votre père.

Je m'attendais que cette annonce suscite chez Clara Schumann une réaction passionnée. Qui aurait pu la blâmer si, telle la *prima donna* de quelque opéra mélodramatique, elle avait alors juré en termes déchirants d'obtenir la plus sanglante des vengeances contre les malfaiteurs ? Mais non. Après une minute ou deux de silence complet, elle déclara, avec un calme stupéfiant :

— Vous êtes donc absolument sûr que Hupfer vous a raconté la vérité au sujet du rôle de mon père dans cette affaire ?

— Lorsqu'on exerce mon métier depuis assez longtemps, on finit par acquérir l'équivalent de ce que vous appelez l'oreille absolue. Hupfer disait vrai.

Elle marqua de nouveau une pause puis, du même ton impassible, conclut :

— Vous allez donc maintenant vous rendre à Endenich pour arrêter Robert.

Je trouvai étrange qu'elle formule la chose comme une affirmation et non comme une question. Il y avait même une pointe de résignation dans sa voix, comme si les faits avaient surgi noirs sur blanc : qui d'autre que Robert Schumann aurait eu le mobile, l'occasion et la force d'assassiner Adelmann ?

Je n'étais pas du tout prêt pour sa remarque suivante.

— Ce serait une grave erreur de votre part, inspecteur, reprit-elle en me regardant fixement. Une très grave erreur.

— Comment ça ?
— Robert n'a pas tué Georg Adelmann.
— Vous en êtes certaine ?
— Oui.
— Vous voulez dire que c'est votre opinion ?
— Ce n'est pas une opinion, inspecteur. C'est un fait dont j'ai connaissance.
— Dont vous avez connaissance ? Par qui ?
— Une connaissance de première main, inspecteur. C'est moi qui ai tué Georg Adelmann.

— Je vous demande pardon ?

— J'ai tué Georg Adelmann.

— C'est très noble de votre part, madame Schumann, de vouloir protéger l'honneur de votre mari, mais le coup qui a coûté la vie à Adelmann n'aurait pu être administré par une personne de votre stature physique.

Elle reçut cela comme une insulte.

— Regardez ces mains ! s'écria-t-elle en tendant ses deux mains vers moi, doigts déployés. Avez-vous une idée de la force qu'acquièrent des mains de pianiste ? De la force que doivent avoir nos bras et nos poignets ? Et même les muscles des épaules et du dos ? Par choix, j'évite de marteler le clavier comme Franz Liszt le martèle, mais je vous assure que mes mains et mes doigts sont d'acier au même titre que ceux d'un homme, qu'il soit pianiste ou non. Il m'a suffi de frapper un seul coup pour éliminer Adelmann.

— Il portait sur la tempe des marques indiquant que celui qui l'a tué...

— Pas "celui qui", inspecteur. C'est moi qui l'ai frappé...

— ... s'est servi d'un diapason ou d'un instrument fort semblable...

— Je vous interromps encore, monsieur. Le diapason que vous avez trouvé est celui que j'ai utilisé.

— Le diapason de Hupfer ?

— Oui. Pourquoi cela vous paraît-il si difficile à admettre ?

— Comment avez-vous pu vous procurer le diapason de Hupfer ? Ne me demandez pas de croire qu'il a soudain jailli de nulle part, madame. Les inspecteurs de police n'aiment guère les histoires de coïncidence.

Clara Schumann m'adressa un léger sourire.

— Inspecteur Preiss, je ne ferais jamais à votre intelligence l'affront de vous proposer des explications fantasques quant à la manière dont cet objet est arrivé en ma possession.

— Mieux vaudrait que la vérité soit simple. Je n'ai pas le temps pour autre chose.

— La vérité est toujours simple, n'est-ce pas, inspecteur ? Revenons en arrière, voulez-vous ? Vous vous souvenez, je vous ai appris que Willi Hupfer était un homme aux habitudes strictes. Sa vie est comme gravée dans la pierre. Vous avez vu à quel point il est méticuleux, une place pour chaque chose et chaque chose à sa place, comme on dit. Et c'est un homme fier. Vous avez eu assez de preuves de son orgueil. Mais l'orgueil mène à la suffisance, et la suffisance mène à la négligence, non ?

J'avais la désagréable sensation que Clara Schumann ne visait pas que Wilhelm Hupfer, mais que ses flèches m'étaient aussi destinées.

— Pour répondre pleinement à votre question sur le diapason de Willi, il faut remonter au soir du concert que nous avons donné ici. Rappelez-vous les derniers mots que Franz Liszt a prononcés avant de partir : le piano sur lequel j'avais joué était désaccordé.

— Oui, et vous avez protesté, votre ami Brahms et vous, avec une certaine véhémence, je dois dire, et vous avez continué à protester même après que votre mari est apparu sur la scène en admettant que Liszt avait raison. En toute franchise, j'ai eu l'impression que vous cherchiez surtout à détourner les soupçons, Brahms et vous, sans vous soucier de ce qu'il adviendrait du maestro Schumann.

— Vous n'avez qu'à moitié raison, inspecteur. Mes dénégations ne cherchaient pas à éloigner les soupçons de moi, mais plutôt à protéger Johannes. Après tout, compte tenu du tempérament de Robert, il ne lui en aurait pas fallu beaucoup pour conclure que Johannes participait au complot. Et cela, malgré toute l'affection que Robert a pour Johannes. Mes protestations étaient donc véhémentes, en effet. Non sans raison.

— Mais le diapason, madame Schumann...

— Un peu de patience. Je le répète, l'orgueil, la suffisance et la négligence vont inévitablement de pair. En voici la preuve.

Elle attrapa une feuille de papier posée sur le couvercle du Klems et me la tendit. La page arborait cet en-tête : "Wilhelm Hupfer, Maître Réparateur de Pianos."

— Vous remarquerez la date, le samedi de notre concert. C'est une liste détaillée de tous les travaux accomplis cet après-midi-là par Willi Hupfer. Une des nombreuses habitudes de Willi. Après chaque visite, il laisse un inventaire précis de chaque manipulation à laquelle il a dû procéder, si routinière fût-elle. C'est sa façon de nous montrer qu'il fait les choses à fond. C'est aussi un moyen subtil de nous culpabiliser parce qu'il s'estime sous-payé. Son écriture étant aussi impeccable que son travail, la lecture ne devrait vous donner aucun mal.

Je commençai à déchiffrer le document en silence.

— Non, inspecteur, veuillez la lire à haute voix.

Je lus donc :

— *"Le Klems donne des signes d'usure prématurée, dus à la médiocre qualité des pièces et de la fabrication !*

J'ai nettoyé le châssis, poli les chevilles, vérifié tous les marteaux et toutes les bandes de feutre.
J'ai resserré toutes les vis de mécanique.
J'ai poli tous les montants.
J'ai vérifié les ressorts des étouffoirs.
J'ai réglé les touches partout où c'était nécessaire.
J'ai recordé le LA *au-dessus du* DO *central (les cordes originales étaient trop molles pour qu'on les retende)."*

Je relevai les yeux.

— Je ne suis pas technicien, mais une question me vient immédiatement à l'esprit : pour un piano de fabrication médiocre, n'est-il pas étrange que, parmi les quatre-vingt-huit touches du clavier et les quelque deux cents cordes, les seules cordes qui aient nécessité un remplacement soient celles du *la* central ?

— Ce n'est pas la seule chose étonnante. Supposons qu'il faille commander un nouveau jeu de cordes. Pour notre Klems, le fabricant le plus proche est à Berlin. Cela peut mettre jusqu'à deux semaines pour que la commande soit livrée. En cas d'urgence, il faut donc se débrouiller avec les moyens du bord, en suivant un processus très complexe et très long. J'ai regardé faire Hupfer. Il prend d'abord un très long morceau de fil d'acier mince, il en aplatit les deux bouts à coups de marteau et forme une boucle à chaque extrémité, puis il accroche le fil à une machine qui tourne comme le tour d'un ébéniste. Puis il enroule un morceau de fil de cuivre autour du fil d'acier et il tresse les deux ensemble, en faisant passer le cuivre adroitement entre son pouce et son index de manière qu'il tourne en spirale autour de l'acier, pour le couvrir. Comme vous le savez, inspecteur, les cordes de piano ne poussent pas sur les arbres.

— Ce qui signifie que Hupfer n'aurait pu improviser la fabrication des nouvelles cordes du *la*.

— Exactement.

— Ce qui signifie aussi qu'il avait dû prévoir de les remplacer, bien longtemps à l'avance. Et peu importe que le recordage ait été nécessaire ou non. Mais je ne sais pas si c'est par négligence ou par stupidité pure qu'il a mentionné cette opération dans sa liste.

— Les deux à la fois, mais aussi par cupidité. Dans son désir de récolter jusqu'au dernier pfennig pour son travail et les matériaux fournis, il a commis l'erreur d'indiquer le remplacement des cordes du *la*. Dès que j'ai lu cet inventaire, j'ai compris qu'un mauvais coup se préparait.

— Quand avez-vous vu cette liste pour la première fois ? demandai-je.

— A la fin de notre soirée musicale, une fois tous les invités partis, Robert a piqué une de ses pires crises. Naturellement, il était indigné par la condescendance de Liszt envers notre musique. Il m'en voulait parce qu'il estimait que je n'avais pas surveillé comme il le faut l'accord du Klems, ou du moins parce que je ne l'avais pas testé après le passage de Hupfer. Il n'arrêtait pas de répéter que le *la* résonnait constamment dans ses oreilles. J'ai honte de l'avouer, j'ai fini par lui donner un verre de schnaps assez grand pour endormir tout un régiment. Ça a marché. Je suis alors entrée dans le bureau de Robert, j'ai trouvé la liste de Hupfer et sa facture. Dès que j'ai vu la dernière ligne... eh bien, vous pouvez imaginer le reste.

— Pourrions-nous revenir au diapason de Hupfer ?
— Ah oui, le diapason. Je vous avais bien dit, inspecteur, qu'il fallait remonter assez loin en arrière. Permettez-moi une petite démonstration.

Elle s'approcha du Klems et se planta devant le clavier. Levant la main droite à la hauteur de son visage, elle la fit descendre tout à coup et, de son index, frappa le *la* central avec une telle force que le son perça l'air comme un cri et me fit tressaillir. C'était le genre d'attaque qui aurait ébranlé même une forteresse aussi solide qu'un grand Bösendorfer.

— Maintenant, regardez encore, s'il vous plaît, dit-elle.

Elle leva de nouveau la main droite, cette fois un peu au-dessus de la tête, puis la baissa encore plus violemment. Son index s'enfonça sur la même touche d'ivoire comme un météore mordant dans une roche. Mais, au lieu d'une note, il n'y eut qu'un claquement sonore.

— Mon Dieu, qu'est-ce que c'est que ça ? m'exclamai-je.

Elle eut un sourire presque triomphal.

— Ça, dit Clara, c'est le bruit d'une corde de piano qui se détache de sa cheville.

— Très impressionnant. Vous vous livrez souvent à ce genre d'amusement ?

Elle secoua la tête.

— Je laisse ces extravagances à Franz Liszt. Chaque fois que Liszt fait éclater une corde de piano, un million de cœurs féminins se brisent. Les femmes adorent ce genre d'étalage viril. Mais venons-en au fait, inspecteur. Je crains d'occuper trop de votre temps.

— Oui, venons-en au fait, s'il vous plaît.

— Quand une corde est neuve, elle a tendance à s'étirer. Si le piano n'a pas bénéficié de plusieurs réaccords sérieux, pour que la nouvelle corde s'installe, une frappe trop forte peut la faire se casser. Comme vous venez de le constater, même une corde ancienne peut avoir cette réaction. Dimanche matin, après avoir pris connaissance de la facture de Hupfer, j'ai conçu quelques soupçons et j'avais besoin d'un prétexte pour l'appeler.

— Un dimanche ? C'est un peu inhabituel…

— Bien sûr. Mais je fis comme si c'était une question de vie ou de mort. Et je pris bien soin de stipuler que sa facture serait réglée à ce moment-là, avec les frais supplémentaires, pour me faire pardonner cette rupture du repos dominical.

— Et quel prétexte aviez-vous trouvé ?

— Rien d'autre que ce que vous venez de me voir faire. J'ai porté sur les cordes du *la* qu'il venait d'installer un coup qu'on put entendre d'un bout à l'autre de Düsseldorf.

— Et la corde a éclaté ?

— Comme une brindille sèche. Enfin, Willi s'est avéré capable de rattacher la corde, ce qui témoigne de son talent, car une corde fabriquée en usine n'aurait peut-être pas survécu à l'expérience. Willi a ensuite sorti son diapason, car il fallait réaccorder la corde, après quoi il a reposé le diapason dans sa trousse à outils. J'ai insisté pour qu'il reste, le temps de déguster une part de strudel chaud, qu'il adore. Tandis qu'il était occupé dans la salle à manger, je me suis tout à coup rappelé quelque chose que j'avais laissé au salon. Son cartable était ouvert, posé à côté du Klems. J'ai repéré le diapason, je m'en suis emparée et j'ai refermé la sacoche. Après le départ de Hupfer, j'ai testé le diapason et la nouvelle corde. Ai-je besoin d'en dire plus, inspecteur ?

— Vous avez laissé le diapason caché sous le corps d'Adelmann dans l'espoir qu'il mènerait les enquêteurs jusqu'à Hupfer. Autrement dit, vous avez agi avec toute la ruse et toute la préméditation d'un criminel endurci... ou du moins, c'est ce que vous voulez me faire croire.

— Inutile de vous montrer aussi sceptique, inspecteur. Il se trouve que vous avez tout à fait raison.

— Et la raison pour laquelle vous vous êtes rendue chez Adelmann ?

— Oh, cela me paraît assez évident. Je voulais qu'il supprime de sa monographie ces horreurs sur Robert. Je le lui ai d'abord demandé très poliment. Je me suis heurtée à un refus, sous le prétexte fallacieux qu'il ne voulait pas compromettre sa chère intégrité de journaliste. J'ai tenté de le raisonner. La raison échouant, j'ai essayé de plaider ma cause. Mon plaidoyer a également échoué. Je me suis humiliée, je l'ai supplié. Il m'a ri au nez, puis a formulé une remarque grivoise sur mes relations avec Johannes Brahms, il m'a accusée d'hypocrisie, de chercher à protéger la réputation de Robert alors que par ailleurs je le trompais. Finalement, j'ai *exigé* qu'il ne publie pas les passages les plus abominables de sa monographie. Là encore, il m'a ri au nez. Ce fut le dernier éclat de rire de Georg Adelmann.

Je me rassis dans mon fauteuil pour contempler cette femme, en secouant la tête de droite à gauche, muet de stupeur. Je finis par dire :

— En venant ici, je ne m'attendais pas à recevoir ces invraisemblables aveux.

— Alors pourquoi êtes-vous venu ?
— Pour vous mettre en garde.
— Me mettre en garde ? A quel propos ?
— La monographie d'Adelmann a disparu, elle est peut-être tombée en de mauvaises mains. Vous devriez peut-être vous préparer à…
— A un scandale ?
— Vous semblez étrangement résignée sur ce point, presque indifférente. N'ai-je pas été assez clair ? Enfin, si ces événements devenaient de notoriété publique…

Sans répondre, Clara se leva de sa chaise, traversa le salon et s'arrêta devant une énorme armoire en acajou qui occupait presque un mur entier, un meuble haut d'au moins cinquante centimètres de plus qu'elle. D'une poche de sa robe elle tira une grosse clef en cuivre, dont elle se servit pour ouvrir l'armoire. Les deux lourdes portes s'ouvrirent comme celles d'un tabernacle, révélant des étagères remplies de musique manuscrites, des carnets, d'épaisses partitions d'orchestre et de vieux livres de classe. Désignant l'étagère supérieure dont le contenu était à peine visible, elle dit :

— J'ai besoin de votre aide, inspecteur.

A sa demande, je tendis la main et saisis un paquet soigneusement emballé dans un linge plié, noué d'un ruban de soie noire.

— Voilà ! ajouta-t-elle calmement en me remettant le paquet. Vous voyez, inspecteur Preiss, je vous ai dit la vérité. C'est moi qui suis allée chez Adelmann, c'est moi qui l'ai tué, c'est moi qui ai découvert et subtilisé la monographie que vous avez sous les yeux. Je pense que mon récit ne vous paraît plus invraisemblable.

— Malgré ce que vous prétendez, votre mari pourrait être le coupable. Après tout, il était capable d'accomplir tout ce que vous affirmez avoir accompli.

— Physiquement capable, oui. Mais mentalement ? Jamais ! Robert allait et venait sans cesse entre Eusebius et Florestan, entre Florestan et Eusebius, à la manière dont la marée fait monter et descendre les eaux du Rhin. Il était comme Hamlet, tantôt plein de détermination, tantôt complètement indécis. C'est étonnant qu'il ait réussi à produire autant. J'imagine qu'il n'y a plus rien à ajouter ?

— Je ne suis pas sûr d'être de votre avis.

— Allons, allons, ne soyez pas têtu. Vous avez toutes les preuves qu'il vous faut : le diapason, le manuscrit d'Adelmann, mes propres aveux. Si vous me pardonnez ce jeu de mots, il n'est pas nécessaire de mettre la pédale douce, quoi que vos fonctions vous imposent à présent. Je ne suis pas Beethoven : le malheureux, il lui fallait au moins vingt mesures pour terminer un morceau. Je sais reconnaître un finale quand j'en vois un. Je suis prête à affronter la justice. J'ai pris mes dispositions pour nos enfants. Quant à ce pauvre Robert, mieux vaut qu'il reste à distance du monde réel, pour le moment, en tout cas.

Une fois de plus, je restai muet. Elle m'avait confié les papiers dans ce qui se voulait être un geste de capitulation, et je les avais acceptés sans réfléchir, l'esprit paralysé, abasourdi. Même mon corps semblait incapable de réagir à la tournure que prenaient les événements, comme si la semelle de mes chaussures avait été clouée au sol. Disait-elle la vérité ? Ou était-elle une menteuse diabolique ? Une fois de plus, étant donné ce que j'avais fait sur le pont, quelle importance ?

— Eh bien, inspecteur ? reprit-elle, toujours avec un calme stupéfiant.

Lentement, je retrouvai ma langue.

— Il y a un problème, madame Schumann... de mon point de vue, du moins : le diapason. Je ne l'ai plus. Il est au fond du Rhin...

Clara Schumann ouvrit soudain de grands yeux. Elle était bouche bée.

— C'est moi qui l'y ai mis.
— Qu'avez-vous fait ?
— Je me suis débarrassé du diapason.
— Vous voulez dire... par accident ?
— Au contraire. Je l'ai délibérément jeté dans le fleuve.

— Je... je ne comprends pas, inspecteur, balbutiat-elle, incrédule. Votre action va à l'encontre de tout ce à quoi vous engage votre devoir. Vous avez l'obligation de résoudre les mystères.

— Peut-être, mais, là encore, certains mystères ne sont pas faits pour être résolus. Enfin, c'est ce que je commence à croire.

Je m'éloignai du meuble et regagnai la cheminée, à l'autre bout du salon.

— C'est une belle flambée, qui vous réchauffe le cœur, en un jour pareil.

Elle resta près de l'armoire pour m'observer.

— Tu es poussière et tu retourneras en poussière, murmurai-je.

Puis je m'agenouillai et déposai avec soin les papiers d'Adelmann au-dessus des bûches enflammées. Je restai à genoux jusqu'à ce que je fusse certain que le feu avait dévoré la liasse, dont les pages brunissaient, se recroquevillaient, se désintégraient puis montaient dans la cheminée en flammèches d'un orange vif.

Je me levai, serrai mon manteau plus près de mon corps (la chaleur du feu avait rendu mes vêtements secs et confortables).

— Maintenant, au revoir, madame Schumann. J'espère que nous nous reverrons... dans des circonstances moins troubles.

Elle s'avança et me tendit une main que je baisai sans oser lever les yeux vers elle. Je la laissai plantée au milieu du salon et je sortis seul. Ce serait ma dernière visite dans cette maison, j'en avais la conviction.

Ce soir-là, à nouveau réchauffé par une belle flambée (cette fois, dans l'atmosphère paisible du petit salon de Helena Becker), je m'adonnai à ma propre confession. Je racontai en détail chacun des péchés que j'avais commis à Düsseldorf au cours de cette lamentable journée froide et humide.

Sans qu'il fût besoin de m'en persuader, j'avouai avoir abandonné, pour l'instant en tout cas, toutes mes prétentions à cette haute tenue morale censée caractériser tout membre de la police. Mélancolique, je déclarai :

— Un jour, Helena, quand je serai retombé en enfance et que je n'aurai plus rien à perdre, un jour où je radoterai dans quelque taverne pour ouvriers, je ferai hausser les sourcils de mes jeunes collègues innocents en leur racontant mes méfaits, par-dessus une chope de bière. Mais pensez-vous qu'ils comprendront ?

— Pas une seconde. Pas plus que vous n'auriez compris jusqu'au moment où les Schumann ont mis votre vie à l'envers. Au fond, la vie n'est qu'une affaire de désordre.

— Alors je devrais peut-être devenir moine. Ou du moins me retirer dans un monastère comme Franz Liszt en a l'intention et passer une année bien ordonnée à explorer mon âme.

— Hermann, vous êtes expert dans bien des genres d'enquête, dit Helena (j'avais le sentiment qu'elle s'efforçait non sans mal de ne pas se moquer de moi), mais les hommes voyageront sur la Lune avant que vous ne découvriez le plan de votre âme.

Celle qui me confessait me donna alors l'absolution à sa manière, aussi volontiers reçue qu'elle était accordée.

Une fois de plus, mon père avait tort, ou plutôt l'homme qu'on m'avait appris à considérer comme mon père. Les bonnes surprises existent.

38

Les Français ont un proverbe : *Le mieux est l'ennemi du bien*. Par une curieuse ironie, c'est un conseil dont on sait qu'ils le suivent rarement, vu leur goût pour les expéditions par terre ou par mer afin d'aller planter leur drapeau dans des contrées lointaines, se proclamant propriétaires du sol, au mépris de la population locale. En toute franchise, c'est une caractéristique des Français que j'ai toujours admirée, cette capacité à prêcher une chose tout en faisant le contraire. Ce qui explique mon attitude ce jour-là. Après mon ultime entrevue avec Clara Schumann, le jour où j'avais lancé le diapason dans le Rhin puis, en guise de bis, jeté la monographie d'Adelmann dans le feu, je déclarai qu'il me fallait mettre un terme à mes relations avec les Schumann, même si les problèmes n'étaient en rien résolus. Je ne voulais plus avoir affaire à eux, ni à leur cercle.

Le mieux est l'ennemi du bien.

La colère du commissaire contre moi s'estompa et je remontai dans son estime, maintenant que je m'étais replongé dans des tâches policières plus ordinaires avec un dévouement accru. Plusieurs rapports élogieux émanant de mon supérieur vinrent se poser sur mon bureau, même si je suis absolument certain qu'il les rédigea en pensant surtout à mes liens avec le baron von Hoffman.

Helena Becker jurait que j'étais un homme transformé, malgré la violation dont je m'étais rendu coupable à l'encontre de mes devoirs de policier assermenté, et sa tendresse envers moi se teignait désormais de respect, chose que j'avoue n'avoir pas toujours obtenue jusque-là au cours de notre relation.

Dans mes rapports avec mes collègues, je devins moins distant. Après avoir observé à loisir les prétentions, les jalousies et les coups bas qui sont monnaie courante dans les milieux cultivés de Düsseldorf, je trouvai tout à coup bien rafraîchissante la simplicité des tavernes de Düsseldorf. Il y a plus d'honnêteté dans la bière que dans le vin.

Le mieux est l'ennemi du bien. Telle devint ma maxime : je ne cherchais plus à améliorer quoi que ce soit.

Puis, un peu plus d'un an après l'arrivée du maestro Schumann à l'hôpital d'Endenich, je me réveillai un matin avant l'aube, après une nuit pendant laquelle, inexplicablement, je n'avais pu fermer l'œil. Comme un somnambule, je m'habillai, je sortis de mon appartement, je hélai un fiacre et je me retrouvai à la gare, en train d'acheter un billet pour la ligne de chemin de fer menant à Bonn, achevée depuis peu. Plusieurs heures plus tard, toujours en transe, je pris un fiacre pour gagner la banlieue de Bonn, Endenich plus précisément, et je demandai au cocher de me mener au 182, Sebastianstrasse. Je n'étais pas allé à Bonn depuis des années et, dans des circonstances ordinaires, j'aurais admiré le paysage en bon touriste alors que les chevaux trottinaient, mais je ne me rappelle à peu près rien de ce trajet en voiture. Le cocher se gara dans l'allée pavée, descendit de son perchoir et me demanda, pris de pitié :

— Vous avez besoin d'aide, monsieur ? Je peux appeler, si…

Ce fut seulement alors que je m'éveillai complètement, ou du moins j'eus cette impression.

— Non, non, je ne viens pas ici en tant que malade, le rassurai-je bien vite (même si je crains de ne l'avoir guère convaincu puisqu'il continua à me regarder avec la même compassion). Je viens voir un malade, mais je vous remercie quand même.

Si l'hôpital où je m'apprêtais à entrer était un lieu où entreposer les déments, cela ne se voyait pas de l'extérieur. A l'exception d'une discrète plaque de bronze qui signalait la nature du lieu – c'était en fait le seul asile psychiatrique privé de toute la Rhénanie –, tout dans ce bâtiment et dans la vaste propriété environnante suggérait qu'il s'agissait d'un domaine que n'importe quel individu de haute naissance ou de fortune récente aurait été fier d'habiter, un domaine où l'on pouvait donner de grandes fêtes et où, par un bel après-midi de juin comme celui-ci, sur ces pelouses garnies de massifs méticuleusement entretenus, les invités pouvaient vagabonder dans la plus complète insouciance, comme si leur seule préoccupation était de trouver leur prochain verre de champagne ou un canapé.

Tel était l'hôpital du Dr Franz Richarz, royaume de celui qui était peut-être le seul psychiatre d'Allemagne, voire d'Europe, à considérer la maladie mentale comme ni plus ni moins qu'une maladie, et non comme une sorte d'incapacité morale ou de vice à châtier.

Le corps principal était une bâtisse de deux étages que le Dr Richarz avait remodelée afin d'accueillir quatorze patients. Je me présentai au directeur dans son bureau du rez-de-chaussée.

— Je vous prie de me pardonner pour ne pas vous avoir fait part à l'avance de mon intention de rendre visite au maestro Schumann, mais je subis dans mon métier de telles pressions que je ne sais jamais d'un jour à l'autre...

Le Dr Richarz avait de ces yeux qui non seulement vous voient mais aussi voient à travers vous. Qu'il ait cru ou non à mes vagues excuses, il les reçut de fort bonne grâce.

— Je connais votre intérêt pour les troubles dont souffre le maestro, acquiesça-t-il avec un hochement de tête indulgent, et permettez-moi de vous déclarer que je suis simplement surpris de ne pas avoir reçu votre visite plus tôt.

Bien qu'aimable, son ton semblait appeler de nouvelles excuses, à ce sujet aussi.

— Les inspecteurs de police sont la plupart du temps des hôtes indésirables dans les hôpitaux, je le crains. Quand nous nous présentons au chevet d'un malade, c'est souvent pour lui rappeler qu'un crime affreux a été commis.

Le docteur m'adressa un sourire chaleureux.

— Vous n'avez rien de semblable à redouter ici, inspecteur Preiss. Le maestro Schumann n'est pas alité... enfin, cela lui arrive de temps à autre, mais pas de manière générale... et je suis sûr qu'il sera ravi d'avoir de la compagnie. Laissez-moi vous conduire jusqu'à sa chambre.

En montant le large escalier qui menait à l'étage, je demandai si Schumann recevait de nombreux visiteurs.

— Ils ne sont pas nombreux, répondit le Dr Richarz, mais les rares personnes qui viennent le voir sont évidemment des intimes et comptent beaucoup pour lui, ce qui est bien agréable non seulement pour le patient mais aussi pour moi, son médecin. Il est crucial qu'il conserve des liens avec le monde extérieur, voyez-vous. L'essentiel du traitement que je lui offre repose précisément sur le maintien de contacts personnels aussi fréquents que possible entre le patient et sa famille, ses amis, ses collègues.

A ce moment, le Dr Richarz s'arrêta brusquement et me dévisagea.

— Comprenez bien une chose, inspecteur... Robert Schumann n'est pas un monstre.

— Je ne l'ai jamais considéré comme tel.

— D'autres l'ont pensé. Et le pensent encore. Je suis désolé si je vous ai offensé, inspecteur Preiss.

Nous reprîmes l'ascension des marches.

— Par bonheur, son ami Brahms et son violoniste préféré, Josef Joachim, viennent assez régulièrement. Paul Mendelssohn, le frère du défunt Felix, lui écrit parfois ; à ce qu'il paraît, il soutient financièrement Mme Schumann qui connaît des soucis d'argent. Une certaine Bettina von Arnim lui a rendu visite il y a peu ; contrairement aux autres, elle ne semble pas avoir eu très bonne impression de notre établissement, ni de moi, apparemment. On m'a rapporté qu'elle avait tout trouvé "lugubre", pour la citer.

En haut de l'escalier, le docteur s'interrompit de nouveau et soupira.

— J'aime à penser que j'ai accompli un certain progrès dans la compréhension de l'esprit des hommes, mais pour ce qui est des femmes...

Nous éclatâmes de rire mais en vérité, à mesure que nous approchions de la chambre de Schumann, mes appréhensions allaient croissant quant à ce que j'allais découvrir.

Toutes mes craintes se dissipèrent à l'instant où la porte s'ouvrit. Par deux grandes fenêtres situées au sud et à l'est, un soleil généreux inondait la pièce. Elles offraient une vue magnifique, avec les montagnes longeant le Rhin en toile de fond. Grandes ouvertes, elles laissaient entrer une douce brise. Le mobilier était modeste mais quasi neuf : une petite écritoire, une commode, quelques chaises, un lit et une table de chevet. Cette chambre n'avait rien à voir avec celles que j'avais pu voir lors de visites dans des asiles financés par l'Etat, institutions dont les longs couloirs sombres empestaient la nourriture trop cuite et les pots de chambre jamais vidés, ces couloirs qu'arpentaient sans but une foule d'hommes et de femmes grotesques, les uns chuchotant, les autres hurlant, dans une atmosphère lourde de désespoir.

En pénétrant dans la pièce, je trouvai Schumann debout à l'une des fenêtres. Me tournant le dos, il contemplait la vue.

— Maestro, vous avez un visiteur, lui annonça le Dr Richarz, avant de me confier dans un murmure : Je vous laisse seuls, je suis sûr que vous avez beaucoup de choses à vous dire. Prenez votre temps, inspecteur.

Je le remerciai et le regardai partir. Il ferma doucement la porte derrière lui.

— Bon après-midi, maestro.

Schumann resta planté à la fenêtre, me tournant le dos.

— Pourquoi cette voix m'est-elle familière ? s'exclama-t-il.

Puis, très lentement, il se mit face à moi. Il cligna des yeux plusieurs fois, les ferma très serré, puis les rouvrit, comme un aveugle qui recouvre tout à coup la vue. Sa bouche se déforma en un sourire méfiant.

— Je pense que le soleil m'éblouit. Ou bien vous êtes une apparition. Est-ce vraiment vous, Preiss ?

— C'est moi, maestro. L'inspecteur Hermann Preiss... à votre service, monsieur.

Schumann laissa échapper un ricanement cynique.

— A mon service, dites-vous ? Vous avez fini par vous résigner à m'arrêter, alors.

— Mon Dieu, non ! Je vous donne ma parole...

— Votre parole ? Si j'ai bonne mémoire, votre parole a tendance à s'évaporer tout comme l'encre des espions devient invisible. Je crois me souvenir que votre parole ne résiste guère lorsqu'on l'expose à l'air et à la lumière.

— Croyez-moi, je vous en prie, maestro. Il s'agit d'une pure visite de courtoisie.

— Une visite de courtoisie ? L'inspecteur Hermann Preiss, l'un des meilleurs enquêteurs de Düsseldorf, fait tout le trajet jusqu'à Endenich pour une simple visite de courtoisie ? Alors je suppose que nous devrions choisir des chaises confortables, nous y installer et avoir une longue conversation à propos du bon vieux temps... qui n'a pas duré. Allons, Preiss, donnez-moi des nouvelles de Düsseldorf.

— Vous avez parlé de chaises, maestro. Je serais ravi de m'asseoir. La journée a déjà été bien assez longue, vous comprenez.

— Oh, je vous demande mille pardons, inspecteur.

Schumann alla chercher un siège, me le tendit, puis en prit un pour lui. Ses excuses, ses mouvements, sa hâte et ses grands gestes, tout sonnait faux.

— Voilà qui est mieux. Vous étiez sur le point de m'apprendre tout ce qu'il faut savoir sur notre chère ville. Commençons par le plus bas, par les égouts et les tunnels souterrains.

— C'est-à-dire ?

— Wieck et Hupfer, bien sûr.

— Hupfer, d'abord. Vous vous rappelez, maestro, qu'une famille du nom de Steinweg – un père et deux ou trois fils – était devenue très réputée pour sa fabrication d'excellents pianos dans les environs de Hambourg. Eh bien, cette famille a récemment émigré vers les Etats-Unis d'Amérique, vers New York, et y a établi une fabrique de pianos. Apparemment, les Américains sont de plus en plus civilisés, et surtout riches ; ils adorent orner leurs salons des meilleurs instruments. Les Steinweg ont changé leur nom en Steinway, sans doute pour mieux se fondre dans la haute société new-yorkaise.

Le visage de Schumann se fendit en un sourire plein de sagesse.

— Vous n'allez quand même pas me raconter, inspecteur, que Hupfer travaille pour eux en Amérique ?

— Non seulement il travaille pour eux, maestro, mais il est leur principal technicien.

— Leur principal technicien ! Continuez, Preiss. Et mon cher beau-père ? Que complote à présent cet individu ?

— Le professeur Wieck ? Pas grand-chose. On prétend qu'il est complètement invalide. L'arthrite, vous savez. Il ne peut plus enseigner, dit-on. Vous serez ravi d'apprendre que Mme Schumann a clairement déclaré à son père qu'il est désormais *persona non grata* dans sa maison.

— J'en suis plus que ravi, inspecteur.

Comme pour lui-même, Schumann ajouta tout bas :

— Dieu a mille façons d'accomplir ses desseins.

— Je vous demande pardon ?

— Ce n'est qu'une citation... un poème que j'ai trouvé. A propos de Liszt... que m'a-t-on raconté ?... oui, Johannes me l'a signalé... il est parti dans un monastère... il essaie de découvrir Dieu, c'est bien ça ?

— Il est censé avoir trouvé Dieu pendant cette année qu'il a passée presque entièrement dans un ordre monastique. J'ai oublié dans quel endroit précis.

— Laissez-moi deviner, ce devait être l'Eglise de la Vierge Réticente, ironisa Schumann. Soyez franc, Preiss : vous ne croyez pas une seconde que Liszt ait vraiment changé.

— Ah, mais si, maestro. Il a donné dernièrement un récital à Düsseldorf. Il a surtout joué ses propres compositions. Sa musique est à présent plus solennelle, plus méditative. Et il se déplace sur scène comme une sorte de grand-prêtre venu du Moyen

Age. Il s'habille en noir de haut en bas, il a maintenant les cheveux blancs, plus longs qu'auparavant, tout raides, comme une cascade qui lui tombe dans le cou et sur les épaules. Il produit un effet très "spirituel".

Schumann n'était pas convaincu.

— Rien ne fait s'évanouir une femme comme la vue d'un homme qui semble porter en lui toute la douleur du monde. C'est un malin.

Il s'ensuivit un long silence. Schumann détourna les yeux et resta les mains serrées l'une contre l'autre, à contempler le paysage. Son visage affichait une sorte de contentement vide, comme s'il se réjouissait de savoir la verdure des montagnes ensoleillées définitivement hors de portée pour lui. Au moins, entre les quatre murs de sa chambre, il ne pouvait rencontrer que des démons connus de lui. En plein air, qui sait quels nouveaux démons terribles il risquait de croiser ? Quoi qu'il ait eu alors en tête, je jugeai préférable de ne pas le déranger et j'attendis qu'il reprît la parole.

Il finit par rompre le silence.

— Clara ne vient jamais me voir.

Il avait gardé les yeux fixés sur la vue au-delà des fenêtres. Il parlait maintenant d'une voix caverneuse.

— Elle écrit… souvent… et ses lettres sont tendres… mais elle ne vient jamais me voir. Johannes est venu quantité de fois, Joachim aussi, et il leur arrive de venir ensemble. Ils jouent pour moi (il y a un piano assez correct dans le grand salon, au rez-de-chaussée) et parfois je joue pour eux. Je leur ai joué plusieurs morceaux et mélodies que j'ai composés ces derniers mois et ils se sont montrés très élogieux, Preiss.

Johannes affirme qu'il s'agit de mes meilleures œuvres. Mais Clara ? J'imagine combien tout cela doit être douloureux pour ma pauvre chère Clara. Alors elle se tient à distance.

Je ne formulai aucun commentaire. Qu'aurais-je pu répondre ?

— Mes enfants n'ont plus de père, Preiss... plus de père. Dieu sait que je pense souvent à eux, et que j'aimerais les voir. Mais ils sont jeunes ; ils ne peuvent pas comprendre, n'est-ce pas ?

J'avais envie de dire que d'être sans père n'est pas forcément une mauvaise chose ; après tout, dans mon enfance, la perspective de devenir orphelin de père me semblait fort séduisante. Je marmonnai une banalité sur la force dont sont capables les enfants, phrase que je regrettai aussitôt. Schumann dirigea brusquement son regard vers moi :

— Comment pourriez-vous savoir une chose pareille, Preiss ? Vous qui avez réussi à vous couper de tout ce qui ressemble de près ou de loin à la vie domestique. Votre amie, cette délicieuse violoncelliste...

— Helena Becker.

— Oui, *Fräulein* Becker. Ai-je raison de deviner que vous êtes encore amis et rien de plus ?

— Je suppose qu'on pourrait formuler la chose ainsi, maestro.

Schumann ricana.

— Je ne suis pas surpris. Pas le moins du monde.

— Pourquoi ?

— Parce que j'ai remarqué que vous étiez fasciné par Clara. Le soir où je vous ai convoqué chez nous... Clara est apparue en haut de l'escalier, vous l'avez aperçue.

Il ricana derechef :

— Oh, n'ayez pas l'air aussi embarrassé. Vous avez beau être inspecteur de police, vous êtes fait de chair et d'os. Et j'ai beau être incarcéré ici, j'ai encore assez de bon sens pour connaître les charmes de ma femme. En fait, je dois vous avouer que j'étais ravi de vous voir aussi évidemment subjugué par elle.

Il était inutile que j'essaie de m'en sortir par un mensonge.

— J'ignorais que c'était aussi évident, maestro.

— Voyez-vous, Preiss, les artistes ont parfois autant de flair que les détectives. D'ailleurs, il n'y aurait rien d'impossible à ce que vous ayez vous-même tué Georg Adelmann, en faisant passer ce crime pour le mien, pour vous débarrasser de moi et avoir Clara pour vous seul.

— C'est complètement absurde !

— Calmez-vous, conseilla Schumann avec un petit sourire. Bien sûr que c'est absurde. Je plaisantais. Et puis, la vérité... c'est que j'ai tué Adelmann.

Je souris en retour.

— A présent, vous êtes vraiment absurde, maestro. J'ai épuisé le sujet avec Mme Schumann. J'ai vu de mes yeux les papiers d'Adelmann.

— Que, selon ma chère épouse, vous avez condamnés au bûcher...

— Je confirme.

— Vous les aviez lus d'abord, bien entendu ?

— Ce n'était pas nécessaire. La page de titre avait suffi à me convaincre.

Schumann se leva de sa chaise et s'approcha de l'écritoire. Du tiroir central, il tira une épaisse liasse de feuilles attachées par un ruban, assez semblable aux papiers et au ruban que m'avait présentés Mme Schumann lors de ma dernière visite au 15, Bilkerstrasse. Sans un mot, Schumann regagna son siège et me remit le paquet.

— Qu'est-ce donc ? demandai-je.

— Eh bien, voyez vous-même, Preiss, répondit-il en me regardant fixement, comme s'il avait hâte de découvrir ma réaction. Allez-y, détachez le tout.

Le ruban se dénoua sans peine et j'observai la première page. Je lus calmement, à haute voix :

— "Robert Schumann : une vie en musique."

Mes yeux glissèrent vers le bas de la page. Là encore, je lus calmement, à haute voix :

— "Par Georg Adelmann."

Cette fois, je feuilletai le manuscrit, sans me contenter des premières pages, mais en parcourant plusieurs chapitres. Je relevai les yeux vers Schumann.

— Comment avez-vous obtenu cela ? Je pensais qu'il n'en existait pas de double.

— Il n'en existait... il n'en existe pas de double. C'est l'original.

— Mais comment ?

Il n'était pas besoin de compléter ma question.

— C'est vrai, inspecteur Preiss. C'est moi qui ai tué Adelmann et qui ai récupéré la monographie. Ne cherchez pas en moi la moindre trace de remords. Je n'en éprouve aucun. Et puis rien ne m'oblige à manifester des remords dans l'espoir de susciter la pitié. Après tout, Preiss, on ne peut pas traîner un fou devant les tribunaux, pas vrai ?

— L'un de vous deux... Je veux dire, Mme Schumann ou vous... l'un de vous deux ment forcément.

— Les Chinois ont un excellent proverbe, répliqua Schumann. "La vie est une quête de la vérité, et il n'existe pas de vérité." A présent, monsieur, sur cette note positive, permettez-moi de nous commander du café. Le cuisinier que nous avons ici prépare d'excellentes brioches fourrées à la crème. Elles vous fortifieront pour votre retour à Düsseldorf.

L'heure suivante se déroula dans un silence presque total. Comme j'avais très peu mangé ce jour-là, je fus bien aise de déguster le café et les brioches fourrées. Cette collation parut en revanche laisser Schumann indifférent et il y toucha à peine. Il préférait admirer le paysage et, en fin d'après-midi, je vis le soleil amorçant son déclin sculpter des ombres sur les traits de son visage. A la fin, c'est tout son corps qui fut englouti dans les ténèbres.

Il ne bougea pas lorsque je lui signifiai qu'il était temps que je m'en aille et il ne répondit rien lorsque je lui dis au revoir. Je ne suis même pas sûr qu'il ait été conscient de mon départ.

Je pus attraper un train du soir pour Düsseldorf et je rentrai chez moi bien après minuit. Trop épuisé pour dormir, je me servis un verre de cognac et je passai en revue les événements de cette longue journée qui venait de s'achever. Un jour, pensai-je, des historiens, des musicologues, des médecins, des psychiatres, des romanciers – tantôt intelligents, tantôt stupides – tenteraient de comprendre ce qui avait rendu Robert Schumann tel qu'il était. Quant à moi, j'aurais probablement dû me rappeler que le mieux est l'ennemi du bien. En vérité, je m'étais rendu à Endenich parce que je nourrissais le secret espoir de tailler une clairière, si petite soit-elle, dans les broussailles de son esprit. En vérité, cet homme restait un mystère, autant que le soir où j'avais fait sa connaissance et où, en robe de chambre et chaussé de pantoufles, il avait affirmé qu'on cherchait à le rendre fou.

J'eus une dernière pensée, avant que le cognac ne m'abrutisse et que je ne sombre dans un profond sommeil : cet homme était un mystère que nul n'était censé résoudre.

POSTFACE

Robert Schumann mourut à 16 heures, le 29 juillet 1856, deux ans et demi après avoir été admis à l'hôpital d'Endenich, au terme d'un inexorable processus de déclin physique et mental. Sa mort fut précipitée par son refus de s'alimenter, contre lequel personne ne put rien. Clara, qui avait repris sa carrière de pianiste virtuose, ne parvint à rendre visite à son mari que quelques jours avant sa mort ; elle avait laissé à Johannes Brahms le soin d'aller voir Schumann régulièrement. Clara Schumann et Brahms restèrent très proches, chacun encourageant la carrière de l'autre, mais elle demeura veuve jusqu'à sa propre mort, le 20 mai 1896 à Francfort. Johannes Brahms mourut l'année suivante, le 3 mars, à Vienne, célibataire endurci. Toute leur vie durant, ils furent très attachés l'un à l'autre, mais la mort tragique de son mari inspira à Clara un chagrin authentique. Jusqu'à la fin de ses jours, elle ne se montra plus en public que vêtue de noir des pieds à la tête.

REMERCIEMENTS

Pour leur amitié, leurs conseils et leurs encouragements, je remercie Beverley Slopen, Joanne DeLio, Henry Campbell, Malcolm Lester, Sally Zerker, et mes éditeurs Sylvia McConnell et Allister Thompson.

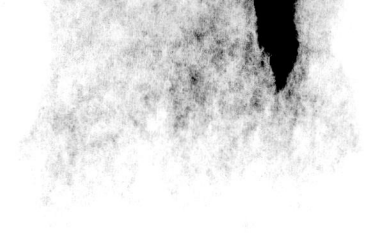

NOTE AU LECTEUR

Dans la mesure où certains des principaux personnages de ce roman ont réellement existé, les lecteurs qui voudraient déterminer où les faits historiques rencontrent la fiction pourront se référer aux ouvrages suivants, auxquels j'ai eu recours lors de mes recherches :

Schumann : The Inner Voices of a Musical Genius, de Peter Ostwald (1985).

The Lives and Times of the Great Composers, de Michael Steen (2003).

Stories of the Great Operas, d'Ernest Newman (1930).

Great Symphonies, de Sigmund Spaeth (1936).

Franz Liszt, vol. 1, 1811-1861, d'Alan Walker, trad. H. Pasquier (Fayard 1989).

Piano : The Making of a Steinway Concert Grand, de James Barron (2006).

The Steinway Saga : An American Dynasty, de D. W. Fostle (1995).

Perfect Pitch : A Life Story, de Nicolas Slonimsky (1988).

The Great Pianists, de Harold C. Schonberg (1987).

The Lives of the Piano : Essays, dirigé par James R. Gaines (1981).

OUVRAGE RÉALISÉ
PAR L'ATELIER GRAPHIQUE ACTES SUD
ACHEVÉ D'IMPRIMER
SUR ROTO-PAGE
EN JANVIER 2010
PAR L'IMPRIMERIE FLOCH
A MAYENNE
POUR LE COMPTE DES ÉDITIONS
ACTES SUD
LE MÉJAN
PLACE NINA-BERBEROVA
13200 ARLES

DÉPÔT LÉGAL
1re ÉDITION : FÉVRIER 2010
N° impr. : 75596
(Imprimé en France)